मीरा सीकरी
की
लोकप्रिय कहानियाँ

मीरा सीकरी
की
लोकप्रिय कहानियाँ

मीरा सीकरी

प्रभात
पेपरबैक्स
www.prabhatbooks.com

प्रकाशक

प्रभात पेपरबैक्स

4/19 आसफ अली रोड, नई दिल्ली-110002

फोन : 23289777 • हेल्पलाइन नं. : 7827007777

इ-मेल : prabhatbooks@gmail.com ❖ वेब ठिकाना : www.prabhatbooks.com

संस्करण

प्रथम, 2018

मूल्य

एक सौ पचहत्तर रुपए

अ.मा.पु.स. 978-93-5266-299-9

मुद्रक

आर-टेक ऑफसेट प्रिंटर्स, दिल्ली

MEERA SIKRI KI LOKPRIYA KAHANIYAN

Published by **PRABHAT PAPERBACKS**
4/19 Asaf Ali Road, New Delhi-110002

ISBN 978-93-5266-299-9

₹175.00

गीता!

दुनिया को तुमने भले ही अलविदा कह दिया हो,
मेरी दुनिया में तुम हो और हमेशा मौजूद रहोगी।

भूमिका

शब्द की दुनिया के प्रिय मित्रो!

शब्द की शक्ति को नमन करती हूँ, क्योंकि इन्हीं के माध्यम से आप सबसे एक रिश्ता कायम हुआ। संप्रेषण के सुख का सबसे बड़ा रिश्ता, जिसके बिना हर रिश्ता बेमानी हो जाता है।

मेरी कहानियाँ अधिकतर स्त्री-पुरुष संबंधों को लेकर लिखी गई हैं। संबंधों की एक ऐसी शृंखला, जो बाहर से भीतर की तरफ मुड़ी हुई है। बाहरी संबंध यहाँ एक भीतरी घटना की तरह हो गए हैं और इस घटना के साथ जुड़ा हुआ है कई तरह का अवसाद, अकेलापन और अस्तित्व के प्रश्न, जो संबंधों को नए-नए रूपों में पारिभाषित करते चलते हैं। कहीं संबंधों से असंबंधता की तरफ (कुँवारी कन्या और मैं यंत्र हो जाती हूँ) तो कहीं असंबंधता से संबंध के भराव की तरफ (आज हमारा ब्याह और पहचान), क्योंकि मेरी कहानियों की संरचना बाहर से भीतर की तरफ जाती है। यहाँ संबंधों के ब्योरे देने, यानी विस्तार और फैलाव के लिए गुंजाइश नहीं है। केंद्र में स्त्री है, जिसके मन के अनकहे एहसास को पकड़ने के लिए मनोविश्लेषण ही कारगर हो सकता है।

'बिट्टो जानती है' में बड़े भैया का छोटे भाई की पत्नी के प्रति आकर्षण बिट्टो से छिपा नहीं है। बहुत ज्यादा पढ़ी-लिखी न होने पर भी बिट्टो व्यावहारिक ज्ञान से संपन्न है। स्वार्थ को साधने के लिए निधि को वह बड़े भैया के पास भेज देती है, क्योंकि तलाक के बाद पुरुष के प्रति उठती तड़प से वह यह समझ पाई थी कि यौनेच्छा की पूर्ति मात्र स्त्री-पुरुष संभोग से नहीं होती। उसकी अनुभवी आँखें यह जानती हैं कि अशोक भैया के लिए निधि बहन या बेटी नहीं है, मात्र स्त्री है। यों चेतन धरातल पर अशोक निधि पर कुदृष्टि नहीं रखता। पर स्त्री का सहज आकर्षण निधि के रूप में उसके मन में हिलोर पैदा करता है। परोक्ष रूप

से अशोक के जीवन में स्त्री के अभाव की पूर्ति करता है। बिटिया जानती है कि आज के युग में बहन और उसके बेटे को पालने का गौरव अशोक की गरदन को ऊँचा करता है, दूसरी तरफ निधि का होना अशोक के मन में आंतरिक ऊर्जा प्रदान करता है। एक तरफ देने का अभिमान, दूसरी तरफ पाने का लोभ और चैन। अशोक दोनों को नहीं छोड़ सकता। ऐसे में बिटिया छोटे भैया को क्या कह सकेगी, ''इससे पहले कि जिंदा रहने के अपने स्वार्थ के लिए मैं बड़े भैया की दलाल बन जाऊँ, तुम सावधान हो जाओ?''

काँकड़ा खोह, दुलहिन गावहु मंगलाचार, अपनी म्याऊँ के लिए कहानियाँ संबंधों के नपे-तुले समीकरणों से बाहर आती, उनसे जूझती कहानियाँ हैं। पात्रों की भीतरी उमड़न-घुमड़न, लगाव-अलगाव और उधेड़बुन की स्थितियों में विन्यस्त, निराशा-हताशा, घुटन, अकेलेपन-परायेपन के साथ मौजूद है। पीड़ा, विषमता और विसंगति के कई भाव-स्तर इनके साथ जुड़े हुए हैं। क्योंकि स्त्री-पुरुष का

इकट्ठे रहना, परंपरागत प्रबंधित विवाह (काँकड़ा खोह) के रूप में हो या प्रेम विवाह (दुलहिन गावहु मंगलाचार) के रूप में या लिव इन रिलेशनशिप (अपनी म्याऊँ के लिए) उसका पैटर्न वही हो जाता है। क्योंकि हम बात कर रहे हैं दो स्वाधीनता कामी व्यक्तियों (स्त्री-पुरुष) के संपर्क की, जहाँ दोनों में से किसी एक की भी स्वाधीनता बाधित होगी, वहाँ क्या टकराव से बच पाएँगे? इतने समझदार, संतुलित हो गए हैं? शायद हाँ...शायद नहीं।

फ्रेम की जकड़न घुटन से भरे संबंधों से बाहर आने के लिए 'वह' अपनी म्याऊँ के लिए कहानी में कहती है, ''आपको एक कमरे का इंतजाम करना होगा, जहाँ स्वतंत्र रूप से किसी भी नियत और निश्चित फ्रेम से मुक्त मैं मैं बनकर रह सकूँ।''

इसमें शक नहीं कि स्त्री आज शिक्षित है, आत्मनिर्भर है, समर्थ है, व्यक्तित्ववान है, अपने लिए निर्णय वह खुद ले रही है। एक लंबा रास्ता तय करके वह यहाँ तक पहुँची है, पर पुरुष क्या स्त्री के स्वतंत्र व्यक्तित्व को सहज भाव से मन से स्वीकार कर रहा है या हाथी के दाँत खाने के और दिखाने के और वाली स्थिति है? स्त्री के प्रति प्रशंसा, सद्भावना और पूजाभाव के साथ-साथ न जाने कितने स्तरों पर हिंसा जारी है। बलात् संभोग की शारीरिक हिंसा से लेकर रीति-रिवाजों की सूक्ष्म हिंसा तक। हमारे समाज में संस्कारों के नाम पर व्यक्ति मन के अपने भाव-संवेदनों के साथ जो बलात्कार किया जाता है, उसे कौन देखता है और कौन समझता है?

'बलात्कार' कहानी पर अगर बात करूँ तो कहानी में यह शब्द अपने अभिधात्मक अर्थ तक ही सीमित नहीं है। मेरा अभिप्राय यहाँ परंपरा और रीति-रिवाज के नाम पर

होनेवाले कर्मकांड, जिनसे मानवीय गरिमा खंडित होती है, को रेखांकित करना है।

'बलात्कार' की सोमा, जिसने अपनी देह को उघाड़ने से बचने के लिए विवाह तक नहीं किया, एनलार्ज्ड हार्ट की सर्जरी तक नहीं कराई, उसकी मृत देह को अंतिम संस्कार की तैयारी के नाम पर निर्ममतापूर्वक उघाड़ना बलात्कार नहीं तो और क्या है?

"तमाम उम्र अपनी मुजस्सिम काया को छिपाती सोमा कलाकार की गढ़ी सौंदर्य प्रतिमा सी पड़ी थी, नंगी, उघड़ी पर बेदाग, अखंडित! नहीं चाचीजी, कहने का मन नहीं हो रहा उन्हें, दाग दिया उन्होंने उसके निजीपन में घुसपैठ कर, उसकी अब तक की सुरक्षित मानवीय गरिमा को खंडित कर। '...हाय किन्नियाँ गुल्फेदार छातियाँ ने...अकारथ गइयाँ' तौलिए से सोमा का बदन पोंछती चाची की आवाज ने कानों में गूँजती सोमा की आवाज को काट परे फेंका, आँखों ने देखा, पेटीकोट परे पानी में गिरा हुआ था। मैंने अपनी आँखें बंद कर लीं।"

भारत ही नहीं, विश्व भर में कोई भी देश ऐसा नहीं, जो हिंसा और आतंक से अछूता हो। इस संकलन में 'मजीबा लाला' कहानी केन्या में फैली हिंसा और आतंक की कहानी तो है ही, पर साथ ही वहाँ के स्थानीय निवासियों की सदाशयता की कथा भी कहती है।

वर्तमान समय में ऐसा प्रकट किया जा रहा है कि स्त्री-पुरुष संबंधों में एक स्वतंत्र और सहनशील मानसिकता विकसित हुई है। यह आभासी सच है या वास्तविकता, इसको देखना होगा आज की उपभोगतावादी संस्कृति के परिदृश्य में, स्त्री हो या पुरुष, उसकी दृष्टि केंद्रित है अर्थ के उपार्जन पर, प्रतियोगिता और दौड़भाग, मन के भावों के लिए अवकाश ही कहाँ है? जीवन का सारा खेल शक्ति के केंद्रीकरण का है और इस शक्ति को समूचा का समूचा सौंप दिया गया है अर्थ को। बस देखते जाइए इस खेल को। मैंने भी देखा है—कोई बात नही, बेवड़ाई दोस्ती, मैत्री और किले के विभक्त खंडों की परछाइयाँ कहानियों में।

बहरहाल रचना और पाठक के बीच में बाधक नहीं बनना मुझे!

आपको यह संकलन सौंपते हुए अत्यधिक हर्ष का अनुभव कर रही हूँ!

—मीरा सीकरी

ई-230, अमर कॉलोनी,
लाजपत नगर-4
नई दिल्ली-110024
दूरभाष : 9650981271, 011-26416423
इ-मेल : sikrimeera@gmail.com

अनुक्रम

आज हमारा ब्याह

पाँच बजे थे, जब विशाल का फोन आया, "मासी, बारात पहुँचनेवाली है और आप अभी तक पहुँची नहीं!"

अपने सामने साड़ी और लुंगी-टॉप रखे वह अभी सोच ही रही थी कि क्या पहने। फोन ने उसकी समस्या हल कर दी। साड़ी पहनने में तो समय लगता, इसलिए उसने जल्दी से लुंगी-टॉप पहना, ऊपर से लुंगी से मैच करती सुंदर स्लीवलेस जैकेट पहनी और बाहर निकल आई।

ऊपर के स्वीट से अभी न भाई-भाभी उतरे थे, न साथ वाले स्वीट से बहन-जीजा। हाँ, विशाल और भानजी के कीनिया से आए मित्रदंपती सिंग जरूर बाहर खड़े थे। उसे देखकर बोले, "मैंने बग्घी को आने के लिए कह दिया है।"

बग्घी से उनका मतलब था बैटरी से चलनेवाली अधखुली गाड़ी, जो इस ताजरेबक रिजॉर्ट के मेहमानों और उनके सामान को इधर-से-उधर और उधर-से-इधर पहुँचानेवाला वाहन है। लकड़ी और शीशे से बने इस शानदार स्वीट्ज और हरियाली से आच्छादित यहाँ की सुंदर वीथियों में खड़े होना, यहाँ पर पैदल चलना उसे बहुत अच्छा लगता है। वैसे भी धूप ढल चुकी थी, उसने सिंग दंपती से कहा, "आज बीच पर ही तो जाना है—सामने स्विमिंग पूल से निकलती हुई आपकी बग्घी के पहुँचने से पहले ही पहुँच जाऊँगी, अच्छा वहीं मिलते हैं।" कहते हुए वह स्विमिंग-पूल की तरफ बढ़ गई।

ठीक हुआ भी ऐसा ही। उनका पहुँचना तो क्या, अभी तो इवेंट मैनेजर भी वेन्यू का मुआयना करती कभी कहीं खंभों पर लपेटे रंगीन कपड़ों को और कहीं फूलों को हाथ लगाकर सहलाती जैसे उनसे कह रही थी, 'देखो, कहना मानो, हवा के साथ बहको नहीं।' वहीं छाया में खड़ा भानजा और रति बहू मिल गए। उसके कहने पर "पूरे दस मिनट में तैयार होकर आई हूँ, विशाल ने फो···"

"विशाल भाई ऐसे ही जल्दी मचा रहे हैं, हम पहुँच गए हैं न! बड़े-बुजुर्गों को

आराम से आने दें।'' भानजे ने थोड़ा तल्ख आवाज में कहा, ''वैसे आप बहुत अच्छी लग रही हैं!''

तभी एक बग्घी आकर रुकी, उसमें से उतरनेवाली आन्या थी, जो रति को एक तरफ ले जाकर कुछ कह रही थी। रति उनके पास आई और बोली, ''दीदी ने वान्या (दुलहन) को कह दिया है कि तू बिल्कुल अच्छी नहीं लग रही, वह शायद रो रही है—मैं उसका मूड ठीक करने जा रही हूँ।''

दीदी यानी उसकी भानजी, जो पंजाबी पारंपरिक मूल्यों में इतना ढल चुकी है कि उसे पंजाबी साज-सज्जा, शानो-शौकत के और कुछ पसंद ही नहीं आता, उसको अपनी बेटियों की आधुनिकता में मीन-मेख निकालनी ही होती है। अपने सामने उसे कोई सुंदर लगता ही नहीं, जबकि सुंदरता संपूर्ण व्यक्तित्व में होती है, किसी खास बाहरी तौर पर दिखने में नहीं।

उसी वक्त ढोल-ढमाके की आवाज शुरू हो गई और सबकुछ दिमाग से निकल गया। भानजा उससे कह रहा था—

''ये मल्लू है या कर्नाटकी—दो दिन में ही पंजाबी रंग में रँग गए हैं। एक घंटे पहले हमें कहलवाया अपना डी.जे. भेज दीजिए, हम बल्ले-बल्ले करते हुए आएँगे। कल की कॉकटेल और संगीत में हुए नाच से सचमुच इन्हें भी नाचने का शौक पड़ गया है।''

सचमुच माहौल में रंग आ गया—दे डमाडम, दे डमाडम ढोल के धमाकों में दक्षिण भारतीयों का पंजाबियों की तरह से हाथ-पाँवों को हिलाना-डुलाना लुभा रहा था।

सामने विशाल लहराता सागर, धीमे-धीमे पीछे हटता सूरज, पानी को छूकर आती हवा ने मई में भी गरमी नहीं रहने दी थी—प्रकृति की इस विशाल पृष्ठभूमि में यह उत्सव बड़ा पावन-आध्यात्मिक और दिव्य सौंदर्य को परोस रहा था। वान्या की कल्पनाशीलता की तारीफ की जानी चाहिए।

आज की बिगफैट वेडिंग्ज से भिन्न वह, इसे एक लड़की के अपने बल पर अपने सपने के साकार होने को देख रही थी।

वह जानती है, सारे खर्च का भार वान्या ने कल्याण के साथ मिलकर लिया है। यह बात अलग है कि भारतीय मानसिकता के कारण लड़की के बाप होने के नाते विशाल ने वान्या से कहा, ''अपनी बेटी की शादी पर हम उसके ससुरालवालों से खर्च नहीं करवाएँगे।'' पर लड़की-लड़के की समानता पर बल देती वान्या ने बीच का रास्ता सुझाया, ''हम दो रातों के लिए खर्च करेंगे, उससे पहले रिजॉर्ट पर आए अपने मेहमानों के लिए कल्याण या उसके परिवारवाले ही जिम्मेदारी लेंगे। फेरों के बाद होनेवाले रिसेप्शन का खर्च भी कल्याणपक्ष ही करेगा। विवाह के नाम पर अगर उनके संबंधियों को आप कुछ उपहार देते हैं और बदले में वे हमारे संबंधियों को

कुछ उपहार देते हैं तो आप ना-नुकुर नहीं करेंगे।''

बराबरी के इस न्याय से विशाल का अहं जरूर खंडित हुआ, पर सहमति के अलावा वह कर भी क्या सकता था। उसका वश चलता तो वह इनकी शादी की ही स्वीकृति न देता, पर अमेरिका में पाँच साल पढ़ाई, फिर पाँच साल से नौकरी कर रही समर्थ और व्यक्तित्ववान वान्या के आगे उसकी एक नहीं चली।

यों वान्या ने न माँ-बाप की अवज्ञा की, न उनकी सूक्ष्म प्रिकिंग का ही बुरा माना, ''हे भगवान्! छोटी को तो कोई गोरे रंग का मुंडा ही पसंद आए,'' जैसे वाक्यों को सुनकर अनसुना करती मुसकराकर अपनी मनचाही कर रही थी। हालाँकि धार्मिक रस्मों और रीति-रिवाजों के पूरे पालन के लिए एक पूरा स्वीट उसने अलग से रखवा लिया था। सुरुचिपूर्ण व्यवस्था के लिए वान्या अपने माँ-बाप कि पहुँचने से भी एक दिन पहले (अमेरिका से) लंकावी पहुँच गई थी। निश्चित तिथियों से एक दिन पहले तो अपनी बड़ी बहन और भाई-भाभी के साथ वह भी आ गई थी। उसी दिन शाम को सत्यनारायण की कथा के बाद अनौपचारिक ढंग से बिना डी.जे. के सी.डी. लगाकर, जो सब लोग नाचे तो रेबक टापू के एकांत में बहार आ गई।

रात के ढाई बज गए थे, जब वह अपने कमरे में सोने आई—बच्चे लोग तो अभी भी नाच-गा रहे थे। आँख खुली, घड़ी देखी, पाँच बजे थे, वह करवट बदलकर सो गई, पर दोहरे परदों के बावजूद कमरे में रोशनी हो रही थी। चेतना में आया कि दिल्ली और यहाँ के समय में तीन-साढ़े तीन घंटे का अंतर है। यहाँ के हिसाब से तो आठ-साढ़े आठ होंगे। परदा हटाया, चमकती धूप में झूमते पाम के पेड़। अब उठना तो होगा ही। उसने जल्दी से मुँह धोया, ब्रश किया और थोड़ा सा घूमने के इरादे से स्विमिंग-पूल पर आ गई। छोटी वान्या की एक सहेली के साथ पूल में तैर रही थी—सामने दिखाई देते डाइनिंग हॉल की सीढ़ियों पर भानजा उसे आने का इशारा कर रहा था, पास आकर बोला, ''मासी, ब्रेकफास्ट ग्यारह बजे तक है—हमारे साथ ही आ जाइए, वरना मिस हो जाएगा।'' रात के कपड़ों में बिना नहाए-धोए भीतर जाने में उसे हिचक आ रही थी; फिर सोचा, अपने लोग ही तो हैं—कमरे में तैयार होने के लिए चली गई तो समय सीमा में आना संभव न होगा। फलों और जूसवाले कॉर्नर से उसने जूस-फल लिये और बाहर बरामदे में लगी टेबल पर आ गई, भानजे से यह कहते हुए कि उसके लिए ब्राउन ब्रेड के टोस्ट, ऑमलेट और चाय बाहर टेबल पर भिजवा दे।

जूस पीते हुए वह सोच रही थी, 'वक्त कितना बदल गया है, लड़कियाँ अपनी शादी के लिए खुद सब इंतजाम कर रही हैं, सबके सामने स्विमिंग-पूल में छोटे-छोटे कपड़ों में तैर रही हैं। उसे याद आया अपना बचपन, एक ही स्कूल में दोनों बहनें पढ़ती थीं, यूनिफॉर्म में सलवार, कमीज, दुपट्टा अनिवार्य थे। बाऊजी रोज हिदायत देते, 'दोनों

साथ जाना, साथ आना', बहन से कहते, 'सिर पर कपड़ा कर,' बहन बुरा सा मुँह बना तहाई हुई चुन्नी सिर पर रख लेती और गली के मोड़ पर आते ही उतार देती। गुरुद्वारे के छोटेवाले रास्ते को छोड़ बड़े रास्ते से निकलती, क्योंकि गुरुद्वारे के नीला चोगा पहने भाईजी के डंडे से उन्हें डर लगता था—उसे समझ नहीं आता था कि 'कपड़ा कर, कपड़ा कर' की रट ये लोग क्यों लगाते हैं? वहीं थोड़ी दूर पर इकट्ठा खड़े बेहूदी बातें और हरकतें करते लड़को पर तो इनके डंडे नहीं बरसते! बहन बी.ए. फर्स्ट ईयर में ही पढ़ती थी कि उसकी शादी बाऊजी ने तय कर दी—सेकंड ईयर की परीक्षा तो वह दे चुकी थी, पर उसे बी.ए. पूरा नहीं करने दिया, यह कहकर कि इसके ससुरालवालों को इससे कोई नौकरी नहीं करानी। उसे हायर सेकेंडरी की परीक्षा देनी थी। मोहल्ले का एक लड़का, जिसे पक्के तौर पर पता चल गया था कि इग्जाम में ये प्रश्न आ रहे हैं, बताने के लिए आया था, पर भाई ने उसे घर में ही नहीं घुसने दिया था।

उसी दिन उसने ठान लिया कि वह खूब पढ़ेगी और नौकरी भी करेगी। दत्तचित्त होकर की गई उसकी मेहनत का ही परिणाम था कि एम.ए. पास करते ही, बिना आवेदन दिए मेरिट में आए दस लड़के-लड़कियों में से उसे दिल्ली विश्वविद्यालय में प्रतिष्ठित कॉलेज में असिस्टेंट लेक्चरर के लिए चुना गया। आत्मानुशासित जीवन जीने के बावजूद घर पर उसे रोज बाऊजी की 'लड़कियों को अपनी मर्यादा में रहना चाहिए' वाली नैतिक खुराक पिलाई जाती। उसके को-एड कॉलेज का कोई मेल कलीग किसी काम से भी घर आ जाए तो भाई का मुँह सूज जाता। ऐसी पृष्ठभूमि में उसने निर्णय लिये कि इनके द्वारा तय किए गए रिश्ते में बँधने की अपेक्षा वह कुँवारी रहना ही पसंद करेगी। उसकी बढ़ती उम्र और घर में आते पैसों के साथ उसकी 'शादी कर ले, शादी कर ले' की आवाज धीमी होती चली गई। दिल का दरवाजा बंद रखने से न उसकी जिंदगी में किसी ने प्रवेश पाया और अपने मन में बैठे संस्कारों से न वह किसी को हुक ही कर पाई। अपने रिश्तेदारों की नजर में 'अपनी शर्तों पर जीती स्वतंत्र जिंदगी में, वह रिश्तों में कब नानी-दादी बन गई, उसे पता ही न चला,' वह उम्र में बड़ी हो गई है, इस बात का तो उसे एहसास था, पर परिवार के बच्चों और युवाओं ने हमेशा उसे महसूस करवाया कि वह औरों से अलग है और समय की नब्ज को पहचानने की वजह से अपने वजूद के साथ जवानों से भी ज्यादा जवान है। यही कारण रहा होगा कि बच्चों और युवाओं को जब बुजुर्गों से और बुजुर्गों को जब नई पीढ़ी से कुछ मनवाना या समझाना होता तो दोनों ही इस मासी या बुआ को ढूँढ़ते।

''अभी तक आपने चाय खत्म नहीं की, चाय तो ठंडी हो गई होगी, ताजी गरम के लिए कहूँ?'' रति उससे पूछ रही थी।

''नो आई एम थ्रू—बस।''

''तो आइए, फिर देखते हैं मेहँदी और यहाँ के कलाकारों के डांसिस के लिए क्या अरेंजमेंट हो रहा है।'' भानजे ने उसका हाथ पकड़ा और स्विमिंग-पूल पर पहुँच गया। मजेंटा और पर्पल रंगों से स्थान को आयोजित करवाती इवेंट मैनेजर के पास पहुँच वह उससे कह रही थी, ''बहुत ही सुंदर रंग लग रहे हैं।'' तभी किसी ने संभवत: म्यूजिक सिस्टम को चैक करने के लिए सी.डी. लगा दी थी और फड़कती धुन में भानजे ने नाचना शुरू कर दिया था। उसके देखा-देखी वान्या की सहेलियों और कजंस ने भी नाचना शुरू कर दिया। 'मैं तो ऐंवेई ऐंवेई ऐंवेई लुट गया' के साथ गाते-नाचते परिवेश में वह भी मस्ती में थिरक रही थी। मेहँदी की रस्म शुरू होने से बहुत पहले ही मेहँदी की रंगत आ गई थी। अपने पास नाचते भानजे को वह कह रही थी, 'शाम कॉकटेल पर मुझको फ्लोर पर जरूर ले चलना, खासकर जब बॉलडांस के लिए म्यूजिक नंबर चल रहा हो, मजा आ गया और आँखें बंद करके वह फिर झूमने लगी। ''मासी आप सो जाती हैं या कहीं खो जाती हैं ?'' उसकी बाँहों को हिलाती रति कह रही थी, ''देखिए वान्या आ रही है।''

बीच वेन्यू में बनाई वेदी पर पंडितजी बैठे हुए थे और सामने से छोटी और शिवानी के साथ दुलहन बनी वान्या आ रही थी। यह वान्या है ? इतनी सुंदर वधू, माथे पर राजस्थानी बोरला, वैजयंती माला की तरह आँखों के मैकअप से कटीली आँखें, बाँहों पर पंजाबी कलीरे, उत्तर प्रदेशी लहँगा-चोली, भारतीयता भी क्या चीज है, वह अपने मन में प्रसन्न होते कह रही थी। तालियों की गड़गड़ाहट में वान्या और कल्याण ने पूरी नफासत से एक-दूसरे को मालाएँ पहनाईं। पंडितजी के सामने आकर बैठ गए, उनके दाएँ-बाएँ दोनों के माता-पिता। पंडितजी को एक घंटे का समय दिया गया था, क्योंकि इसी वेन्यू पर पहले हिंदू प्रणाली से 'सप्तपदी' और बाद में यहीं रिसेप्शन पश्चिमी ढंग से होना तय हुआ था।

पंडितजी का मंत्रोच्चार चल रहा था, उसको यह सब नाटक लगता रहा है, पर आज नीले आकाश के नीचे, सागर की तरंगों से तरंगित यहाँ लयात्मक प्रकृति के साथ अपने मन के स्वर को मिलाते हुए इस जोड़े का विवाह उसे लुभा रहा था, सचमुच शांत उत्सवी गायन चल रहा था। रति ने उसे हिलाया; विवाह संपन्न हो चुका था। वान्या और कल्याण वेदी से नीचे उतर रहे थे। वान्या पिता के घर की खुशहाली के लिए फुल्लियाँ पीछे फेंक रही थी, गुपचुप आँसू उसकी आँखों में थे, साथ ही उल्लास। फूलों से सजी डोली में वह बैठी। घराती और बराती युवकों ने (भाई और देवर ने) फूलों लिपटी डंडियों को पकड़ा ही था कि डी.जे. से सी.डी. चालू करवा दी—ले जाएँगे, ले जाएँगे दिलवाले दुल्हनिया ले जाएँगे।

उसको हँसी आ गई और वहीं, कुरसी पर बैठ गई। रिसेप्शन का समय साढ़े सात

था। इवेंट मैनेजर ने तत्काल वेन्यू का डेकोर बदलने के लिए हिदायतें देनी शुरू कर दी थीं। वेदीवाली जगह पर बड़ी सी डांसिंग मैट बिछाकर फ्लोर तैयार करवा दिया गया। वह वहीं 'बीच' पर ही बैठे रहना चाहती थी, क्योंकि सब लोग तो नए ढंग से सजने-धजने के लिए अपने-अपने कमरों में चले गए थे। कपड़े बदलने का उसका कोई इरादा नहीं था। वैसे भी आयोजन भारतीय ढंग का हो या पश्चिमी ढंग का, उसको अपनी पोशाक वही पहननी होती है, जो वह पहनती है, यहाँ की व्यवस्था में वह बाधा न बन जाए, इसलिए वह सामने होटल की एक टेबल पर चली आई। जैसे ही लोग आना शुरू हो जाएँगे, वह डांसिंग-फ्लोर के पासवाली टेबल पर आ जाएगी। अभी साढ़े सात नहीं बजे थे कि नीला या काला सूट पहने कल्याण के पिता मेहमानों की अगवानी के लिए पहुँच गए। चहल-पहल शुरू हो गई, ड्रिंक्स सर्व हो रहे थे। 'अब वह चाहे तो वहाँ जा सकती है,' उसने सोचा। जाने से पहले वह अपने को फ्रेश करने के लिए वॉशरूम में गई, बाहर निकली, यह सोचते हुए कि वह थोड़ा घुमाव लेकर समुद्र की तरफ से डांसिंग फ्लोर के पासवाली टेबल की तरफ बैठ जाएगी। अभी वह पगपथ पर ही थी कि उसे विशाल की आवाज सुनाई देने लगी। तो विशाल स्पीच दे रहा है, यह पश्चिमी रिवाज होगा, वह पेड़ के पासवाली टेबल पर बैठ गई, हल्के पीच रंग के टेबल कवर्ज पर पीच और ऑरेंज रंग के आर्किड्ज वेन्यू के बदले हुए मिजाज को दिखा रहे थे। फूलदान के साथ छोटी-छोटी डिब्बियाँ पड़ी थीं, उसने खोला चॉकलेट जेम्ज जैसी टिकियाँ जिन पर वान्या कल्याण वेडिंग, किन्हीं पर कल्याण और वान्या की आकृतियाँ अंकित थीं। उसने एक डिब्बी को अपने बैग में डाल लिया, ध्यान खींचा विशाल की विश्वस्त और भावभरी आवाज ने अंग्रेजी में वह बोल रहा था—

''मैंने अपनी दोनों बेटियों वान्या और आन्या को लड़कों की तरह से पाला, पढ़ने के लिए अमेरिका भेजा। वान्या डियर, तुम्हारे हित के लिए हो सकता है मैंने बहुत बार सख्त व्यवहार किया हो, उसके लिए आई अपोलोजाइज…''(ओह, नो पापा, बीच में किसी मेज से तत्काल वान्या की आवाज आई…)

उसकी आँखों के सामने बॉक्सिंग-बॉक्सिंग खेलता विशाल और आँसू बहाती भानजी खड़ी हो जाती है। बॉक्सिंग के नाम पर नन्ही सी बच्ची पर मुक्के बरसाना, लड़का न होने की अपनी कुंठा को निकालना था या लड़कों की तरह पालना? नैरोबी में रहते हुए भारत से गए हुए अधिकांश लोग अपने बच्चों को यू.एस. या यू.के. भेजते हैं। उसने भेजा तो क्या अहसान किया? यू.एस. में गए बच्चे आत्मनिर्भर होने के लिए पढ़ाई के साथ-साथ जॉब भी तो करने लगते हैं, उस पर वान्या तो बहुत स्वाभिमानी है। उसे लगा, उसके कंधे पर किसी ने हाथ रखा है। मुड़कर देखा, आन्या मेज पर रखे दो बियर के गिलासों की ओर इशारा कर रही थी और उसके पास की कुरसी पर बैठ

गई थी, विशाल की स्पीच चल रही थी—

"अपने बच्चों से पार्टिंग बहुत मुश्किल होती है, उन्हें जिस किसी के हवाले भी तो नहीं किया जा सकता। कल्याण, तुम मेरे लिए एक्सेप्शन हो, क्योंकि तुम्हें वान्या ने चुना है। वान्या, तुम्हें पता भी नहीं चला होगा, बिना तुम्हारी जानकारी के कल्याण से अकेले में तीन-चार बार मिला हूँ, मुझे तुम्हारी पसंद पर पूरा भरोसा है।"

आन्या उसे बार-बार यहाँ से उठने के लिए कह रही थी, पर उसका यहाँ से हिलने का भी मन नहीं था। तभी तालियाँ बजीं यानी विशाल अपनी बात पूरी कर चुका था। कल्याण के पिता ने भी आभार प्रकट करते हुए दो-चार औपचारिक वाक्य बोले और केक काटने के लिए वान्या और कल्याण को आमंत्रित किया। शैंपेन उड़ाई गई—उल्लास में उल्लसित सभी वान्या से मिलने के लिए आतुर थे। वह इंतजार कर रही थी कि उसने कल्याण को अपनी तरफ आते देखा। वह उससे कहे बगैर न रह सकी, 'कल्याण, तुम्हारा जादू चल गया; वान्या एकदम दक्षिण भारतीय लग रही है।' वह कुछ और कहती कि कल्याण ने उसे रोका, "मासी, प्लीज उसे ऐसा मत कह देना, वह इसे कॉम्प्लीमेंट की तरह से नहीं ले रही।"

"ओह!" कहकर वह चुप लगा गई, पर उसका मतलब वान्या के दक्षिण भारतीय साड़ी में सुंदर लगने से था। अपना व्यक्तित्व खो देने से नहीं। उसे अच्छा लगा, कल्याण वान्या की भावनाओं को समझता है और उसके व्यक्तित्व को यथावत् बनाए रखने के लिए सक्रिय भी है।

डिनर सर्व हो गया और उसके साथ-साथ डांसिंग फ्लोर पर आमंत्रित डांसिंग गुप के मुख्य नर्तक ने फायर 'डांस' की उद्घोषणा भी कर दी। आग के विविध खेलों की ऐंद्रिय प्रतीकात्मक प्रस्तुतियों के बीच वर-वधू के लिए चुटकियाँ लेते हुए वान्या और कल्याण को अपने साथ नाचने के लिए बुलाया, "देखते हैं कि आज का हॉट कपल इस आग में टिक पाता है या नहीं।" अपनी कुशलता से उसने कल्याण के मुँह से आग भी निकलवा ली। उसे इस आग से डर लग रहा था, आँखें बंद कर वह बुदबुदा रही थी, "नो मोर फायर प्लीज—अब नॉर्मल डांस होने दीजिए।"

तालियों की गड़गड़ाहट में उसने आँखें खोलीं, कल्याण और वान्या के डांस के साथ गतिशील हंगामेवाला नाच शुरू हो गया, जुनून में आए लड़के-लड़कियाँ क्या, अपनी-अपनी मस्ती में उपस्थित सभी जोड़े गा और झूम रहे थे।

वह मन-ही-मन सोच रही थी, कितना अच्छा हुआ कि मई के महीने में बिना बारिश हुए विवाह कार्य अच्छी तरह से संपन्न हो गया, अब बूँदें बरसने लगें तो कितना अच्छा हो, बूँदें बरसती रहें, बरसती रहें—वह भीग जाए-भीगती जाए!"

विशाल उसके पास आकर बैठते हुए उससे कह रहा था, "मासी, मैं तो थक गया,

अकेली वान्या मिल ही नहीं रही, आपको मौका मिले तो आप उसे समझा दीजिए कि अपने मेडन नेम के साथ कल्याण का सरनेम जरूर लगा ले। आप ही सोचिए, ऐसा न करने पर कल्याण को बुरा नहीं लगेगा?''

''अपनी इस सोच को कल्याण पर थोपना छोड़ो, बेकार की ये सब बातें भूल जाओ, नाम में क्या रखा है। वे दोनों दस सालों से एक साथ हैं, एक-दूसरे को समझते हैं, शादी भी हम लोगों की तसल्ली के लिए कर रहे हैं। देखो माँ! बेटियाँ कल्याण कैसे झूम रहे हैं! चलो एक डांस मुझे भी करवा दो'' कहते हुए वह डांसिंग फ्लोर की तरफ आ गई।

□

उमस के बाद

अपार्टमेंट्ज के इस दौर में अपने बड़े घर में शिफ्ट करना बहुत अच्छा लगा था। दूर ही सही, पर आगे-पीछे लॉनवाले घर तो आजकल लोगों के लिए सपना ही हो गए हैं। सोचा था स्विमिंग पूल बिल्कुल खिलौना सा होगा, पर उसे भी विक्रम होटल के बराबर देखकर तो मैंने बच्चों की तरह से तालियाँ ही बजा दी थीं। फरीदाबाद में हैं तो क्या, अपने पाँव-तले की गाड़ी में दूरी ही कितनी रह जाती है। कभी डेक-चेअर पर पूल के किनारे बैठती, कभी फ्रंट लॉन में चाय के कप के साथ। बैड-रूम में से हिलते-डुलते पीछे के लॉन के अशोक के वृक्षों को देखती तो उल्लास की फुरफुरी अपने आप में होने लगती। लगा 'सम्राट' से शादी करके ठीक ही किया। उसने तो सचमुच राजाओं का सा वैभव भी मेरे इर्द-गिर्द जुटा दिया है। मैंने तो सोचा था कि वह मेरे 'ब्यूटी-पार्लर' खोलने पर राजी नहीं होगा, पर जब मैंने प्यार से, मनुहार से कहा था, "देखो, इस गैराज का क्या करेंगे? इस इलाके में ब्यूटी-पार्लर है ही कहाँ? लोग यहाँ से दिल्ली भागते हैं। फिर ब्यूटीशियन का कोर्स किस काम आएगा, कौन मैंने अपने हाथों से काम करना है? चल निकला तो मैं कौन सी शहनाज हुसैन से कम रहूँगी। मान जाओ न प्लीज!"

सम्राट ठहरा व्यापारी बुद्धिवाला। जँच गई मेरी बात उसे। फिर आम तो आम, गुठलियों के दाम किसे बुरे लगते हैं। इनवेस्टमेंट के लिए पैसे की कमी थी नहीं। एक लड़की से काम शुरू किया था, अब छह लड़कियाँ हैं मेरे पास।

दस साल में पाँच बार फर्नीचर बदल चुकी हूँ। वीडियो, कलर टी.वी., एअरकंडीशंड गाड़ी, जो किसी समय बहुत दूर की चीज लगते थे, अब घर में रुलते हुए से लगते हैं। पहले घर का हर कोना एक थ्रिल देता था। इसी थ्रिल को पाने के लिए ब्यूटी-पार्लर खोला, नाम रखा 'सैरंध्री'। अपने यहाँ के हिंदुस्तानी अंग्रेजों को जब अंग्रेजी में इसका अर्थ समझाती, महाभारत तक इसकी उपस्थिति के प्रमाण देती तो पार्लर में आई हुई कई जोड़ी आँखें लगता, मुझे विद्वत्ता का सम्मान देती मेरे सामने बौनी हो गई हैं। शुरू-शरू में

एकाध ने मुझे काम के एवज में टिप देनी चाही, पर जिस टेढ़ी नजर से मैंने उन्हें देखा, उससे छोटी पड़ी, वे 'सॉरी-सॉरी' कहती हुई संकुचित सी झुकती-झुकती, मुश्किल से गिरती-पड़ती मेरे ड्राइव-वे को पार करती। अब तो इन लड़कियों से काम करवाने के बाद एक नजर उन्हें देखकर 'फाइन' या 'ओ.के.' कह देती हूँ तो लगता है वे धन्य हो गईं।

बहुत हो लिया यह सब, अब तो यह भी बदमजा लगने लगा है। लगता है, इस माहौल में बैठी रही तो मेरे शरीर में भी एक 'फुस्स-फुस्स' सम्राट धँस जाएगा। नहीं-नहीं, मैं सम्राट की तरह थुलथुलाना नहीं चाहती। इस सोच से ही बदन के न भी थुलथुलाने पर मेरा मन थुलथुलाने लगता है और फिर सोच को नियंत्रित करने के लिए लेना पड़ता है कांपोज नहीं, यह ठीक नहीं।

ठीक नहीं है, इसी चक्कर में तो एक बेटा, एक बेटी होने पर भी एक बार बच्चों में ही थ्रिल महसूस करने के लिए 'बाबला' को पैदा कर दिया था। उफ, अभी तो मैं सिर्फ अट्ठाईस साल की हूँ—लंबी उम्र आगे है। टी.वी., फिल्में, ब्यूटी-पार्लर, वैभव, लंबी ड्राइव, कुछ भी तो नहीं मन को भरते। मन खाली-का-खाली। जब डिफेंस कॉलोनी में थे तो दोस्तों का एक जमघट हमेशा साथ रहता था। 'चीना, कुछ सुना' और मैं शुरू हो जाती थी। बहुत बोलने पर भी किसी ने बातूनी नहीं कहा था मुझे! अब तो लगता है, जुबान को जैसे उल्ली लग गई है। बोलने को मन ही नहीं चाहता। बोरियत शब्द तो उस समय हमारी डिक्शनरी में था ही नहीं। एक तरफ साउथ एक्स है तो दूसरी तरफ ग्रेटर कैलाश। कभी लाजपत नगर तो कभी बंगाली मार्किट में गोल-गप्पे खाकर सारी ऊब को हवा कर देते थे। कॉलेज में घुसते ही चारों दिशाओं में आँखें जातीं, ढूँढ़ती अपने जमघट्टे को और फिर सड़क हो, कॉलेज लॉन के पास की बजरी हो, वहाँ की सीढ़ियाँ हों या कारों के चौंतरे, हमारे हँसी-ठट्ठे और कॉलेज एक हो जाता था। लोग-बाग घर जाने की जल्दी में रहते और हमें याद दिलाया जाता कि घर वापस लौटना है। शाम की 'स्पेशल' आ गई है।

उन दिनों तो 'नई कमीज', यहाँ तक कि 'नया रूमाल' तक भी खरीद लेने को जब तक सारी मित्रों को एक-एक करके बता नहीं लिया जाता था, चैन नहीं पड़ती थी। एक को बताकर साथ ही यह कहना कि अभी उसे नहीं बताना और फिर खुद सता-सताकर बताने में 'खोदा पहाड़ निकला चूहा' और फिर ठहाके। घंटों नई फिल्मों की बातें करते, टी.वी. पर देखे नाटकों का चबाना चलता। नाटकों से याद आई 'कपूर मैडम'। उन्होंने कलात्मक व्यावसायिक मंच के तौल का ही नाटक 'आषाढ़ का एक दिन' तैयार करवाया था। कितनी उल्लसित और हर्षित थी मैं, जब 'मल्लिका' के लिए उन्होंने मुझे चुन लिया था। वह मुझे अपनी खोज कहती थीं। लड़के को-एड कॉलेजों से लिये थे। कालिदास और मेरी जोड़ी मंच पर ही नहीं, मंच से अलग भी चर्चा का केंद्र बन गई थी। मित्रों ने

'चीना' छोड़ 'मल्लिका' ही कहना शुरू कर दिया था। 'आषाढ़ का एक दिन' जिंदगी बना हुआ था हमारी। वैसे 'विवेक' अभिनेता भी अच्छा था, थोड़ा 'सिस्सी' तो था, पर शायद कवि का रोल किसी ऐसे ही लड़के पर जँच सकता था, पर मेरे लिए तो वह मात्र लड़का नहीं था। जिंदगी की कसक और प्रेम की वेदना की थाह लेता, 'आषाढ़ का एक दिन' का त्रासद प्रेम हमारे जीवन में हवा में तैरते रोमांस की सृष्टि कर रहा था। उन दिनों यह नहीं लगता था कि नाटक की चुहल जीवन की भीतरी तहों में भी धँस जाती है। विवेक को कभी गंभीरता से मैंने लिया हो, याद नहीं आता। बकौल मेरी मित्रों के 'लड़कों को नचाने में मुझे रस आता था।' मेरी अभिन्न मित्र नीता ने तो 'सम्राट' से पहली बार मिलने के समय भी कहा था—

"देख, अगर उसे भी बनाने के चक्कर में मिल रही है तो बिल्कुल मत मिल, याद रख, तुझे घर से उठवा देगा।"

सम्राट को मैंने 'बनाया' नहीं था। उसका सोफिस्टिकेटेड मैनरिज्म या अब कहूँ उसके भौतिक वैभव ने मुझे खींच लिया था। लगा था केवल नई कमीजों, रूमालों और फिल्मों से अब थ्रिल या चेंज नहीं मिलेगा और सम्राट के साथ विवाह का मतलब था तरह-तरह के थ्रिल्ज के दरवाजों का खुल जाना।

पर अब समझ में आता है जिंदगी थ्रिल्ज को जीना मात्र नहीं है। कुछ है, जिसकी निरंतर भूख मुझमें है। मजाक में अपने बच्चों को अपने आप से 'मैं' 'अभाव की संतान' कहती हूँ। वह कौन सा अभाव है, जिसे बच्चों के माध्यम से मेरे मन ने भरना चाहा, थ्रिल लेना चाहा?

और सब भी क्या ऐसा ही ऊबा-ऊबा सा महसूस करते हैं? पहले तो ऐसा नहीं था, जिंदगी भागती नजर आती थी। लगता था एक तेज प्रवाहयुक्त नाटक या फिल्म चल रही है—मेरी ही नहीं, हम सभी की। 'कपूर' मैडम के बेटे की वर्षगाँठ पर बी.ए. के बाद भी सारी नाटक की टीम मिलती थी। लगता था, वहीं पर मंच फिर सज गया। नाटक के संवाद पर संवाद और सब लगभग जब चले जाते तो विवेक के शब्द...

"मल्लिका, चलिए, यह भृत्य कालिदास उस शती में न सही, इस बीसवीं शती में आपको आपके आवास में पहुँचाने का सौभाग्य प्राप्त कर ले।"

हाँ, सम्राट और अपने विवाह का निमंत्रण मैंने विवेक को नहीं भेजा था, पर उसे इसकी पूरी सूचना मिल ही गई होगी, क्योंकि उसके विवाह का निमंत्रण हमारे सम्राट वाले घर पर आया था। गई मैं नहीं थी। सम्राट ने तो पूछा था चलने के लिए, पर मैं व्यस्त थी उन दिनों अपने 'पार्लर' को आकार देने में। बाद में गिफ्ट देने विवेक के घर गई थी। उसके मध्यवर्गीय वातावरण में मुझे लगा था, जैसे यहाँ आकर मैं विवेक को ऑब्लाइज ही कर रही हूँ। अपनी पत्नी की उपस्थिति में मुझे सामने पाकर विवेक बहुत

सहज नहीं हो पाया था। सहज तो मुझे वह तब भी नहीं लगा था जब अपने सिंगल यूनिट में 'प्रगति विहार' के अपार्टमेंट में शिफ्ट कर गया था। अपने बेटे की वर्षगाँठ के बहाने उसने अपने पुराने दायरे के दोस्तों को बुलाया था। विशिष्ट अवसर पर जाना मुझे अपने आप को महत्त्वहीन करना लगता था। अगली शाम को अकेली गई थी, बच्चे के लिए ढेरों उपहार लेकर। पता चला था विवेक की पत्नी इंटीरियर डेकोरेटर है, किसी पाँच सितारा होटल से संबद्ध, पर उसके घर को देखा तो ऐसा नहीं लगा था। एक जिज्ञासा, जो उसके घर को देखने की जागी थी, वह उसके अस्त-व्यस्त घर को देख शांत हो गई थी। मन-ही-मन विजय और खुशी का एहसास हुआ था।

'कपूर मैडम' भी तो अब अपने बच्चों की वर्षगाँठ पर नहीं बुलातीं। ऐसा भी तो हो सकता है कि उनके बुलाने पर मैं न गई होऊँ, इसलिए उन्होंने मुझे निमंत्रण भेजना ही बंद कर दिया हो और फिर अब तो उनके बच्चे भी उस वय के नहीं रहे होंगे, जब बच्चों का जन्मदिन उनके माँ-बाप द्वारा मनाया जाता है। फिर यह भी क्या जरूरी है कि उन्हें मिलने के नाम पर मैं उनके घर जाऊँ और विवेक भी आ जाए। हाँ, एक तरह हो सकता है, अगर मैं विवेक को उसके परिवार सहित पिक-अप कर लूँ और कपूर मैडम को कुछ समय पहले फोन कर दूँ।

अपने को व्यस्त करने का भाव मिल गया था। फोन पर कपूर मैडम बहुत प्यार से बोलीं कि उनके लिए मेरे पार्लर पर आना संभव नहीं था। मैं तो स्वयं यह चाह रही थी कि वे कह दें, 'तुम आ जाओ।' फोन रखते-रखते मैंने यह भी कह दिया, "मैडम, विवेक के परिवार को भी पिक-अप करती आऊँगी।"

एक बार फिर मुझे संतोष हुआ था विवेक के परिवार और अपनी संपन्नता की तुलना कर। विवेक के घर पर गिनाई जा सकनेवाली सारी चीजें थीं, पर संपन्न होने का अंदाज उनसे नहीं लगता था। मुझमें इच्छा जगी थी कि विवेक परिवार सहित मेरे घर आए, पर क्या घर आए बिना भी मेरी हुंडई और मेरे व्यक्तित्व मात्र से मैं क्या कुछ नहीं होती, पर फिर भी एक तड़प क्यों?

बहुत खुशी से राजी नहीं हुई थी विवेक की पत्नी, पर शायद मेरे बार-बार कहने से उसे अटपटा लगा था। यह अटपटाहट मैडम के घर पर भी लगातार बनी रही। बाबला को साथ ले आई थी, यह अच्छा किया, बात चलाने का सहारा बन जाते हैं बच्चे।

"बाबला, इन अंकल ने तुम्हारी माँ के साथ नाटक किया था। अंकल कैसे लगे?" "अच्छे", बाबला ने कहा, तो मैंने जोड़ा, "पहले अच्छे लगते थे, अब तो अच्छे के 'विलोम' हो गए हैं," कहकर हँसना चाहा था, पर सबकुछ जबरदस्ती का चल रहा था।

विवेक की पत्नी की आँखें लगातार मुझ पर गड़ी रही थीं। क्या तलाश रही थीं, मुझमें विवेक का कुछ हिस्सा? विवेक को मैंने पाना चाहा होता, तो मुश्किल नहीं था

मेरे लिए। विवेक का तो मैंने इतना ही साथ चाहा था, जिससे जेठ की गरम दुपहरियों की तपन कुछ देर के लिए दूर हो जाए। समूचा विवेक मिल जाने पर तो मेरी सारी उत्फुल्लता ही हवा हो जाती। काश, विवेक की पत्नी यह जान सकती। उन दिनों भी नाटक से अलग जब होते तो बात-बात पर बहसते, एक-दूसरे पर शाब्दिक चोटें करते। लफ्फाजी से ऊब जाते तो आईसक्रीम से अपने को ठंडा कर रिहर्सल के लिए अपने को तैयार कर लेते। इस सबका मजा तो तब आता, जब दोस्त पूछतीं, "विवेक से मिली?"

"हाँ...नहीं...हाँ...नहीं..." करती एक-एक की जिज्ञासा और उत्सुकता को काल्पनिक बिंबों से भरती, अपने को रस से सराबोर करती। विवेक की पत्नी नहीं जानती, न जाने, यही अच्छा है।

कपूर मैडम के यहाँ जाना बेकार नहीं गया। आज कांपोज नहीं खाना पड़ेगा। मीठी नींद आ रही है। आषाढ़ के पहले दिन की बयार से आई मीठी अलसाई नींद!

□

टैंकर

कैप्टन साहब ने जिस कॉलोनी में फ्लैट लिया, वह दिल्ली की कमिंग-अप पॉश कॉलोनीज में से थी। मकान लेना तो वे डिफेंस में चाहते थे, पर वहाँ एक हजार तक में दो बेड-रूम मिल रहे थे और यहाँ छह सौ पचास में तीन बेड-रूम मिल गए थे। सेंट्रल प्लेस तो यह नहीं थी, पर कैप्टन साहब के पास अपनी गाड़ी थी और वैसे भी ड्यूटी के लिए इंडियन एयरलाइंस की बड़ी गाड़ी उन्हें ले जाती और छोड़ जाती थी। खाली शामों में दोस्त आ जाते या कभी वे अपनी पत्नी के साथ चले जाते। खैर, एडजस्ट कर ही रहे थे। वैसे तो कोई दिक्कत नहीं थी, उन्हें मुश्किल कुछ और ही थी। जयपुर जैसे शहर की सिविल लाइंस जैसी कॉलोनी में वे जाने-माने एकाध स्मार्ट पॉश सोफिस्टिकेटेड लोगों में माने जाते थे। जब वे पत्नी को साथ लेकर बाहर निकलते तो आस-पास के लोगों की आँखों की छाया में वे कई इंच और ऊँचे उठ जाते और बिना विमान उड़ाए ही उन्हें लगता कि वे हवा में उड़ रहे हैं—घर पर दोस्त-यार आते तो वे ऊँची-ऊँची आवाज में नौकर से 'यह दे जा, वह दे जा' से घर में चहल-पहल मचा देते और बिना आँखें फेरे उनकी पीठ भी देख लेती कि सामनेवाली बालकनी की 'नीरा', प्रकाशजी के सुपुत्र और कोनेवालों की बहू बाहर खड़े होने के बहाने उनके घर की चहल-पहल का जायका ले रहे हैं। कभी शाम को पैदल घूमने निकल जाते तो 'सलाम साहब'; 'जय रामजी की बाबू', 'नमस्ते मालिक', 'हैलो कैप्टन' का अपनी अदादार नॉडिंग से जवाब देते कैप्टन साहब की गरदन भी थक जाती थी और वे तने हुए कुछ फूले हुए से आते और बीवी को बाँहों में भर लेते। नीरा बालकनी के अंदर ही परदे की झिरी से देखती रहती, प्रकाशजी का सुपुत्र पश्चिमी संगीत की ऊँची धुनें लगाकर ड्राइंगरूम में ही डांस करने लगता और कोनेवालों की बहू मुँह पर हाथ धर दबी हँसी हँसते नीचेवालों के बच्चे को आवाज देने में अपनी झेंप सी मिटाती।

कैप्टन साहब ने नौकर को आवाजें तो यहाँ भी बहुत लगाई थीं, हर शाम दोस्तों

की भरमार भी हुई थी, ड्राइंगरूम में खुले परदों में बीवी को बाँहों में कसना तो छोटी बात है—कई बार उन्होंने चूम भी डाला था, पर यहाँ न तो सामनेवाली बालकनी ही से किसी ने झाँका था, न किसी किशोर ने उन्हें अपना हीरो ही बनाया था और न किसी बहू ने ललचाई सी लुब्ध आँखों से एयर-होस्टेस को भी मात करनेवाली उनकी बीवी को ही देखा था। उस दिन थोड़ा सा धीरज बँधने लगा था, जब लॉन में अपने एक मित्र कपल के साथ बियर के लिए बैठते हुए उन्होंने नौकर को आवाज दी थी और कहा था, "पहचान लो, यह जब भी आएँ, ये थर्ड रेट मग्ग मत लाया करो, वे कॉटेजवाले कारविंग किए मग्ज होने चाहिए, समझे, ये हमारे खास दोस्त हैं।"

दोस्त कहने के साथ उनकी आँखें सामने फर्स्ट फ्लोर की बालकनी पर पहुँची—भाँप नहीं पाए, कोई बहू थी या बेटी? खूबसूरत हाउसकोट में, हाथ में मोटी सी किताब। वह भी उन्हीं की तरफ देख रही थी। आज तो कैप्टन साहब धन्य हो गए, पर वे चौंके, क्योंकि वहाँ प्रशंसा नहीं (प्रशंसा की नजर वे पहचानते हैं), घृणा थी। उसने किताब बंद की, उसे कहीं अंदर की तरफ रखा। वहाँ इधर-उधर देखा, अंदर की तरफ बढ़ी। ड्राइंग-रूम के शीशे के दरवाजों को बड़ी नफासत से बिना आवाज किए खींचा, फिर जाली के दरवाजों को खींचने के साथ मोटे परदे भी गिरा दिए।

'उस दिन कैप्टन साहब का मन बियर में जमा नहीं। पत्नी के आमंत्रण भी फीके रह गए। बिस्तर पर लेटे, पर बियर की खुमारी उनकी आँखों में नींद न ला सकी। वे परेशान थे, आखिर कमी कहाँ है?

रात की बेचैनी के कारण सुबह सिर भारी सा था। बीवी से चाय के लिए कहा। उठकर टॉयलेट गए तो देखा, पानी नदारद। "पानी नहीं है", उन्होंने आवाज लगाई। नौकर जग लेकर आया, "साहब, सुबह थोड़ा देर से पानी आया। मालूम नहीं था, चला जाएगा, इसलिए भरा भी नहीं। यह थोड़ा सा है, इससे ब्रश करवाए देता हूँ।"

कैप्टन साहब चाय भूल गए, "अरे रामू, जरा गुप्ता साहब के यहाँ देख, पानी आया?"

वहाँ भी पानी नहीं था। सामने भेजने में हिचक हो रही थी, पर क्या करते। भेजा, नौकर वहाँ से दो बाल्टी पानी लाया। 'तो उन्हें पता था कि पानी भरकर रखना होता है', उन्होंने मन में सोचा। उस पानी से उन्होंने काम तो कर लिये, पर बेचैनी बहुत बढ़ गई। उन्होंने उठाया फोन। पहले कमिश्नर साहब के शिकायत की, फिर नगर निगम में फोन किया और इधर-उधर तब तक फोन करते रहे, जब तक उन्हें यह आश्वासन नहीं मिल गया कि अगले दिन टैंकर उनके घर के सामने मौजूद होगा।

कमिश्नर साहब ने झूठा आश्वासन नहीं दिया था। अगले दिन वाकई सुबह आठ बजे टैंकर कैप्टन साहब के घर के सामने खड़ा था।

कैप्टन साहब की बुलंद आवाज और मुसकान फिर लौट आई थी। नौकर को हिदायतें दी जा रही थीं—घर का छोटे-से-छोटा बरतन पानी से भर लो। टैंकर के पास अच्छी-खासी लाइन सी बन गई थी। गुप्ता साहब कह रहे थे, ''कैप्टन साहब, आपने तो कमाल कर दिया। हिंदुस्तान में हर जगह कंपलेंट बॉक्सेस तो हैं, पर उन्हें खोला कभी नहीं जाता।''

कैप्टन साहब सिर को एक तरफ झुकाकर प्रशंसा लेते हुए विनम्र बनने की कोशिश कर रहे थे। मन उनका हो रहा था नौकर से कहें और पाँच-सात बाल्टियाँ सामने की ऊपरवाली बालकनीवालों के यहाँ भी भिजवा दें। कल का भुगतान भी हो जाएगा। हिचक महसूस कर रहे थे। नीचे शोर काफी था और उन्हें विश्वास था कि वे बाहर जरूर निकलेंगी।

कैप्टन साहब की श्रीमती ने ब्रेकफास्ट बाहर लॉन में ही मँगवा लिया था और वे भी बड़ी नजाकत से इतराती हुई टोस्ट कुतर रही थीं और बार-बार कैप्टन साहब से कह रही थीं कि वे कम-से-कम चाय का एक कप तो पी लें। पर कैप्टन साहब को बाहर से फुरसत कहाँ थी। शहर के अंदेशे में बेचारे दुबला रहे थे कि सबको पानी तो मिल जाए और इस कर्तव्य-परायणता में जवाब दे रहे थे, ''तुम पी लो। मैं बाद में पी लूँगा।''

उन्होंने देखा, सामने के घर में नीचे वालों की बच्ची ने ऊपर की घंटी बजाई। 'वही' बालकनी पर आई।

''आंटी, कम डाउन लुक एट द क्यू ऑफ बकेट्ज एंड मटकाज। इट्ज अ वंडरफुल सीन। कॉल अंकल ऑलसो।''

आवाज तो कैप्टन साहब ने नहीं सुनी। हाँ, इतना जरूर अंदाज लगाया कि उन्हें टैंकर की तरफ मुखातिब किया गया है। शायद नीचे ही आ जाएँ। उन्होंने अपने नौकर को समझाया, ''देखो, सामने से जब कोई आए तो सबसे पहले उन्हें भरने देना।'' वह इधर-उधर देखते हुए बार-बार एक नजर ऊपर सामने बालकनी में डाल लेते थे। आज वह हल्के नीले रंग की साड़ी में तैयार थीं। खूबसूरत काले रंग का स्वेड का बैग उन्होंने लिया हुआ था। शायद कहीं बाहर जा रही थीं। मन में आया, क्या इन्हें पानी की जरूरत नहीं? क्या इतना भरवा रखा है इन्होंने? इतने में उन्होंने देखा कि मझले कद का, थोड़े भारी शरीर का एक पुरुष भी वहाँ आया। उनका मन यह नहीं चाह रहा था कि वे इस पुरुष को उसका पति मानें।

महिला ने मुसकराते हुए उस पुरुष से कुछ कहा। वे भीतर गए। जब बाहर आए तो उनके हाथ में कैमरा था। उन्होंने धीमी, पर साफ आवाज में कहा, ''गुप्ता साहब, जरा इधर देखिएगा। आप लोगों की एक फोटो ले लूँ।''

फोटो का नाम लेना था कि सारी लाइन के मुँह बालकनी की तरफ मुड़ गए पर

कैप्टन साहब का रंग फीका पड़ गया था, तो यह मैदान भी उनके हाथ से गया। फीकी आवाज में उन्होंने गुप्ता से पूछा, ''ये कौन थे?''

उसने बताया कि ये 'जन-जागरण' के चीफ एडीटर साहनी साहब थे और उनके साथ थीं उनकी पत्नी, जो बड़े अस्पताल में गाइनिक विभाग की यूनिट इंचार्ज हैं।

पानी भरनेवालों की लाइन लगभग खत्म हो चुकी थी। टैंकर लानेवाला व्यक्ति कैप्टन साहब से हस्ताक्षर कराने के लिए रजिस्टर उनके पास लाया था। वह कह रहा था, ''साहब, क्या कल भी आना होगा?''

कैप्टन साहब क्या कहते। कुछ समझ नहीं आ रहा था, पर कुछ जवाब तो उसे देना ही था, बोले, ''फोन कर देंगे।''

□

और मैं यंत्र हो जाती हूँ

किसी लेखक की कहानी पढ़ी थी, जिसमें तीन घरेलू महिलाएँ गृहस्थी की व्यस्तताओं से कुछ समय के लिए मुक्त हो बाहर के ताजे वातावरण में चैन की साँस लेती हवा में उड़ने लगती हैं। आज त्रिवेणी के इस कैफे में बैठी हम भी वैसी ही हो गई हैं। भला हो इन थियेटरवालों का, जिन्होंने अब तीन बजेवाला शो भी रख दिया है। दो घंटे का नाटक, फिर चाय और फिर शाम को अपनी-अपनी गृहस्थी में मुस्तैद।

पप्पी कह रही है, ''भई, मुझे तो तुम्हारे नाटकों से कुछ लेना-देना नहीं, राकेश का हो या तेंदुलकर का, हम तो भाई यह तुम्हारी चाय और तुम्हारे लिए आते हैं।''

मणि उसका मजा लेने के लिए कह बैठती है, ''पर पप्पी, तुझे वैसे ड्रामे तो अच्छे लगते हैं न—'कुड़ी जवान ते गवांडी परेशान।' इतवार को तुझे डॉक्टर साहब के साथ सप्रू हाउस के बाहर देखा था।''

''अरे, जाओ, डॉक्टर साहब ड्रामे देखेंगे। भूल जाओ, बच्चों को छोड़ने गए होंगे कहीं। मैं भी साथ बैठ गई होऊँगी। डॉक्टर साहब को तो कभी ऐसे ही हथियाना होता है, वरना उन्हें अपने बीमारों से कहाँ फुरसत!''

घड़ी में छोटी सुई छह के करीब पहुँच रही थी और मुझे डॉक्टर साहब के नाम से अपने पति को दिया हुआ समय याद आ गया था। इन लोगों से कहती कि चलती हूँ, तो कभी जाने न देतीं, इसलिए खड़ी होकर बोली, ''भई! राकेश-तेंदुलकर को छोड़ो, हमें तो जर्मन नाटककार ब्रेख्त ही भाता है, जो दर्शकों को यानी कि हमें बार-बार याद दिलाता है, भई! डूबो नहीं नाटक में, अपने को देखो, सोचो। तो भई! मैं तो जा रही हूँ, कॉटेज, वहाँ हमारे उन्होंने आना है, वरना हमें बस में घर जाना पड़ेगा। अब तुम लोग भी जाओ, सँभालो अपने-अपने घर।''

वे कुछ कहें, इससे पहले ही हाथ हिलाती मैं सड़क पर पहुँच गई हूँ। प्रफुल्लता भी कितनी बड़ी चीज है। न स्कूटर मिला, न बस, पर पाँवों में पहिए लग गए और पंद्रह

मिनट में सही वक्त पर मिलन–स्थल पर पहुँच गई। दूर से ही मैंने सीढ़ियों पर चढ़ते हुए इन्हें देख लिया था, इसलिए निश्चिंत हो गई थी, क्योंकि ये बाहर कभी प्रतीक्षा नहीं करते। जो चीज लेनी हो, ली और वापस। इस बीच पहुँच गए तो ठीक, नहीं तो रोओ अपने भाग्य को। बच्चों के खिलौने फर्स्ट फ्लोर पर मिलते हैं। 'मैं जब तक पहुँचूँ, संभवतः ये खिलौना भी पसंद कर चुके होंगे,' सोचती हुई अपने में मुसकराती सीढ़ियाँ चढ़ रही हूँ। अंतिम सीढ़ी से ही मुझे खिलौना इनके हाथ में दिखाई देता है और साथ में वहीं खड़े दिखाई देते हैं प्रो. वैष्णव। आज वस्तुतः प्रसन्नता का दिन है। उन्होंने भी मुझे देख लिया है। मेरे हाथ स्वतः ही जुड़ जाते हैं। लगमग भागती हुई पहुँचती हूँ, पर वहाँ पति का वाक्य मुझे ठंडा कर देता है। अच्छा है, उनकी पीठ मेरी तरफ है, वे कह रहे हैं, ''हाँ, जल्दी तो है ही, ड्राइवर की छुट्टी का समय हो गया है। वैसे भी थकावट की हालत में घर जितनी जल्दी पहुँचा जाए, अच्छा है।''

कितना चाहती रही हूँ डॉक्टर वैष्णव के पास बैठकर उनको सुनना, पर मेरे पति न जाने क्यों ऐंठ जाते हैं। सौजन्य भी शेष नहीं रह जाता और सामने पड़ते ही भागने की जल्दी करते हैं और ऐसे में मेरे मिलने की खुशी में नमस्कार की मुद्रा में जुड़े हाथ विदा के नमस्कार का दायित्व पूरा कर लेते हैं। मैं तो नमस्कार भी बोल नहीं पाई। क्या मेरी विवशता डॉ. साहब समझ पाएँगे और पति के पीछे–पीछे हो ली।

डॉ. वैष्णव की क्लास से निकलते थे तो उनके शब्द कानों में गूँजते रहते थे, अभिभूत, जैसे अच्छी कृति पढ़ने के बाद भी मन उसी में रमा रहता है। विद्वान् होने पर भी विद्वत्ता का दंभ उन्हें छू तक नहीं गया था। कॉफी हाउस से सीट के अभाव में लौटने की सोच रहे होते कि डॉ. वैष्णव अपनी टेबल पर आने का संकेत दे देते। कितने ऊँचे हो जाते थे हम उनके मित्रतापूर्ण व्यवहार से। कितनी आसानी से हम कोई भी अपनी निजी से निजी समस्या उनके सामने व्यक्त कर सकते और पानी में जैसे नमक की डली घुल जाती है, वैसे ही हमारे हर अनुत्तरित प्रश्न शमित हो जाते थे। मैं तो बहुत सामान्य सी विद्यार्थी थी, वे तो डॉ. वैष्णव ही थे, जिन्होंने मेरी प्रतिभा को उकसाया। मैं क्या सोच सकती थी कि मैं कभी लिख पाऊँगी और जर्नलिस्ट हो जाऊँगी। सुना करते थे लेखकों में बहुत अहं होता है, पर डॉ. वैष्णव तो इस तथ्य को अपवाद सबित करते हैं। फाइनल में थे हम, जब उन्होंने अपने घर बुलाकर हमको विदा दी थी। उनकी पत्नी और उनके व्यवहार को देखकर मैं रोक नहीं सकी थी अपने को, ''सर, इस विदा की दोबारा इच्छा में लगता है एक बार और एम.ए. करना पड़ेगा।''

इससे पहले कि डॉ. वैष्णव कुछ जवाब देते, उनकी पत्नी पहले ही कह रही थीं, ''तुम्हें यहाँ आने के लिए एम.ए. करने की जरूरत नहीं, तुम जब चाहो, आओ। और सुना है, परीक्षा के बाद तुम्हारा ब्याह हो रहा है। देखो, पति के साथ जरूर आना।''

मैं जानती थी कि श्रीमती वैष्णव ने कोरी औपचारिकता में यह खुला निमंत्रण मेरे हाथ में नहीं दिया था। आत्मीयता से भरे हुए डॉ. वैष्णव की पत्नी ऐसी उदार और आत्मीय ही हो सकती थीं।

मुझे याद है, विवाह के बाद जब हम सारी औपचारिकताओं से निपट चुके थे तो मेरा मन 'इन्हें' अपने परिचितों में ले जाने का हुआ था। सबसे पहले परिचितों में श्रेष्ठतम डॉ. वैष्णव की याद आई थी, मैं उनका मैत्रीपूर्ण आशीर्वाद चाहती थी। ये भी मान गए थे। मैं बिना सूचित किए ही उनके घर पहुँच गई थी, इसलिए घर पर उनके होने से उल्लास और बढ़ गया था, पर जैसे ही मैंने इन्हें डॉ. वैष्णव से परिचित कराया, इनके चेहरे पर न जाने कैसे भाव आए थे बिजली के झटके की तरह, मैं भी कुछ क्षणों के लिए निर्जीव होकर रह गई थी। स्त्रियों में एक ऋजु क्षमता होती है पुरुष की मानसिकता को पकड़ने की। मेरे पति डॉ. वैष्णव के व्यक्तित्व में देख रहे थे एक सुदर्शन पुरुष और उसकी प्रतिक्रिया में वे अपनी पुरुषजन्य ईर्ष्या से तिलमिला उठे थे। मेरे लिए डॉ. वैष्णव वाणी थे, औदात्य थे, अभिभावकत्व लिये मित्र थे। पर पुरुष भी कैसा प्राणी है, पत्नी के संदर्भ में अन्य पुरुष की वय से ही संपूर्ण संबंधों का निर्धारण करता है। स्त्रियों को ईर्ष्यालु कहा जाता है, पर व्यवहार में तो यह ईर्ष्या अकारण पुरुषों में ही देखने को मिलती है। सारा उल्लास ठंडा पड़ गया था। इनके असहज व्यवहार से मैं भी सहज न रह पाई थी। वैष्णव दंपती ने वातावरण में सहजता लाने की हर चेष्टा की थी, पर पति उखड़ चुके थे और चाय को पीने के बाद सिवाय उठ जाने के और कोई रास्ता न था।

ऐसा नहीं है कि ये सामाजिक न हों। अपनी तरह की सामाजिकता इनकी है। अपनी मित्र मंडली है, शराब के दौर हैं। चित्रा-अजीतसिंह और मुन्नीबाई की गजलें हैं, फोइश चुटकुले हैं। जहाँ मेरा मन मरता है, वहाँ ये जीते हैं, जहाँ मैं जीती हूँ, वहीं इनका अहं तिलमिलाता है और साहचर्य की आकांक्षा में मेरा मन दम तोड़ता रहता है। ये कहते हैं, 'खीझना मेरा स्वभाव है।' इसमें ये क्या कर सकते हैं। जो लोग एन्जॉय करना नहीं जानते, उनके लिए कोई क्या कर सकता है? फिर भी मकान नहीं रहा मेरा घर, 'अखिल' ने उसे घर बना दिया है। वह रोता है, वह हँसता है और उसके रोने और हँसने सें दीवारें गूँजने लगती हैं। उसके लिए फीडर भरते और इनके तथा अपने लिए चाय की ट्रे लाकर बैठने में ही रोमांस हो जाता है और अंततः गृहस्थी रह भी क्या जाती है—सुबह की चाय से शुरू होती है, बच्चे के स्कूल भेजने से विकसित और रात के खाने पर समाप्त। यही घर होता है, यही साथ।

मणि उस दिन पप्पी से कह रही थी, "भई, तुम लोग कैसे अपनी-अपनी दुनिया में खुश रह लेते हो? मैं तो इनके पास बैठ जाऊँ तो उठने ही नहीं देते। कब सुबह से शाम हो जाती है, पता ही नहीं चलता। देखो न, बच्चों को छुट्टियों में दीदी के पास इसलिए

भेज रहे हैं कि काठमांडू का मजा लिया जा सके। सच, लगता ही नहीं है कि दस वर्ष हमारे विवाह को हो चुके हैं।''

भला पप्पी अपने दायरे पर नीरसता के आक्षेप को बरदाश्त कर सकती थी? बोली, ''अरे, यह सब मत समझो। वैसे तो हम अपने में मस्त नजर आते हैं न, पर पिछले दो दिन ही से डॉ. साहब के मम्मी-पापा आए हुए हैं। इधर मेरा भाई भी आया हुआ है। बच्चोंवाला बेडरूम मम्मी-पापा को दिया हुआ है। भाई को ड्राइंगरूम में सुला रहे हैं। छोटू को अपने कमरे में खाट पर सुलाने पर भी मंटू को अपने बीच में सुलाना पड़ता है। सच, लगता है, ऐसे में शारीरिक दूरी तो है ही इस मंटू की उपस्थिति से, रात जो दो बात कर सकते थे, वह भी नहीं कर पाते। बिना बात किए भी जो डायलॉग होता है न, उसको तुम नहीं समझ सकतीं।''

और पप्पी अपनी ठहाकेदार आवाज में ठहाका लगाकर मेरी तरफ देख रही थी कि शायद मैं उसके कथन को फिलॉसोफाइज करूँ। ये लोग मुझे फिलॉस्फर कहती हैं। बारी से चूकना मुझे नहीं आता। कह उठी थी, ''भई, डायलॉग तो हमारे होते हैं।''

''सात बीस हो गए हैं, अखिल, तैयार किया कि नहीं?'' ये पूछते हैं।

''नाश्ता लगा दिया है, आ जाइए।''

''शाम को कितने बजेंगे आपको?''

''रात क्या बनाऊँ आपके लिए?''

''ठंड बढ़ गई है, पंखा जरा हल्का कर दो।''

''आप ही कर लीजिए।''

''तुम कर दोगी तो नौकर हो जाओगी?''

हैं कि नहीं नितांत आधुनिक डायलॉग, तुम्हारे रोमांस को छीलते हुए और मुझे लगता है कि मैं कहते-कहते ब्रेख्त हो जाती हूँ कि झटके से गाड़ी रुकती है और इनकी आवाज—

''जल्दी से अंदर जाकर चाय बनाओ। मैं गाड़ी गैराज में बंद करके आता हूँ।'' मेरी चेतना पर भी ब्रेक लग जाती है और मैं··· ? (यंत्र हो जाती हूँ।)

□

तप्तसमाधि

“बेटा, अभी पंद्रह दिन पहले ही तो तुम ऋषिकेश में राफ्टिंग कर छुट्टी मनाकर आए हो, अब मनाली जाने की जिद क्यों कर रहे हो? भगवान् ने तुम्हें खुशहाल वापिस भेज दिया है, आज अखबार में तुमने पढ़ा नहीं, कल दो बच्चे वहीं डूब गए?”

“डरपोक माँ, मैं हूँ न तुम्हारे सामने वन पीस, मत डरा करो इतना, पहली अगस्त को तो मैंने हैदराबाद के फॉरिन ट्रेड इंस्टीट्यूट को ज्वॉइन कर लेना है, नई-नई नौकरी में फिर न जाने दोस्तों से मिलना कब हो? मुझे जाने दो न प्लीज!”

“रोकूँ भी तो तुम्हें कौन सा रुक जाना है! अपने पापा को मना लो, वैसे बेटा, मैं तो चाहती थी कि यह बचा हुआ एक-डेढ़ महीना हमारे पास रह लो, फिर तो तुम्हारे पास अपना मनचाहा सबकुछ होगा—गाड़ी, बँगला, क्लब, कर लेना वहाँ मनमानी।”

“ममा, तुम क्यों नहीं समझती, बोर हो जाता हूँ मैं घर में, आदत पड़ी हुई है न रात-रात जागकर पढ़ने की और पढ़ाई-परीक्षा से छूटे तो दिल भरकर दोस्तों के साथ छुट्टी मनाने की, मैं और लड़कों की तरह से रात-रात डिस्को में तो बिताता नहीं, न बीयर और शराब में धुत्त होता हूँ, मुझे तो बस यही शौक है न, ट्रैकिंग का! मुझे नदी बुलाती है, पहाड़ बुलाते हैं—उन्मुक्त फैली धरती और आसमान बुलाता है। याद रखना, अगर नहीं जाने दोगी तो तुम्हारे सामने यहीं अपनी ऊब में ही खत्म हो जाऊँगा, तब अखबार में छपेगा—

“एक युवक की अपनी ही ऊब से मृत्यु”

“चुप बदमाश, भगवान् ने सुंदर चेहरा दिया है तो बात भी सुंदर किया कर, ऐसा कहकर मुझे इमोशनली ब्लैकमेल मत कर, मेरी किस्मत में तो तेरा इंतजार ही लिखा है, पहले स्कूल से आने की बाट जोहती थी, फिर कॉलेज से आने की, अब हैदराबाद चला जाएगा तो तेरे फोन के आने का इंतजार किया करूँगी।”

फोन शब्द के चेतना में आते ही अपनी तंद्रा की बेसुधी में विभु से संवाद करती नीरा यथार्थ की पीड़ा में लौट आई—मनाली से, होटल मैनेजर द्वारा फोन पर दी गई मारक सूचना कि चार लड़कों में से एक मिसिंग है, रात बारह बजे ही आ गई थी और अन्य अभिभावक के साथ अरविंद रात ही मनाली के लिए चले गए थे।

उसी वक्त नीरा के मन में खटका था, कहीं यह मिसिंग लड़का 'विभु' ही तो नहीं? सबका लीडर तो वही था—कार्यक्रम बनानेवाला, जगह तय करनेवाला, सारे इंतजाम करनेवाला, लौटे हुए लड़कों ने खुद, अपने-अपने घर जरूर फोन किया होगा, अपने मुँह से विभु के वापस न लौटने की सूचना दे सकने का साहस न जुटा पाए होंगे, इसलिए हमारे घर मैनेजर से फोन करवाया होगा, व्यास के किनारे पत्थरों पर लड़के बैठ गए थे, उनमें से कैमरा लटकाए एक पानी के बीच में पड़े बड़े पत्थर पर बैठ गया और अपने पाँव उसने पानी में डाल दिए, एक लड़के ने रोका भी था कि इतने तेज प्रवाह में पैर डालकर मत बैठ, पर उसने सुना अनसुना करते हुए जवाब दिया था—तुम लोग मेरी तरफ मुँह किए रहो, जब मेरा मन होगा, मैं फोटो खींच लूँगा, न जाने फोटो खींचने के लिए खड़ा हुआ था या बाहर किनारे पर आने के लिए, कि उसका पत्थर पर संतुलन बिगड़ा और वह पानी में गिर पड़ा। नदी किनारे घिर आई साँझ के अँधेरे में तेज प्रवाह में उसे पकड़ा नहीं जा सका।

हाँ, यह विभु ही है, उसके मित्रों के अभिभावक इस सच को जरूर जानते होंगे, तभी तो सब मनाली गए भी नहीं, तो क्या जो गुप्ताजी बता रहे हैं, वह सच है, पर उसे क्यों विश्वास नहीं हो रहा या विश्वास करना नहीं चाहती। सबको दुर्घटना की जानकारी थी, बस हमें ही पता नहीं था, और दुर्घटना की कल्पना हम अपने साथ करते भी तो नहीं।

पेट में हौल सी पड़ी नीरा को और उसकी बंद आँखों से आँसू बहने लगे। पास बैठी माँ की रखवाली करती उसका साया बनी वंदना ने अपने कोमल हाथों से उसे हिलाते हुए कहा, "माँ, तुम फिर रोने लगीं?"

"मैं कहाँ रो रही हूँ! यहाँ हमारे पास तो सभी आ गए हैं। तेरे पापा तो वहाँ अकेले हैं, असलियत यहीं पता चल जाती तो घर से कोई साथ तो हो जाता उनके।"

"ममा भैया बच तो जाएगा न?" वंदना पूछ रही थी।

"भगवान् से प्रार्थना कर बेटी," और उन्होंने अपने होंठ दबा उमड़ते हुए आँसुओं को आँखों में ही रोक लिया था।

मन-ही-मन प्रार्थना कर रही थी कि कुछ अघटनीय न घटा हो, कुछ करिश्मा ही हो जाए, पर उनकी यथार्थ बुद्धि कह रही थी—व्यास का ठंडा पानी, तेज प्रवाह पत्थरों के बीच गिरा क्या वह बचा होगा? उन्होंने अपनी सोच पर विराम लगाने की कोशिश की और अपने भीतर बैठे विभु को प्यार करना शुरू किया। जैसे नन्हे शिशु विभु को

दुलारती थी, जैसे उसके कोमल गालों को सहलाती और पुचकारती थी, उसकी टाँगें मलती थी, राल टपकाते विभु के गिलगिले होंठों को चूमती थी।

''माँ तुम्हारी टाँगों को दबाऊँ?'' वंदना पूछ रही थी।

उन्होंने देखा, वे अपने हाथों से अपनी टाँगों को दबा रही थीं।

''मम्मी, मनाली से पापा का फोन···।'' उन्होंने कार्डलेस फोन अपने कानों से लगा लिया था।

''अभी कुछ पता नहीं चला, सर्च पार्टी सुबह छह बजे से निकली हुई है, जहाँ पत्थर पर से वह फिसला, सब वहाँ चलने के लिए कह रहे थे, पर मैं वहाँ जाने की हिम्मत नहीं जुटा पा रहा हूँ।'' और वे रोने लगे थे। इधर नीरा भी फफक पड़ी थी। उधर से आवाज आई थी—

''अपना ध्यान रखना, वंदी का भी।''

वह भी कह रही थी, ''तुम भी अपना ध्यान रखना।''

चारों तरफ से सब जन उसका ही तो ध्यान रख रहे थे। जेठ-जेठानी, भाई- भाभी, उनके बेटे-बहुएँ सभी तो आ गए थे, सब ने घर सँभाल लिया था। कोई कह रहा था—

''गरमी का मौसम है, पानी में ग्लूकोज डाल थोड़ा-थोड़ा लेती रहो।''

''नीबू-पानी ले लो, हाजमा ठीक रहेगा, सब तुम्हीं से मिलने आ रहे हैं। सँभली रहोगी तो ही तो उनसे मिल पाओगी।''

और वह सँभली-सधी सब को बता रही थी। बार-बार अपने ही प्राणों के पानी में विलय हो जाने की घटना और अपने मन में महसूस कर रही थी कि यह अखबारी घटना तो नहीं है, उसके निजी प्राणों का निकलना है, और वह सुबक उठती है, रोने लगती है, फिर एक कोमल हाथ उसकी पीठ को मलने लगता है, दो होंठ उसके माथे को छूते हैं, दो मुट्ठियाँ उसकी पिंडलियों को दबाती हैं, और वह ठीक है, का संकेत करते उठ खड़ी होती हैं, बाथरूम जाने के लिए वंदी को जताने के लिए कि वह अभी साबुत हैं पूरमपट्ट, वह घबराए नहीं।

दो दिन बीत चुके हैं—ट्रैक्यूलाइजर के असर में वह डेढ़-दो घंटे बेहोश पड़ी रही है, सुध में आते ही वह फिर अवसाद में लौट आई हैं, वंदी पास ही में सोई हुई है, दिन भर के थके, घर के शेष लोग सो चुके हैं, पर उसके दुःख का बाँध इस वक्त अनावृत रूप से निकलना चाह रहा है, बहना चाह रहा है, पर उसकी जरा सी भी आहट वंदना को जगा देगी और वह होंठ भींच आँखें बंद कर अपने को कस लेती है, और नन्हा विभु उसकी गोद में आ बैठता है, रॉकिंग घोड़ा जिद करके उसी समय लाया है, राजकुमार सा उस पर बैठ उसे डरा रहा है। माँ-माँ-मैं गिरा, 'गिरा' की आवाज पर वह सब काम छोड़ उसके पास भागते हुए पहुँचती है और विभु हँसने लगता है, उसे समझाता हुआ—

'इछ पर से न घुलसवार गिलता है न घोला—मेली डरपोक माँ!' उसका बचपन से प्रिय वाक्य।

विभु उसकी आँखों में और छोटा हो जाता है, वह नया-नया चलना सीखा है—कभी परदा पकड़कर कहता है—चाऽऽऽ, कभी दरवाजे के पीछे से झाँकता हुआ कहता है मँ···चाऽऽ कभी ड्राइंग-रूम के दीवान के नीचे से बाहर मुँह निकाल बोल उठता है, चाऽऽ, और अपने चपल बच्चे के पीछे-पीछे खेल को जारी रखने के लिए पकड़ में आए हुए को भी छोड़ देती है, फिर उसे हँसाने के लिए ऊपर कर अपनी बाँहों में समेट लेती है—

पर इस बार तो पकड़ने के नाटक का भी मौका नहीं दिया उसने, हाथ की पकड़ में आने से पहले ही वह छूट गया है।

क्या लौटकर आएगा वह अपनी माँ के पास? रात भर वह अपने खेल- खिलवाड़ से उसे चौंकाता रहा, उससे भी दो हाथ लंबा हुआ, उसका अभिभावक बना। उसे कभी नाटक दिखाने ले जा रहा है, कभी फिल्म, तो कभी रेस्तराँ में चाय पिलाने। सारी रात वह उसके पास रहा और अब खुली आँख वह देख रही है कि वह वहाँ नहीं है, चार बज रहे हैं और सन्नाटे का कड़वा एहसास फिर उसका दम घोंटने लगता है कि कहीं से मन में एक आवाज उठती है—

क्या पता सर्च पार्टी को अपनी टूटी-फूटी हालत में ही सही, मिल जाए और वहीं से बोल उठे, 'घबराती क्यों हो मेरी डरपोक माँ, गिरते हैं शह-सवार ही मैदान-ए-जंग में, मैं ठीक हो जाऊँगा, याद है न तुम्हें सौरभ, कार एक्सीडेंट में पूरी कुचली हुई हालत से भी ठीक हो गया था।'

और वह अपने आत्मबल को समेटती, शुभ की आकांक्षा करती, सोच में भी बदसगुनी न हो, की सावधानी के साथ अपने आपको उठाती है। वंदना को प्यार से उठा सोफे पर लेट जाने के लिए कहती है। उसे कमरा ठीक करना होगा, नया बेड, स्प्रैड बिछाती है। लोगों के आने से पहले उसे घर को और अपने आपको ठीक करना है। नहाना-धोना है, किचन में देखना है कि घर में सबके लिए पूरा सामान है। नदी में गिरा वह और टाँगें उसकी बैठ गई हैं, उठा ही नहीं जा रहा, धड़ में जान ही नहीं रही।

जान तो आ जाती उसमें अगर मनाली से प्राण फूँकती, आशा जगाती आवाज उस तक पहुँच जाती—नीरा, विभु बच गया, विभु मिल गया।

पर उसकी इस क्षीण सी आशा के विरुद्ध फोन आया था—

'सर्च पार्टी निकली तो हुई है, पर उम्मीद जरा भी नहीं', कह पति फूट पड़े थे और पति को ढाड़स देते वह बोली थी—

'अपने को सँभालो अरविंद, समझ लो उसने 'जल-समाधि' ले ली है। सोचो

'विकृत हालत' में अगर वह मिल भी जाए, तो क्या उसका वह चेहरा, वह शरीर हम देख पाएँगे, सह सकेंगे'', कहते-कहते वह बिलख पड़ी और रोते-रोते ही बोली, ''अरविंद, तुम लौट आओ, बस लौट आओ तुम!''

कैसी विडंबना है, वह रोए से मुँह से अपने आप से कह रही है—कैसा उत्सवी माहौल बन गया है घर में, चाय बन रही है, कोल्ड-ड्रिंक्स सर्व किए जा रहे हैं—नाटकीय चुप्पी में फुसफुसाहटों का अभिनय किया जा रहा है, हर व्यक्ति अपने-अपने जाननेवालों को कहानी सुना रहा है, दुर्घटना के पूरी सीक्वेंस को मूर्त करते हुए और फिर उस पर परदा गिरा अपने-अपने सुख-दुःख के अनुभवों का आदान-प्रदान, जिसमें धीमी हँसी भी शामिल है। वह सबके बीच पहुँचती है तो एकाएक सब चुप हो जाते हैं। वह अपनी निढालता और मानसिक थकान के लिए अपने कमरे में छिपने के लिए पहुँच जाती है। वंदना उसके पीछे-पीछे है, हर जगह। वह वंदी को गले लगा रोना चाहती है, पर अपने पर रोक लगा लेती है। अपने कमरे में बैठी-लेटी भी उसके कान ड्राइंग-रूम तक खिंच गए हैं, उनमें आवाज पहुँचती है—

बॉडी नहीं मिली, बॉडी नहीं मिली।

सुनते ही वह कानों में रुई ठूँस लेना चाहती है, इसलिए नहीं कि उससे घटित अघटित हो जाएगा, पर बस कुछ शब्द हैं, जो वह विभु के साथ नहीं जोड़ सकती। उसके सामने तो वह विभु है, जो चारों तरफ अपने उल्लास से वातावरण को हरियाता, अपने छोटे-छोटे खिलवाड़ों से अंकुरित, पुष्पित, हरसिंगार के फूलों सा सौंदर्य, उल्लास और ताजगी बिखेरता रहा।

ड्राइंग-रूम में दुर्घटना के रहस्य-रोमांच भरे नाटक का पाठ चल रहा है—

लड़के अकेले बाहर जाकर तरह-तरह की शरारतें करते हैं—इंटैंशंज खराब न भी हों तो किसी शरारत में किसी बच्चे ने पानी में धकेल दिया हो?

कोई कॉमन लड़की दोस्त तो नहीं थी इनकी? अकसर लड़की के बीच में होने से अनर्थ हो जाते हैं।

उसके कान खड़े हो जाते हैं। पलंग से उठकर दरवाजे के पास रखे मूढ़े पर बैठ जाती है—हाँ, हो क्यों नहीं सकता? वे उसकी स्मार्टनेस, खूबसूरती, लीडरशिप, सभी से तो ईर्ष्या करते थे। व्यक्त रूप से तो दोस्ताना ही था, मौका पाकर उसे नुकसान पहुँचाने के उद्दाम भाव की पकड़ में उसे पानी में धकेल दिया हो, यह सोचकर कि किनारे पर ही तो हैं तीन-तीन, क्या एक लड़के को बाहर नहीं निकाल सकेंगे? इतना बड़ा छह फुट का जवान लड़का पानी में कैसे फिसल गया, किनारे का ही पानी उसे बहाकर ले गया, कौन बताएगा उसे? वे तीनों तो वास्तविकता जानते होंगे, पर क्या वे बताएँगे उसे सच या जो बता सकता था, वह बता सकेगा?

बालकनी में चिड़ियों की चीं-चीं से वह चौंकी। कूलर के कोने पर बने घोंसले से निकल बच्चा बालकनी के दरवाजे के पास फुदककर आ गया है। माँ चिड़िया ने चीं-चीं कर कई चिड़ियों को इकट्ठा कर लिया है, यह देख घबराई हुई सी आवाज में वह वंदी को आवाज देती है। ''वंदना! बालकनी का दरवाजा लॉक कर दो, कोई बालकनी में न जाए, नहीं तो ये चिड़ियाँ डर के मारे बच्चे को बचा नहीं पाएँगी।''

माँ की पगली बौखलाहट को देख वंदना कहती है—

''घबराओ नहीं माँ, बच्चा बस अब उड़ने के कगार पर ही है।'' फिर एकाएक चुप हो जाती है। उसका मन देख रहा है, भैया भी तो बड़ा हो गया था—पूरे जुगाड़ के साथ उड़ान भरने को तैयार, बस आकाश में पंख ही नहीं फैला पाया। वंदना ने देखा, चिड़िया के बच्चे में पूरी जान है, पर पासवाले फ्लैट की बालकनी के मुँड़ेर पर ताक लगाए बिल्ली भी बैठी है, शायद चिड़िया इसीलिए चिंचिया रही थी। माँ की आँख बिल्ली को न देख ले, इसलिए वह अडोल हाथों से बालकनी का दरवाजा बंद कर देती है।

गुप्ताजी अभी-अभी आए हैं और बता रहे हैं कि सभी लोग आज शाम या रात तक दिल्ली पहुँच जाएँगे, सुबह ही सब टैक्सी से दिल्ली के लिए निकल पड़े हैं। सब लोग शाम तक, रात तक दिल्ली पहुँच रहे हैं, सुनते ही झूठी उम्मीद के तिनके का सहारा भी उसके हाथ से खिसक गया।

केवल एक शब्द है, जो कान में गूँज रहा है—सभी-सभी-सभी! इस सभी में उसका विभु नहीं रहा, और उसकी आँखें बरसने लगती हैं। भीतर आती वंदना को देख वह अपने आँसू गटकने लगती है।

वंदना से कहती है, ''तुम्हारी नानी बचपन से हमें श्रीमद्‌भागवत से कहानियाँ सुनाया करती थी—यमुना किनारे ग्वाल-बालों के साथ कृष्ण गेंद खेल रहे हैं, खेलते-खेलते गेंद यमुना में जा गिरती है—गेंद ढूँढ़ने के लिए कृष्ण यमुना में कूद तो गए, पर बाहर नहीं आए, यह सूचना मिलते ही माँ यशोदा बिलखते हुए यमुना पहुँची, छटपटाती हुई इस किनारे से उस किनारे और इस किनारे से उस किनारे तक भाग रही हैं, कृष्ण को आवाजें लगा रही है, पर नदी में कूद नहीं पड़ती और उसकी इस स्थिति में उसी को संबोधित करती एक आकाश-ध्वनि होती है—

''कृष्ण तो ईश्वर हैं, मृत्यु उनका स्पर्श नहीं कर सकती, पर यशोदा माँ होने के नाते तुम अगर बच्चे को बचाने के लिए नदी में कूद पड़ती तो माँओं के जीते जी बच्चे अकाल काल कवलित न होते।''

नदी में कूदना तो दूर, वह तो नदी किनारे भी नहीं पहुँच पाई, उस नदी के पास से तीन बच्चे लौट रहे हैं, क्या इन बच्चों में वह अपने विभु को निहार पाएगी, विभु ने जल-समाधि ली है। क्या वह अपने भीतर से इन बच्चों के प्रति मातृत्व की करुणा का

कोई सोता, करुणा-स्रोत जगा पाएगी? उसके भीतर तो कहीं विद्रोह कर रहा है—उन बच्चों को देख तो उसके भीतर हमेशा जागेगी, एक शंका, एक संदेह कि इन्होंने ही, इन्होंने ही संभवत: इन्होंने ही? उसके अपने भीतर एक मूक संवाद चल रहा है। शंका और करुणा की लड़ाई में तड़पती वह आँखें बंद कर लेती है, आँखों से फिर आँसू टपकने लगते हैं, वंदना उन्हें पोंछने के लिए अपने हाथ को पास ले जाती है, पर गरम ताप को महसूस कर रुक जाती है।

वंदना सोच रही है कि वह माँ की इस समाधि को भंग करे या उसे इसी में डूबी रहने दे?

□

बलात्कार

अधखुली नींद की सी हालत में उसे लग रहा था, जैसे वह सपना देख रही है, पर घंटी की आवाज जब बंद होने पर नहीं आई तो उसे एहसास हुआ कि यह सपना नहीं, यथार्थ है। पास मेज पर रखे फोन की घंटी लगातार टनटना रही थी। नींद को किनारे करते हुए फोन के रिसीवर को उठाने के साथ-साथ उसकी नजर घड़ी पर पड़ी—साढ़े पाँच बज रहे थे। इतनी सुबह का फोन, सबकुछ सब कोई ठीक-ठाक हो—बृजेन पास में सो रहे थे और अमोघ भी अपने कमरे में सो रहा है, उनींदेपन में भी तसल्ली सी हुई उसे, हैलो कहने पर भी दूसरी तरफ से जब कोई आवाज नहीं आई, या हल्की फुसफुसाहट, जिसको उसने समझा नहीं, खीझ में वह कहने जा रही थी कि आपसे गलत नंबर मिल गया लगता है कि दूसरी तरफ से बेचैन, विकल, थकी सी आवाज कह रही थी—

"आंटी फोन बंद नहीं कीजिए—मैं सोमा बुआ के यहाँ से बोल रही हूँ, आप जल्दी-से-जल्दी यहाँ चली आइए, सोमा बुआ⋯"

फिर सुबकने की आवाज। आवाज उसने पहचान ली थी। वह केतकी की आवाज थी। सोमा की भतीजी।

"केतकी, क्या हुआ है बच्चे, ठीक से बताओ?"

"आंटी बस आप आ जाइए, पता नहीं सोमा बुआ को क्या हुआ है। मालूम नहीं, वह हैं या⋯"

केतकी का रोना फिर शुरू हो गया था। उसने बस इतना ही कहा, "अच्छा, मैं पहुँच रही हूँ एकदम।"

उसने बृजेन को जगाया नहीं, बस एक नोट उसके लिए लिख फोन के नीचे रख दिया—"मेरी मित्र सोमा के यहाँ कुछ अघटित घटा है—सिद्धार्थ एन्क्लेव, कोशिश करूँगी, फोन पर तुम्हें सब बता सकूँ।"

जल्दी-से-जल्दी निकलने पर भी जब वह सिद्धार्थ एन्क्लेव सोमा के घर पहुँची तो साढ़े छह बज रहे थे, पर मार्च के महीने में सात बजे तक भी खुला दिन नहीं चढ़ पाता। सीढ़ियाँ चढ़कर जब वह सोमा के घर पहुँची तो उसने देखा, दरवाजा खुला हुआ है और केतकी के पास एक दंपती मौजूद हैं, उसके पीछे-पीछे ही शायद सोमा के घर काम करनेवाली माई भी आ खड़ी हुई थी और उससे पूछ रही थी—"क्या हुआ बीजी ?"

"अभी तो मुझे भी पता नहीं है।"

जैसे-तैसे उसने कहा। उसको देखते ही केतकी उससे चिपट गई। उसकी पीठ थपथपाते हुए उपस्थित दंपती की तरफ उसने प्रश्नसूचक दृष्टि से देखा।

"शी इज नो मोर।"

पुरुष ने अंग्रेजी में कहा।

"फिर भी आप तसल्ली के लिए डॉक्टर को बुलवा लीजिए।"

केतकी से हाउसिंग कॉम्प्लेक्स की फोन डायरेक्टरी ले एक डॉक्टर के यहाँ उसने फोन मिलाया—"डॉक्टर साहब, नौ नंबर से बोल रही हूँ। मेहरबानी करके जल्दी आ जाइए प्लीज बात यह है…"

हाँ, कार्डियक अरेस्ट हुआ था सोमा को। लगभग पाँच वर्षों से उसका हार्ट-एन्लार्जमेंट का इलाज चल रहा था। जब उसे यह पता चला था तो उसने जानबूझकर मजाक करते हुए कहा था—"आगे क्या कम बड़ा दिल था तेरा, जो और एन्लार्ज करवा लिया।"

वह कौन कम थी, उसी तौल पर बोली—"आजकल खुला दिल किसी को रास नहीं आता, संकुचित रहने की आदत जो हो गई है, यह तो हम ही शाहदिल हैं, जो उलटे-उलटे काम करने की ताब रखते हैं।"

हाँ, वह बहुत खुले दिल की थी, उतनी ही खुशमिजाज, उतनी ही मुँहफट। उसके बढ़ते मोटापे को देख उसने सोमा से कहा था—

"अब तो अपने पर तरस खा, असली घी के पराँठे खाने बंद कर दे।"

जवाब में वह बोली—

"कौन सा मुझे पति को खुश करना है, जो तेरे जैसे सींखची हुआ जाए, अपने को टिपटॉप रखो, घर को टिपटॉप रखो, खुद न हुए, घर घर न हुआ, प्रदर्शनी की चीज हो गए। अपना तो सबकुछ अपने लिए होता है, शोबाजी के लिए नहीं। अपना तो मूल मंत्र है—'घी है तो खाएँगे, गाड़ी है, तो चलाएँगे, पर विडंबना देख मेरी, डॉक्टर के कहने पर मैं, सोमा, असली घी की सोंधी गंध को छोड़ मरगिला सफोला खा रही हूँ, अब तू सफोला पर भी कर्फ्यू लगा।"

हम दोनों स्कूल से लेकर यूनिवर्सिटी तक एक साथ पढ़े थे। सुखद संयोग ही

था कि दोनों को एक ही कॉलेज में लेक्चररशिप मिल गई थी। मैंने तो तीन-चार साल नौकरी कर शादी के बाद पति की तेजपुर पोस्टिंग होने पर नौकरी छोड़ दी थी पर वह अभी तक वहीं दिल्ली कॉलेज में पढ़ा रही थी। भारत के विविध शहरों में पोस्टेड होते पति के साथ अंतिम पोस्टिंग के लिए दिल्ली होम टाउन में आ गए थे। बेटा हमारा बीस वर्ष का हो गया—जिंदगी का लंबा दौर गुजर गया, पर सोमा अभी भी वैसी थी, वही की वही, सोमा के भाई ने हमारी ही एक मित्र से शादी की थी, पर शादी के दूसरे-तीसरे वर्ष केतकी को जन्म देते वह नहीं रही थीं—सोमा ने शादी नहीं की थी, असुंदर होती सोमा तो कोई कहता कि शादी हो नहीं रही होगी, पर सोमा तो बुद्धि और सौंदर्य का प्रतिमान थी, अगर सोचा जाए कि केतकी को सँभालने के लिए उसने शादी नहीं की तो वह भी सच नहीं होगा, क्योंकि केतकी तो दादी की गोद में लाड़-प्यार से पल रही थी, माँ-बाप भी आखिरी वक्त तक चाहते रहे कि सोमा शादी कर ले, ताकि वे चैन से मर सकें, पर सोमा का इनकार पत्थर पर खिंची लकीर सा था, अमिट। शायद जैसे कुछ लोग जन्म से भोगी प्रवृत्ति के होते हैं, वैसे ही कुछ जन्मजात योगी होते हैं, शादी न करने का कारण उनसे पूछो तो कोई चटपटा सा जवाब देकर बात आई-गई कर देती थी।

नन्हा सा था अमोघ, उसे मिलने पर खूब प्यार करती थी वह, वह भी उससे छेड़खानी करता, जिद करता—

''आंटी आप शादी करो, मेरे लिए दोस्त लाओ, नहीं तो मैं आपसे नहीं बोलूँगा।''

आँखें तरेरती वह मुझसे पूछती, ''यह सब तूने सिखाया होगा अमोघ को। देख दोस्त, मैं जानवर की तरह से स्ट्रेचर पर लेट पाँवों को बँधवा बच्चे पैदा नहीं कर सकती, मैं अपने ही विरोधों का शिकार हूँ। बच्चे मुझे बहुत अच्छे लगते हैं, पर बच्चे पैदा करना अच्छा नहीं लगता, फिर शादी किसलिए, और केतकी व अमोघ क्या मेरे नहीं? शायद मेरा मन किसी भी पुरुष के प्रति समर्पित होने के लिए तैयार ही नहीं होता।''

ठीक ही कहती होगी सोमा, यों पुरुषों के बीच में वह सहज और अकुंठित व्यवहार करती थी, पर एक मर्यादित दूरी और अपनी गंभीरता निरंतर बनाए रखती। पुरुषों के बीच में कभी उसे अस्त-व्यस्त कपड़ों या बेध्यानी में भी नंगी-उघड़ी हालत में नहीं देखा, अपने रख-रखाव के प्रति सहज होते हुए भी सदा सतर्क रही। एक उम्र तक सोमा को विवाह के लिए मनाने में माँ-बाप प्रयत्नशील रहे, पर एक पढ़ी-लिखी समझदार आत्मनिर्भर महिला से कोई जबरदस्ती तो नहीं कर सकता। अंतिम समय में माँ-बाप को यही तसल्ली थी—कम-से-कम दोनों भाई-बहन इकट्ठे हैं, एक-दूसरे का सहारा तो बने रहेंगे।

पर नियति भी कितनी अजीब होती है, माँ की मृत्यु को अभी दो साल भी नहीं बीते थे कि पत्नी की मृत्यु के बाद लगातार दुबले होते गए भाई एक दिन केतकी को

सोमा को सौंप इस लोक से विदा हो गए। उनका भी हार्ट फेल हुआ था।

भाई की मृत्यु के बाद केतकी ही सोमा के लिए सबकुछ हो गई थी, अपनी शादी से लगातार इनकार करनेवाली सोमा चाहती थी कि केतकी की जल्दी-से-जल्दी शादी हो जाए और केतकी की जिद थी कि बुआ को अकेले छोड़ वह कैसे शादी कर ले। हाँ, अगर कोई ऐसा मिल जाए, जो मन से उस घर का होकर रह सके तो वह शादी से इनकार नहीं करेगी।

वह जब भी दिल्ली आती, दो-एक दिन सोमा के पास जरूर रहती। देर रात तक वे अपनी बातें करती रहतीं। बरसों का अंतराल एक रात में पाट लिया जाता। उसे अचंभा होता था कि सोमा अभी भी वैसी ही उन्मुक्त और हँसोड़ है, न कोई कुंठा, न कोई ग्रंथि। उसके मन में यह शंका होती कि यह इसका दिखावा है या वास्तविकता। एक बार तो उसने पूरी गंभीरता से पूछा था—

"मेरी जिज्ञासा है मोटू, अब तो बता दे कि किसी लव अफेयर में निराश होने की वजह से तूने शादी नहीं की या केतकी के लिए?"

ठहाका लगाकर हँसी थी, "अगर लव अफेयर का नाम दिया जा सकता है इसे, तो अपने पेट में उठते उच्चन पेड़ों (जिज्ञासा) को शांत कर ले, जब पी-एच.डी. कर रही थी तो मेरा गाइड, वही बहुत फ्लावरी भाषा इस्तेमाल करनेवाला—हाँ-हाँ वही नाजुक-मिजाज मल्होत्रा सर, घटों मेरी तारीफ करता, मेरे काम की तारीफ करता, अपने डिपार्टमेंट के कमरे में घंटों विद्वत्तापूर्ण अच्छी-अच्छी बातें करता, न जाने क्या-क्या, इंप्रेस हुई थी मैं उससे, पर था जोंक, बेचारा, एक बार तो तरस आ गया था मुझे उस पर, पर अपने आप से भी तो विवश थी मैं, गृहस्थी के फ्रेम में अपने आप को रखने में तो मुझे उबकाई आती थी, अगर मेरी शादी की मरजी होती, तो मेरी जैसी मुँहफट क्या शर्म करती? भूल जा दोस्त, यह सोमा संकोची मिट्टी से नहीं बनी, पर क्या करूँ उस नीली छतरी वाले ने मन ही ऐसा बेढब बना डाला, बाकी सब तो यह मन शायद चला भी लेता, पर शादी के साथ झंझट, खासकर एनिमल लेवल, ओह नो—उसके लिए मैं कभी अपने को तैयार न कर सकी।"

"आंटी, आंटी!" केतकी मेरी बाँह पकड़कर मुझे झिंझोड़ रही थी, "आंटी, ग्राउंड फ्लोर वाले अंकल पूछ रहे हैं, अब क्या करना है?"

केतकी के झिंझोड़ने ने जीवित सोमा को उसकी आँखों से परे हटा दिया था और उसे विकट वास्तविकता के सामने ला खड़ा किया था, जिसे स्वीकार करने के अलावा और कोई रास्ता न था। उन सबने मिलकर पलंग से गद्दे समेत सोमा को उठाकर जमीन पर रख दिया था। न जाने उसे क्या सूझा कि किचन में जाकर आटे का दीया बना, रुई की बत्ती को घी में अच्छी तरह से भिगो, बत्ती को सुलगाकर प्लेट में रख, सोमा

के सिरहाने रख दिया। केतकी से कहा, अगरबत्ती सुलगा दे और धीमी सी आवाज में गीता-पाठ का कैसेट लगा दे।

केतकी से सोमा की निजी डायरी ले; उससे पूछ-पूछकर कुछ लोगों की लिस्ट बनाई, जिन्हें फोन पर सूचना दी जा सकती थी। बृजेन को भी फोन कर दिया कि अमोघ को साथ ले जल्दी-से-जल्दी यहाँ पहुँचे। कुछ लोगों को केतकी पहले ही फोन कर चुकी थी।

वह सोच रही थी कि बृजेन आ जाए तो इस समय के लिए अपेक्षित सामान मँगवा ले। कैसी विडंबना है कि अवसाद की इस घड़ी में दर्द महसूस करने के लिए भी वक्त नहीं है। अपने में ही ऊब-डूब रही थी वह कि बाहर से आती विलाप की आवाज से सँभली और सोमा के पास से उठकर खड़ी हो गई—

"हाय नी मेरी सुक्खांलद्दी इक्को इक्क भतीजीये-नी तैनूँ की हो गया नी हुन्न मैनुँ चाची कह के कौन बुलाएगा…"

विलाप करते-करते उन्होंने सीमा के ऊपर अपना सिर मारना और जहाँ-तहाँ चूमना शुरू कर दिया।

"हाय नी तू तां कहंदी सै आपणे छोटे वीर की शादी अपने हत्थाँ नाल कराँगी नी तू तां ओहदा कारज देक्खे बगैर ई चल्ल दित्ती-नी, तेरी जगह मैं मर जांदी…"

किसी तरह से मैंने उन्हें वहीं से उठाया। उठ तो वह गईं, विलाप भी उनका बंद हो गया। विलाप की जगह आदेश ने ले ली। पंजाबी मिली हिंदी में कह रही थीं—

"अभी तो सारे किरिया करम करने हैं। पैले कुड़ी को नवाना है, चलो गरम पानी कराओ, नए कपड़े ओहदे वास्ते निकालो, मुरदे लई सारा समान मँगवाओ। मुरदे को जादा वक्त घार नई रखते।"

मेरा मन हुआ उनसे कह दूँ, नहला दिया है हमने, पर सबके बीच झूठ बोलने का मन नहीं हुआ। अपना गुस्सा पी रही थी, नौटंकीबाज, कोई और स्थिति होती तो डाँटकर उन्हें एक तरफ करती। किसी तरह से अपने को संयत रखते हुए उनसे कहा, "आप सबको बालकनी में ले जाइए, मैं और केतकी नहला देते हैं।" मन में सोच लिया था; पहने हुए कपड़ों पर पानी के छींटे देकर ऊपर से एक साड़ी लपेट देंगे। चाचीजी की तरह का उघड़ा हुआ नहाना सोमा कहाँ बरदाश्त कर सकती है। वह तो हरिद्वार की गंगा तक में कपड़े पहने हुए भी नहाने के लिए तैयार नहीं होती थी। कहती थी—'वितृष्णा होती है इन औरतों को इस तरह से नहाते हुए देखकर—वल्गार।'

नहाते हुए आनंदित स्थिति में मैंने पूछा था—"हम वल्गार लगते हैं तुझे क्या?"

"आई डोंट मीन दैट, बट वैल आई कांट," और तब उसने टूरिस्ट बँगलों के वेटर से अपने लिए कुरसी मँगवाई थी और निजी घाट के प्लेटफार्म पर बैठ न जाने हमारी

कितनी फोटोग्राफ्स ली थीं और हम पर व्यंग्य के छींटें फेंकती बोली थी—

"अब देखना तसवीरों में तुम कितनी सुंदर लगती हो—चिपके हुए गीले कपड़ोंवाली अमृता शेरगिल की पेंटिंग्ज?"

और हँसते हुए बँगले की सीढ़ियों की तरफ भाग गई थी।

चाचीजी उसी को ऐसे नहलाने के लिए कमर कस रही हैं। साड़ी के पल्लू को कमर में कसते हुए वे मुझसे कह रही थीं—

"नई धीये, तू क्यों नवाएगी? अपनी बच्ची नूँ मैं नहलावाँगी।"

वे बाथरूम से बाल्टी में पानी ले आई थीं—केतकी से तौलिया, पाउडर और परफ्यूम उन्होंने ले लिया था और हिदायत दी थी कि खुला ब्लाउज, पेटीकोट और साड़ी निकालकर वह उन्हें ला दे।

वहाँ बैठे सब लोगों को बाहर भेज दिया था, बस मैं और केतकी चाचीजी के सामने बेबस हो रहे थे। केतकी को उन्होंने इशारे से पास बुलाया। समझाया कि पहले धड़वाले हिस्से को धोएँगे, इसलिए सलवार उतारने में वह उनकी मदद करे। सलवार खुली होने की वजह से उतारने में कोई दिक्कत नहीं हुई, पर जब उन्होंने पैंटी को खींच-तानकर उतारने की कोशिश की तो मैं चीख पड़ी—

"चाचीजी, पैंटी पहने ही रहने दीजिए, अब गीले-सूखे से क्या फर्क पड़ना है।"

पर वे कहाँ माननेवाली थीं, केतकी से उन्होंने कहा, "जा, कैंची ले आ…।"

कैंची से उन्होंने पैंटी काटी, मेरे दिए पेटीकोट को उन्होंने एक तरफ रख दिया और अब वे कमीज उतारने के लिए दम लगा रही थीं। उतारने में मुश्किल होती देख उन्होंने फिर कैंची ली और कमीज की बाँहों को काटा, सामने के हिस्से में पूरा चीरा लगाया। कमीज उतारकर वह विजेता भाव से मुझे देख रही थीं, ब्रेसियर मत उतारिए कहने का भी उनके सामने कोई मतलब नहीं था।

सोमा का किसी के सामने न उघड़ा संगमरमरी बदन चिथड़ों में उघाड़ते हुए उधेड़ा जा रहा था। उसके ऊपर झुकी हुई चाचीजी मुझे पिशाचिनी सी लग रही थीं और उनकी इस प्रेत-क्रिया के सामने मैं बेबस थी। मुझे सोमा के माथे पर दर्द से जमी-खुदी सलवटें नजर आ रही थीं। मैं क्षमा-प्रार्थना कर रही थी, "दोस्त, माफ करना, मैं इस आखिरी वक्त तुम्हारे काम न आ सकी।"

तमाम उम्र दूसरों की आँख से अपनी मुजस्सिम काया को छिपाती सोमा कलाकार की गढ़ी सौंदर्य प्रतिमा सी पड़ी थी—नंगी उघड़ी, पर बेदाग, अखंडित। नहीं, चाचीजी कहने का मन नहीं हो रहा उन्हें, दाग दिया था उन्होंने उसके निजीपन में जबरदस्ती घुसपैठ कर उसकी अब तक सुरक्षित मानवीय गरिमा को खंडित कर।

बीमारी की पीड़ा को तो कभी उसने माना ही नहीं था। इस उघड़ेपन से बचने के

लिए ही तो वह कभी ऑपरेशन के लिए तैयार नहीं हुई। डॉक्टर करौली को कहे उसके शब्द उसी की आवाज में मैं सुन रही हूँ—

"डॉक्टर साहेब, ऑपरेशन तो मैं नहीं करवाऊँगी, अपने मन को नहीं मना पाती, यों आपकी बताई सारी दवाइयाँ खा रही हूँ, सावधानियाँ बरत रही हूँ, वैसे डॉक्टर एक बात कहूँ, बड़े दिल के साथ जिंदा रहने का अपना ही मजा है, ऐसे में जिंदगी साथ छोड़ दे, उससे विदा लेने में भी बिल्कुल डर नहीं, क्योंकि मैं नियति पर विश्वास रखती हूँ और साँसों की गिनती को मानती हूँ मैं, मेरे हिस्से की साँस मैं ही लूँगी।"

"हाय किन्नियाँ सोनियाँ गुलफेदार छातियाँ ने···अकारथ गइयाँ।"

तौलिये से सोमा का बदन पोंछती चाची की आवाज ने कानों में गूँजती सोमा की आवाज को काट परे फेंका, आँखों ने देखा, पेटीकोट परे पानी में गिरा हुआ था। मैंने अपनी आँखें बंद कर लीं।

□

मजीबा लाला

'वॉयलेट, तुम मुझे सुआहली सिखा दो। कुछ कामचलाऊ शब्द तो मैंने तो सीख लिये हैं, जैसे—जॉबो (नमस्कार), मजूरी (ठीक है), बोगा मार्किट (सब्जी बाजार), असांटे (धन्यवाद)।'

उसे इन शब्दों को बोलते सुन वह हँसने लगती है।

"सुनो, रात सब्जी नहीं बनेगी, दिन की पड़ी है—अच्छा सा पचमेल रायता बना लेंगे। तुम बाउल में खीरा, टमाटर, प्याज, गाजर छोटा-छोटा काटकर रख दो और दही सेट कर दो। राकेश के पहुँचते ही खाना खा लेंगे। चाय का वक्त तो बीत गया।"

"अगर सुआहली सीखनी है, तो चीजों के हमारे नाम बोला करो, लाइक डोंट से, 'दही', इट्ज 'मजीबा लाला,' यू नो मजीबा इज मिल्क, लाला मींज स्लीप, वैन मिल्क स्लीप्ज इट्ज मजीबा लाला। इट्ज गुड फॉर लिवर।"

हँसते हुए वह उसे समझाती है।

वह मुसकराने लगती है, कितनी खूबसूरत अभिव्यक्ति है—दूध, जब सो जाता है, तो दही बन जाता है—रिलैक्स्ड दूध दही है, फिर पेट के लिए आरामदायक क्यों न हो।

घड़ी पर फिर आँख जाती है। पौने आठ बजनेवाले हैं, उसे चिंता हो रही है, जब से वे नैरोबी आए हैं, राकेश छह बजे तक घर लौट आते हैं। बैंक में फोन करते हुए हिचकिचाती है, क्योंकि राकेश को बुरा लगता है। कहते हैं—

"बच्चा नहीं हूँ मैं कि जरा सी देर हुई और तुमने घंटी खटखटा दी।"

पर आज तो हद हो गई—सात, साढ़े सात क्या, आठ बजनेवाले हैं, बाहर घुप्प अँधेरा हो रहा है। अभी तक तो जैसे-तैसे वॉयलेट के साथ अपने आप को बहलाए हुए थी—आखिर रहा नहीं गया तो राकेश का फोन नंबर मिलाया, पर राकेश वहाँ होता तो फोन उठाता—अब और धैर्य नहीं उसमें। बैंक के गार्ड का नंबर मिलाया—"हैलो, अस्कारी (चौकीदार), मैं मिसेज अरोड़ा बोल रही हूँ, अरोड़ा साहेब के फोन की घंटी

बज रही है, फोन उठा नहीं रहे, बैंक में हैं या चले गए?''

''मिसेज अरोरा, सारे मैनेजर एक साथ निकले—बहुत पहले, पर सब इकट्ठे हैं—टाउन में आज स्ट्रईट्ज रायट्ज हो गए हैं। सुना है, गाड़ियाँ रोक रहे हैं, टायर पंक्चर कर रहे हैं, पर मि. अरोरा अकेले नहीं हैं, सब साथ हैं, ट्रैफिक जाम जगह-जगह पर है, अभी पहुँच जाएँगे।'

''ओ.के., थैंक्यू।'' उसने कहा।

सर मुँड़ाते ही ओले पड़े, अभी तो नैरोबी आए पंद्रह दिन भी नहीं बीते हैं—हर दिन शाम होते ही साँस रुकने लगती है, मोंबासा में तो ऐसा नहीं था—इतनी सुखद जिंदगी थी कि उसे लगने लगा था कि यहाँ हमेशा के लिए भी रहना पड़े तो वह रह सकती है। उसने सुना तो था कि इलेक्शंज के दिनों में अकसर झगड़े-दंगे होते हैं, इसीलिए अधिकांश एशियाई लोग अपने बीवी-बच्चों को केन्या से बाहर भेज देते हैं। यही वजह थी कि जब वे नैरोबी पहुँचे तो किसी सहयोगी ने स्वागतार्थ अपने घर नहीं बुलाया। जी.एम. की बीवी लंदन गई हुई थी और राकेश के सहयोगी मैनेजर राणा की पत्नी निशा गुजरात पहुँची हुई थी अपने माँ-बाप को मिलने और जॉर्ज की बीवी मरियम बीमार पड़ी हुई थी। आखिर राजनीतिक धरातल पर छिटपुट दंगे तो हर देश में होते हैं, यहाँ पर भी होते हैं, तो ऐसा कौन सा गजब हो गया! मोंबासा में तो राकेश नौ-नौ बजे घर लौटता था। दरअसल बैंक का कंप्यूटर डिवीजन उसी के बल पर चलता है। उसके अलावा कोई और सँभाल भी तो नहीं सकता उसे। वैसे भी राकेश काम का दीवाना है और सब उसकी इस आदत से परिचित हैं, इसलिए यहाँ पहुँचते ही उसके सहायक मैनेजर्स ने उसे सावधान किया था कि छह बजे के बाद वह बैंक में बिल्कुल न रुके, टाउन में अकेले व्यक्ति के साथ दुर्घटना होते देर नहीं लगती। मोंबासा की शांत, सहज जिंदगी की अभ्यस्त उसको यह सब अटपटा लगा था। बाहर से तो वह संतुलित ही दिखती थी, पर भीतर-ही-भीतर वह डर गई थी।

पिछले हफ्ते लगातार डेली पेपर 'नेशन' से इस तरह की दुर्घटनाओं के मनोवैज्ञानिक कारणों को सामने लाते आलेख आ रहे थे। सुबह के पेपर में ही था कि केवल नैरोबी में 20,000 और पूरे केन्या में 40,000 किशोर वय के बच्चे गैर-जिम्मेदाराना हरकतों में संलग्न हैं, जिसे राजनैतिक रंग देकर वर्तमान सरकार को बदनाम किया जा रहा है और इसके पीछे विपक्षी दल के नेता मातीबा का हाथ है। वह माहौल को अपने अनुकूल करने के लिए चिंगारियाँ छोड़ रहे थे। देशव्यापी रैलीज करवाना तो उनका स्वभाव ही है, विशेषकर ऐसी स्थिति में, जबकि प्रेसीडेंट मोय ने धार्मिक नेता बलाला की क्षमा-याचना स्वीकार करते हुए उन्हें देश लौट आने की इजाजत दे दी है।

पिछले पंद्रह दिनों की घटनाएँ उसकी आँखों के सामने से निकल गईं। सोमवार

को राकेश को बैंक में ज्वॉइन करना था और उससे पहले शनिवार को रैली थी नैरोबी में, इसीलिए उन्होंने तय किया था कि वे मोंबासा से नैराबी आते हुए शनिवार नैरोबी न पहुँच रास्ते में मकिंडो गुरुद्वारे में रात बिताकर रविवार नैरोबी पहुँचेंगे। घर इंतजाम का सारा सामान तो राकेश नैरोबी में एक हफ्ता पहले ही पहुँचा गया था।

नैरोबी में पंद्रह दिन में ही जान गले में आन फँसी है, जबकि मोंबासा में तीन वर्ष कैसे बीत गए, पता ही नहीं चला। उसे एक दिन भी तो नहीं लगा था कि वह भारत से बाहर है। गुजरात, पंजाब, यू.पी., बंगाल, केरल, हिंदू-मुसलमान, सिख-ईसाई सभी से भरा पड़ा था मोंबासा, बल्कि उसे तो लगता था कि आपसी एकता और संस्कृति तो यहाँ भारत से भी ज्यादा जीवन पा रही है। शुरू के दो महीने जरूर थोड़ा बोर हुई थी, क्योंकि उसके पास नौकरी नहीं थी और घर के कामकाज में उसकी रुचि नहीं थी, साथ ही स्कूल की नौकरी वह करना नहीं चाहती थी। अंततः अपने मन को मना उसने स्कूल की नौकरी ले ली। कॉलेज की नौकरी के बाद स्कूल के बच्चों को पढ़ाना शुरू-शुरू में अखरा था, पर फिर उसे एहसास होने लगा था कि केन्याई बच्चों के संपर्क के माध्यम से ही वह यहाँ की जिंदगी को समझ सकेगी, वैसे भी वह दसवीं-ग्यारहवीं को पढ़ाती थी और इन क्लासों के बच्चे समझदार थे। उसी की सहयोगी केन्याई मुसलिम ने उसे बताया था कि यहाँ की लोक-संस्कृति में सभ्य और शालीन व्यवहार दिखावा नहीं, भीतर की गरमाई लिये हुए है। आम व्यवहार में किसी भी वस्तु को खरीदने से पहले खरीदार अभिवादन-सूचक शब्द 'जांबो' कहने के बाद वस्तु का दाम पूछता है। शब्द कितना जादुई असर करते हैं, इसका एहसास उसे अपने घर की नौकरानी और ड्राइवर से हो गया था। वह नैनी सलीमा और ड्राइवर कार्युकी के अभिवादन करने से पहले ही कहती 'जांबो' और वे जवाब देते 'मजूरी।' इन्हीं शब्दों की बदौलत ही था कि बहुत प्रोफेशनल होने के बावजूद सलीमा और कार्युकी के साथ उसका एक आत्मीय रिश्ता बन गया था।

'यहाँ के लोगों पर विश्वास नहीं करना चाहिए' की भारतीयों को सीख के बावजूद वह भारतीयों की अपेक्षा यहाँ के लोगों से मिलना-जुलना चाहती थी, क्योंकि भारतीय पार्टियों में तो वही अपना दिखावा और नए-नए पकवानों की नुमाइश। स्कूल में पढ़ाने से वह नए-नए पकवान बनाने में व्यर्थ होते अपने जीवन से तो बच गई थी।

स्कूल के बच्चे हों या घर की नैनी-ड्राइवर, सब धड़ल्ले से अंग्रेजी बोलते थे, पर वह जानती थी कि अंग्रेजी तो दूरी रखने का एक बाहरी मुखौटा है, वह मुखौटों को हटा; उनकी भीतरी दुनिया में प्रवेश पाना चाहती थी। स्कूल में वह बच्चों को गुडमॉर्निंग, गुड आफ्टरनून के बदले 'जांबो' कहने के लिए उकसाती थी, शायद अवचेतन में कहीं वह इसमें 'नमस्कार' कहने का सुख तलाशती थी, कहीं उसे यह

भी लगता था कि इस छोटे से औजार से वह उनके और अपने भी मन पर चिपकी अंग्रेजी-केंचुल को उतारने की कोशिश कर रही है। स्कूल में केन्याई सहयोगियों और बच्चों में घुल-मिल जाने से वह बहुत कॉन्फिडेंट हो गई थी। मोंबासा की सड़कों पर घूमने में उसे जरा भी डर नहीं लगता था, जबकि अकसर भारतीय नए आए भारतीयों को यह चेतावनी दे देते थे—

''हादसों से बचने के लिए गाड़ी में ही जाएँ। घूमने का शौक हो तो 'बिशारा स्ट्रीट' (मुसलिम इलाका) में घूम भी लो, शॉपिंग भी कर लो। दृश्यावली का सुख लूटना हो तो गाड़ी पार्क कर लाइट हाउसवाली सी साइड पर चले जाओ, नारियल पानी पिओ, कच्चा आम, भुट्टा खाओ, आइसक्रीम लो और समुद्र की लहरें देखो।''

वह इन निर्देशों का पालन नहीं करती थी। ड्राइवर के न होने पर गाड़ी जब पति ले जाते तो वह स्कूल पैदल ही चली जाती और वापसी में भी केन्याई बच्चों के साथ पैदल ही निकल आती। रास्ते में बच्चों के साथ मौसम की चर्चा से लेकर गुज्जू भाइयों के हाथ में सिमटे केन्याई अर्थतंत्र की व्याख्या वे आपस में खुलकर करते। इन्हीं चर्चाओं में उसने जाना था कि गुजराती भारतीयों के प्रति इनके मन में आक्रोश है। उन्हें लगता है कि वे अंग्रेजों के हाथों से मुक्त हो गुजरातियों के शिकंजे में आ गए हैं। (इन्हीं चर्चाओं में उसने जाना था कि भारतीयों के अधीनस्थ कर्मचारी उनसे दबंग व्यवहार क्यों करते हैं)। डालर्ज के प्रलोभन में भारतीयों का अपना टेन्योर खत्म होने पर भी वहीं टिके रहना अपने ही देश मैं उन्हें असुरक्षित कर रहा था, इसीलिए वे भारतीयों के प्रति अविनम्र और यदा-कदा आक्रामक भी हो जाते हैं। वह उनकी बातों को समझते हुए उनका ध्यान वहाँ के खुले नीले आकाश, प्रदूषण रहित वातावरण, विस्तृत समुद्र, दूर-दूर तक फैली हरियाली धरती की तरफ खींच उन्हें भाग्यशाली बनाती। बच्चों की बातचीत से उसे अंदाज होता था कि इन बच्चों में जानने की तीव्र इच्छा है, वे बहुत कुछ समझना चाहते हैं। केन्याई टीचर्ज से कहीं अधिक वे उससे प्यार करने लगे थे। यह देखकर उसकी भारतीय मित्र उसे समझाती थीं—

''इन लड़के-लड़कियों से घिरी ज्यादा इतराया मत कर, किसी दिन तेरे घर पहुँच तुझे बाँध-बूँध लूट-पाट लेंगे।''

वह इन्हें समझाती—हर उपेक्षित व्यक्ति हो या जाति, प्यार की भूखी होती है। दूसरी, विश्वास बहुत बड़ी चीज है, मनुष्यता पर विश्वास होना चाहिए, पर कभी-कभी सन्नाटे और अकेलेपन में वह अपने ऊपर प्रश्नचिह्न लगाती थी कि क्या उसे इतना आश्वस्त होना चाहिए, किंतु उसी क्षण उसकी मानवीय आस्था उसकी शंका को धकेल पीछे करती थी।

पर इसी दौरान छुट्टी मनाने के लिए उनका परिवार और उसके पति के सहयोगी

मैनेजर का परिवार साउथ कोस्ट गए थे। वहाँ से वापिस आते हुए हादसे से उसके मन में निरंतर विद्यमान विश्वास और आशंका का द्वंद्व और गहरा हो गया था।

हुआ यों था कि साउथ कोस्ट कॉटिजिस में उनका तीन दिन रहने का इरादा था, पर यहाँ रात बिताने के बाद, सुबह उन्होंने जब नहाने के लिए तौलिए माँगे और उन्हें मिले नहीं तथा कारण यह बताया गया कि दो दिन पहले ही कॉटेज का बहुत सा सामान लड़के लूटकर ले गए हैं, ऐसे में उनको लगा था कि ऑफ सीजन में बीच पर बिल्कुल रौनक नहीं, उनका कॉटेज में अकेले रहना ठीक नहीं। वे दोपहर में ही निकल जाएँगे, ऐसा उन्होंने निर्णय लिया, पर निकलने के लिए तैयार, उन्होंने गाड़ी स्टार्ट की तो गाड़ी स्टार्ट ही नहीं हो रही थी, मेकैनिक को दिखाना ठीक लगा, दोष कितना भी मामूली रहा हो, मेकैनिक को बुलाने और ठीक कराने में दो घंटे लग गए थे। फिर सोचा, चाय तो पीकर निकलना चाहिए। इस बीच उनका बेटा और दास साहेब (सहयोगी मैनेजर) की दोनों बेटियाँ स्वीमिंग पूल पर तैरने चले गए थे। इसी सब में जल्दी-जल्दी करते भी दोपहर से शाम हो गई थी। एक बार मन में आया, एक रात और रह लिया जाए, फिर सोचा, जब जाने का मन बना लिया है और इंट्यूशन यही है, तो निकल ही लेना चाहिए। रास्ते में बारिश हो जाने से 'फैरी' तक पहुँचते-पहुँचते घुप अँधेरा हो गया था। पर 'फैरी' से पार लाइट हाउस पहुँचते ही सबकी घबराहट दूर हो चुकी थी, सबको लग रहा था अब तो अपने मोंबासा में हैं, बच्चे आइसक्रीम खाने में तल्लीन हो गए थे और उन सबने भी भुट्टे ले लिये थे। आईसक्रीम और भुट्टे खाकर जैसे ही वे गाड़ियों की तरफ बढ़े, उन्होंने देखा, बस उन्हीं की दो गाड़ियाँ हैं, बाकी मेला मिनटों में उठ गायब हो चुका था, यहाँ अकसर ऐसा होता है, जैसे—ड्राइव-इन थिएटर में ही हजारों की भीड़ इकट्ठा होती है, पर आखिरी दृश्य में ही लोग गाड़ी स्टार्ट करना शुरू कर देते हैं, किसी की गाड़ी खराब हो जाए तो कोई ठीक करनेवाला भी न मिले। इसीलिए यहाँ गाड़ियाँ बीवियों से भी ज्यादा चुस्त-दुरुस्त हालत में होती हैं। समुद्र के किनारे अकेले होने के एहसास में अभी तक सड़क से आती धीमी रोशनी में समुद्री हवा और चाँद के साये में लहरों की आवाज, जो बहुत रोमानी और आकर्षक लग रही थी, अब मन में भय पैदा कर रही थी। रोशनी और अँधेरा परिदृश्य ही नहीं, व्यक्ति की मानसिकता ही बदलकर रख देते हैं।

धीमी आवाजों में उन्होंने तय किया कि बच्चों के स्कूलवाले जाने-पहचाने रास्ते से वे घर जाएँगे। लाइट हाउसवाली सड़क पार करके पहले मोड़ से 'कोस्ट अकादमी' का स्कूल कॉम्प्लेक्स शुरू हो जाता है, पर मोड़ तक पहुँचने से पहले ही उन्हें आभास हुआ कि सड़क पर कुछ पड़ा हुआ है। यह तो अच्छा हुआ, राकेश गाड़ी तेज नहीं

चला रहा था, सावधानी से गाड़ी को और धीमा कर राकेश ने गाड़ी रोकी, सामने खुली कीलों से भरा एक बड़ा लॉग सड़क को रोके हुए था।

राकेश गाड़ी से उतर रहा था कि पीछे से दास साहेब की आवाज आई थी, 'उतरो नहीं, पार्किंग लाइट्स ऑन कर दो।' बेटे ने शीशे बंद करने शुरू कर दिए थे, अपने मन में वह तैयार थी कि जो कुछ 'वे' माँगेगे, वे सब उन्हें दे देंगे—उसके कान बाहर थे और उसे कुछ जानी-पहचानी आवाजें सुनाई दे रही थीं, यह उसका भ्रम भी हो सकता है। अपनी तरफवाला दरवाजा खोल गाड़ी से उतर गई थी, पर राकेश ने डाँटकर उसे भीतर खींच लिया था—इस बीच में जाने क्या चमत्कार हुआ कि कुछ धुँधली सी आकृतियों ने लॉग को घसीट एक तरफ कर उन्हें निकल जाने का निर्देश दिया। इस हादसे को वह अपने दिमाग से निकाल चुकी थी, पर आज तक उसे लगता है कि अगर उसके बच्चे (स्कूल के) उसमें शामिल थे तो वे उन्हीं की वजह से बचे थे। बहुत समय तक स्कूल में वह दिमाग में घूमती, गूँजती आवाजों को बच्चों की आवाजों में तलाशती बेचैन रहती थी। अंतत: उसने यह कोशिश छोड़ दी थी और बच्चों के साथ सहज और पहले की सी हो गई थी।

नैरोबी के लिए रवाना होने से दो दिन पहले लाइट हाउस पर ही बच्चों ने उसे अलग से विदाई दी थी, भावभीनी, बिना शब्दों का उच्चारण किए—मूक, मौन पर सबकुछ कहती हुई, अकांबा का बना बाहर निकले बड़े-बड़े दाँतोंवाला हाथी और उसके साथ दो बच्चे। शुभकामनाओं की स्लिप पर उन्होंने मैडम न लिखकर लिखा था, 'मामा के लिए अपने ही बच्चों की याद।'

बहुत बल मिला था उसे इस भेंट से। तब भी नैरोबी आते हुए रास्ते में अँधेरा हो जाने पर मन डरने लगा था। मकिंडों का गुरुद्वारा अभी बहुत दूर था। जब तक सूरज की रोशनी रही, वे आश्वस्त थे, अपनी कोई दूसरी गाड़ी भी तो उनके साथ नहीं थी, नहीं थी तो अच्छा ही था, बेटा उनके साथ नहीं था, वह पिछले साल ही हार्वर्ड में एडमिशन ले चुका था। अभी तक वे पति-पत्नी बड़े मजे से मोंबासा की बातें करते हुए मस्त थे, अँधेरे का एहसास होते ही दोनों ने एकाएक बातें करनी बंद कर दी थीं; राकेश ने भजनों का कैसेट लगा दिया था और उसने पर्स से माला निकाली गायत्री मंत्र पढ़ना शुरू कर दिया था। मंत्र-पाठ का प्रभाव था या जो भी हो, उन्हें गुरुद्वारे की, 'निशान साहेब' की रोशनी की चमक दिख गई थी। उसी वक्त उसका हाथ अचानक राकेश के माथे से छुआ था, वह एकदम गरम हो रहा था, पर उसने कहा, 'शुक्र मनाओ, गुरुद्वारे बस पहुँच ही गए।' गुरुद्वारे के भीतर गाड़ी रुकने पर शायद दोनों को ही लगा था कि तीन घंटे नहीं, तीन साल बाद खुलकर बेखौफ चैन की साँस ले रहे हैं।

सबसे पहले सीधे दरबार साहेब पर मत्था टेका, वहाँ ग्रंथी भाईजी गा रहे थे—
सुख दाता भय भंजन

तुम दयाल कृपाल मेरे साहेब

पंज पवन गोसाईं।

उसे याद नहीं पड़ता, इससे पहले इतना अभिभूत होकर कभी उसने भगवान् को माथा टका हो।

अपने जीवन में त्रास की घड़ियाँ कैसे एक साथ लड़ी में पिरोई हुई सामने उपस्थित हो त्रास को और गहरा कर देती हैं। घड़ी आठ बजा चुकी है—पिछले एक घंटे में वह तीन बार टॉयलेट जा चुकी है, उसकी प्रकृति ही ऐसी है कि टेंशन बढ़ी नहीं कि उसका टॉयलेट जाना शुरू।

वॉयलेट कह रही है—

"मामा, यू ईट मजीबा लाला एंड स्लीप।"

वह पेट को पकड़े बेचैन, बालकनी में खड़ी बाहर देख रही है—कभी सड़क को, कभी आसमान को। वही पहाड़, वही हवा, सूरज, आकाश, पानी, धरती सब वही। सब देशों में इन्हीं पंचभूतों के पुंजीभूत हम सभी वही, फिर क्योंकर एक-दूसरे के लिए हौवा बन जाते हैं, क्यों करने लगते हैं अविश्वास? वॉयलट मेरी परेशानी से परेशान है, मेरे बिना कुछ कहे भी वह वास्तविकता से परिचित है। इस घर के दरवाजे से बाहर निकलते ही क्या वह कुछ और हो जाएगी, मेरा मन कह रहा है, 'नहीं'।

वॉयलेट न सही, वॉयलेट जैसे असंख्य हर देश में हर जगह कभी धार्मिक नेताओं और कभी राजनीतिक नेताओं द्वारा बरगलाए जा रहे हैं, गुमराह किए जा रहे हैं। ऐसे में मैं वॉयलेट से कहना चाह रही हूँ—

'मजीबा विक्षुब्ध है वॉयलेट, फिर वह लाला कैसे हो?'

□

सुख-गाथा

उसने शॉल को अलमारी में से निकाला, कंधों पर डाला और आदमकद आईने के सामने आकर खड़ी हो गई, अपनी छवि को देखा, उसे लगा—बरसों बाद उसके चेहरे पर मुसकान आई है। इस शांत एहसास को भीतर तक ले जाने के लिए उसने आँखें बंद कर लीं, कानों में आवाज गूँजने लगी—

"प्राइड ऑफ द पार्क—सोबर लेडी ऑफ योगा संस्थान।"

लगा—कद ऊँचा हो गया उसका। लगभग दस वर्ष हो गए उसे बाग के योग संस्थान में जाते हुए। अभी जवान ही थी, जब से उसकी टाँगें दर्द होनी शुरू हो गई थीं। बच्चे दोनों छोटे थे, घर की सारी व्यवस्था की जिम्मेदारी उसी पर थी। यह तो अच्छा हुआ; पति के कहने से उसने नौकरी छोड़ दी थी। कितनी कचोट हुई थी मन में, क्योंकि ब्याह से पहले वही तो कहा करती थी—

'फालतू के धंधों में अपने को वेस्ट नहीं करना चाहिए, पढ़ाई-लिखाई का सदुपयोग तो होना ही चाहिए, आत्मनिर्भर होने से ही आत्मविश्वास बढ़ता है।'

पर विवाह के बाद पति की ऊँची नौकरी के साथ ऊँची आवाज में सबकुछ भूल उसने अगले ही दिन त्यागपत्र दे दिया था, 'तुम्हारे दो-ढाई हजार से न तो मेरा घर बन रहा है, न गाड़ी आनी है, अपने पढ़ाने के शौक को अपने बच्चों को पढ़ाकर पूरा कर लेना, अभी तो घर को ही सँभाल लो, वही बहुत होगा।'

स्तरीय पढ़ना-लिखना होता रहे, तभी सुरुचि पनपती है और व्यक्तित्व समृद्ध होता है। वरना तो भीतरी सबकुछ सूख जाता है। उसकी आँख की कोर में आया आँसू गाल पर लुढ़क आया था, उसने आँखें पोंछीं, अपने को आश्वस्त किया, 'दुःख काहे का, वह वेस्ट कहाँ हुई, बच्चे अच्छे से सेटल हो गए हैं, लड़का इंजीनियर और लड़की डॉक्टर—यह अलग बात है कि दोनों उससे दूर अमेरिका में अपनी-अपनी गृहस्थी में व्यस्त हैं।

जब तक वे पढ़ रहे थे, वह सुबह अपने लिए वक्त कहाँ निकाल पाती थी। ऊपर

से टाँगों का दर्द तो चिपटा हुआ ही था, टाँगों पर पट्टियाँ बाँध लेती और घर की दिनचर्या में लग जाती—प्राकृतिक चिकित्सावाले 'तिवारीजी' सदा कहते, 'मेरे बताए आसनों का निरंतर अभ्यास कीजिए, नियमित रूप से सुबह-शाम सैर पर जाइए, देखिए, दर्द कहाँ गायब हो जाता है।' बरसों बाद उनके आदेश का पालन करने के लिए प्रयत्नशील थी कि उसकी जबान को बंद करते पति बोल उठे, ''पाँच सौ रुपए कंसल्टेशन देकर यही तो निकला कि ओस्टोपोरोसिस में यह सब होता ही है, ध्यान रखेगी अपना तो...यहाँ काम ही कितना है 'दो जन का', तीन-तीन नौकर रखकर दिए हुए हैं। बढ़ती उम्र में किसी-न-किसी तरह का दर्द तो होगा ही, किसी को कम किसी को ज्यादा।''

पति की ऊँची आवाज उसकी कराहों पर ताला लगाने के लिए काफी थी, क्योंकि विवाद का संस्कार लेकर वह नहीं आई थी और अब तो पति के स्वभाव को पूरी तरह से समझ जाने के कारण वह और भी शांत हो गई थी।

जब पति रिटायर हो गए और सुबह सैर को जाने लगे तो उसे होश आया कि वह भी सुबह का समय अपने लिए निकाल सकती है। योग संस्थान में नियमित रूप से जाना तो जैसे नए जन्म की शुरुआत ही हो गई—तन और मन दोनों ही स्वस्थ होने लगे और प्रमाण है योग संस्थान के द्वारा किया उसका सम्मान।

''कल से देख रहा हूँ, गरमी में भी कंधों पर शॉल को डाल शीशे में अपने को देख-देख लट्टू हो रही हो! अरे, हम भी अपने बाग के हीरो हैं, देखा नहीं; एक दिन भी शाम को न निकलूँ तो अगले ही दिन किसी-न-किसी की गाड़ी जबरदस्ती हमें लेने के लिए आ जाती है। कोई भी जमघट हमारी प्रेजेंस के बिना पूरा होता ही नहीं।''

पति लाउड ढंग से अपनी महत्ता जता रहे थे, उनके सामने कोई और महत्त्वपूर्ण कैसे हो जाए? लाल मुँह और ऊँची आवाज में उसे खारिज करते आदेश दे रहे थे—

''अपने से निकलो और चाय पिलाओ, बहुत मना चुकी अपनी हीरोशिप।''

वह चुप-शांत किचन की तरफ बढ़ गई। चाय का पानी चढ़ा दिया—ट्रे में दो मग्ज, चीनी और दूध रखा, फिर ध्यान आया, इन्हें तो 'शुगर' है। शुगर फ्री के पैक्ज रखे, तीस साल पहले भी तो ऐसे ही पहली बार किचन में चाय बनाने के लिए आई थी। उसके यहाँ मिक्स्ड अच्छी तरह से खौलाकर बनाई चाय पी जाती थी, उसने वैसी चाय बना दी थी। उसके नई दुलहन होने का लिहाज भी न करते हुए पति गरजे थे—यह कैसी चाय बना दी! घबराहट में होंठों से लगा कप छलक गया था और चाय साड़ी पर गिर गई थी। अपमान से उसकी आँखें डर आई थीं, पर उसकी तकलीफ को अनदेखा करते हुए उन्होंने सारी चाय सिंक में उड़ेल दी थी और मुझे चाय बनाना सिखाते हुए बोले थे—

'ऐसी कढ़ी हुई चाय गँवार पीते हैं—पानी उबालो, टी-पॉट में ग्रीन लेबल और रेड लेबल मिक्स की हुई पत्ती एक छोटा टी-स्पून डालो, ढक्कन बंद कर दो, चाय को

थोड़ा ब्रू होने दो, ऐसे बनती है चाय।

'और यह दस गज का लपेटन लिपटा किचन में कदम नहीं रखना, ब्लाउज और कुरतों की बाँह कटवाओ, स्लीवलेस कपड़े बनवाओ, जिस्म को ऐसे ढककर घर में रहोगी तो मैं तो भूखा रह जाऊँगा।'

उसे लंबे बाल अच्छे लगते थे। कभी जूड़ा बना लिया, कभी पोनी टेल बाँध ली, कभी खुले छोड़ दिए, बाल बनाने में परिवर्तन करते रहने से चेहरे पर ताजगी और नयापन बना रहता है, साथ में गरिमा भी, पर उसकी एक न सुनते हुए जबरदस्ती उसके बाल छोटे-छोटे कटवा दिए थे।

उसे मायके से संस्कार मिले थे कि जिस्म को उघाड़ना अशोभनीय और सलीके से ढकना शालीनता देता है, पर उसे स्लीवलेस कपड़े पहनने के लिए विवश किया गया था। उसे याद है कि ऐसे कपड़े पहनकर बाहर निकलने में वह झिझकती थी—आज तक भी वह दुपट्टा लेने के संस्कार को छोड़ नहीं सकी। गरमी में भी बाहर निकलती थी, तो स्लीवलेस कमीज पर दुपट्टे को शॉल की तरह से ओढ़ लिया करती थी, जिस पर उसके पति हमेशा व्यंग्य करते—

'तुम जैसी पोंगापंथी को मॉडर्न बना दिया, तुम्हारे घर सा लालापन यहाँ नहीं चलेगा।'

वह मॉडर्न स्कूल में पढ़ाती रही है। उसके श्रम, मीठी अनुशासनप्रियता, बच्चों को प्यार से नियंत्रण में रखने से सब उसकी तारीफ ही करते थे और कोई आधुनिक ढंग से फैशनेबल वस्त्र पहनने से ही तो आधुनिक नहीं बनता। आधुनिकता तो विकासशील विचारों और आचरण से होती है। अश्लील प्रदर्शन तो फूहड़ता की निशानी है। उसे पिछड़ा हुआ तो कभी किसी ने नहीं कहा।

उसको पति के साथ बाहर घूमने-फिरने के लिए जाना या रेस्तराँ में शाम गुजारना बुरा तो नहीं लगता था, पर इसे ही दिनचर्या का हिस्सा बनने देना तो ऊब पैदा करने लगा; क्योंकि अंतत: तो सबको एक साफ-सुथरे और सुनियोजित घर की ही जरूरत होती है, पर पति को उनकी तारीफ करनेवाले जमघट चाहिए। रेस्तराँ नहीं तो घर पर बैठ के औरों की बीवियाँ घर पर कदम नहीं रखने देतीं, पर इनके अनुसार तो कौन ऐसा है, जो उन्हें अपने घर में मनमानी करने से रोक सके। सब कुछ तैयार जो मिलता है। हाथ-पाँव हिलाने पड़ते, तब बैठकें करते तो बात थी।

हलाल तो वह ही हो रही थी, ऊपर से इनका रोब, 'देखो, कितने-कितने, ऊँचे-ऊँचे ओहदोंवाले लोग हमारे यहाँ आते हैं, तुम्हारी तारीफ करते हैं।' ऐसे में उसका पढ़ना-लिखना कहाँ हो पाता! अंग्रेजी-हिंदी की हल्की पत्रिकाओं को देखते। अफीम को सूँघते अफीम का ही नशा हो गया, अच्छा पढ़ने-लिखने के लिए अच्छी पुस्तकों-

पत्रों की जानकारी भी तो अच्छी पत्र-पत्रिकाओं से होती है या अपने सहयोगियों और जीवनसाथी से।

बच्चों के पढ़ने के वक्त में उनके पाठ्यक्रम की बढ़िया पुस्तकों को पढ़ने-पढ़ाने का अवसर मिलने पर एहसास होता है कि अच्छा पढ़ने से कितना दूर हो गई थी! बहुत बोलनेवाली पहले भी नहीं थी, अब और चुप हो गई, घर को अच्छे से रखने में ही मन संतुष्टि ढूँढ़ने लगा, बच्चों में सुरुचि पैदा कर अच्छी पत्रिकाओं को उनके लिए लगवाने में ही अपनी सार्थकता पाने लगी, बच्चों के मित्रों और पति के मित्रों द्वारा सराहना करना—

'कितनी सुलझी हुई है पत्नी तुम्हारी, आधुनिक पर शालीन' और उनके प्रशंसा करते उनके सामने ही इनका मुझे अपनी बाँहों में ले चूमने लगना, उसे जमीन में गाड़ देता, आँखें ऊपर उठती ही नहीं थीं, पर पति को उसकी शर्मिंदगी से क्या लेना देना, बाँहों में भरने के लिए पत्नी न मिले तो नौकरानी से ठिठोली कर लो, 'ऐ मरहठन सुंदरी, तैयार होकर आ जाना, शाम तुझे फिल्म दिखा लाऊँगा, तेरी बीजी को तो 'गोविंदा' की फिल्में अच्छी ही नहीं लगतीं। ठरकी स्वभाववश पति को भाइयों से छिछोरापन करते देख उसे अपने में छोटापन महसूस होता। अपनी पोती बराबर लड़कियों को सीने से चिपकाकर नाटक करते, 'रेशमा, वाह रे तू तो जवान हो गई!' और उसके गाल पर चिकोटी काट कहते, 'इसे कहते हैं जवानी की लाली, ले यह तेरे लिए चॉकलेट।' अगर उसकी आँख पति की 'डकैती' को रँगे हाथों पकड़ लेती तो चटपट जवाब हाजिर, 'बेटे ने जो चॉकलेट भेजी थी, सड़ रही थी, इन बेचारे बच्चों के मुँह लग जाए, यही अच्छा है न।'

उबकाई आने को होती उसको पति के व्यवहार से, पर बच्चियों के साथ ऐसी नीचता उसके लिए असह्य थी—

''चल भाग रेशमा यहाँ से, माँ के साथ काम कर, वरना यह अंकल तो तुझे चॉकलेट खिलाते-खिलाते तुझे ही कच्चा चबा जाएँगे।''

रेशमा की बाँह पकड़ किचन में ले जाती। उसने वॉश बेसिन में पति की तरफ देखते ऊँची आवाज में किया 'थू' और बाथरूम का दरवाजा बंद कर लिया। □

अनहोनी की भूख

सर्दी की साँझ अपने अँधेरे चंगुल में सभी को झपट रही है। अँधेरे में कितना खौफ है? बहुत ही अपना कोई साथ न हो तो लगता है, जिसे अभी तक हम अपना समझ रहे थे, वह एकाएक ही पराया हो गया।

''मुझे जल्दी घर पहुँचा दो, बिंदु!''

''नहीं, पहले ये मझे छोड़ेंगे। मैं सात बजे तक घर न पहुँचूँ तो माँ कुछ से कुछ अर्थ लगाने लगती है। मेरे बाद ये तुझे पहुँचा आएँगे। तू तो आठ बजे तक घर पहुँचा करती है।''

बिंदु को घर के दरवाजे तक छोड़कर आ गई हूँ। भय सा लग रहा है। कभी इसके साथ अकेली गई भी तो नहीं, दिन में भी और बिंदु ने भी तो उस दिन कहा था, 'बचकर रहना, खतरनाक आदमी है।' वह विनीत भाव से गाड़ी का दरवाजा पकड़े खड़ा है। दरवाजा खोलता है, 'आइए' कहकर मुझे बैठने का संकेत करता है। क्या यह औपचारिकता है या सभ्य दिखने की सायास चेष्टा। याद करने की कोशिश करती हूँ कि कभी इसने बिंदु के साथ इस तरह की औपचारिकताएँ बरती हैं। कुछ भी याद नहीं आता। लगता है, मेरी संदेही मनोवृत्ति ही हर बात को सहज रूप में न ले, उसे असाधारण रूप दे देती है।

''मुझे कहीं पास ही के बस स्टॉप या स्कूटर स्टैंड पर छोड़ दीजिएगा, मैं चली जाऊँगी।''

''छोड़ दूँगा। इतना घबरा क्यों रही हैं? जरा थोड़ा सा घर पर काम है। केवल पाँच मिनट लगाऊँगा।'' घर जाना होगा। अकेला घर। कोई भी व्यक्ति वहाँ नहीं होगा। न पत्नी, न माँ, न बहन। ऊपर से रात! सन्नाटा और मैं। काँप जाती हूँ। फिर भी निडर दिखने के प्रयास में अनायास मुँह से निकल जाता है, ''अगर बहुत जरूरी काम न हो तो पहले मुझे छोड़ दीजिए।''

लगता है, वह मुसकरा रहा है। कहीं सभी कुछ योजनाबद्ध तो नहीं है। पहले कभी

बिंदु ने इस तरह मुझे अकेला नहीं छोड़ा, तो क्या वह इसका रास्ता साफ करने के इरादे से तो नहीं चली गई? इतनी सहेली भी तो नहीं मेरी कि उस पर विश्वास किया जा सके। कभी-कभार एक साथ मिल जाने पर इकट्ठे रेस्तराँ में बैठ गए या कभी पिक्चर देख ली। आंतरिक आदान-प्रदान तो हुआ ही नहीं। बिंदु का दोस्त है, इस सौजन्य के कारण थोड़ा खुलकर बोलती रही हूँ। कहीं उससे यह गलत अर्थ तो नहीं लगा गया।

"पास आ जाओ।"

मैं चौंकी। वह बीच में पड़े हुए मेरे पर्स को हटाकर मुझे अपनी ओर आने का इशारा कर रहा था। तो क्या मेरा संदेह ठीक है, कुछ ऐसी-वैसी स्थिति आ गई तो मैं गाड़ी से कूद पड़ूँगी, शोर मचा दूँगी, पर क्या कोई सुन पाएगा? दोषी तो मुझे ही ठहराया जाएगा।

अब बात जबान तक नहीं, हाथों पर पहुँच गई। उसके हाथ मेरी तरफ बढ़ रहे हैं।

"नहीं-नहीं!" मैं फुसफुसाई, "मैं कहती हूँ, तुम कमीने हो, पशु हो, जानवर हो।"

"हाँ, मूलतः मनुष्य पशु ही तो है। अगर मैं भी हुआ तो कौन सी नई बात तुमने कही?"

"तुम इनसान नहीं हो?"

"मैंने कब कहा कि मैं इनसान हूँ।"

एक विषैले साँप का फन अपनी गरदन पर महसूस करती हूँ। संपूर्ण शरीर विषैले प्रभाव से निस्पंद हुआ जा रहा है। रेंगता-रेंगता वह साँप मेरी कमर तक पहुँच गया है। मैं जड़ हो गई हूँ, पर कहीं नितांत सजग भी हूँ और उसका कसाव मुझे कसे चला जा रहा है। विरोध किया तो डस लेगा, अतः मृत बनी चुप पड़ी रह जाती हूँ कि निर्जीव मानकर चला जाए।

"देवीजी, कहाँ हैं आप? उतरिए, मेरा घर आ गया है। बस पाँच ही मिनट रुकना है।"

"साँप! साँप?" मेरे मुँह से दबी डरी आवाज निकलती है।

"कहाँ है साँप?" वह पूछता है।

"अभी आपकी गाड़ी में साँप नहीं आया था?"

और मैं संयत होने की चेष्टा करती हूँ। उतरती हूँ। सुरक्षा का एहसास पैरों में जान दे देता है। गाड़ी से तो कूद सकती थी। घर मैं कुछ हुआ तो कुछ भी न कर पाऊँगी।

"देखिए, बुरा न मानिएगा। अगर इस समय, सात-साढ़े सात के करीब एकाध पैग नहीं ले लेता हूँ तो सिर फटने लगता है। माफ कीजिएगा, यही जरूरी काम था, जिसके लिए आपको भी तकलीफ दी। आपको कोल्ड हो रहा है, चाहें तो एकाध चम्मच ब्रांडी ले सकती हैं?"

"नहीं! नहीं!"

तो अब यह शराब पी रहा है और शराब के बाद··· ? मेरा सिर घूमने लगता है। नौकर भी तो कमरे से चला गया है। कहीं मैं ही तो नहीं चाहती कि मेरे साथ कुछ हो और उसी चेतना में बँधी मैं इसके घर चली आई। रास्ते में उतर भी सकती थी। जबरदस्ती गाड़ी में बैठा थोड़े ही लेता?

निगम, वीरेश, अजय और न जाने कौन-कौन कितने टुकड़ों से मिलकर बनता है एक व्यक्ति, पर क्या बन पाता है? इनमें से कोई भी तो पूरा न था। कोई भी तो साहस न कर पाया। सभी मध्यवर्गीय सीमाओं में बँधे, कोई कला के माध्यम से प्रभावित करने का प्रयास करता तो कोई अपने अध्ययन से, कोई आदर्शात्मकता से रंग जमाता था, तो कोई प्रशंसा करके। उन सबको अलग-अलग अंशों में मैंने चाहा था। मैं जानती थी, वे सभी प्रभावित करके मुझे पाना चाहते हैं, पर पाने की ताकत और साहस उनमें नहीं था। मध्यवर्गीय दब्बूपन और नैतिकता उन्हें बाँधे रखती थी। उन्हें अपनी गिरफ्त से मुक्त न करती थी। उनके उन अधूरे अंशों और टुकड़ों में अब तक जीती रही हूँ, लेकिन टुकड़ों में जिया तो नहीं जा सकता। तो क्या मैं मरना चाहती हूँ! यह मुझे मार डालेगा। हाँ, ऐसा ही तो होता है। शराब का नशा और फिर बलात्कार···हाँ-हाँ और कल फिर समाचार-पत्रों में बड़े-बड़े अक्षरों में छपेगा एक उत्तेजक समाचार।

'एक लाश—खूबसूरत युवती की, जिसे चार टुकड़ों में काट, पेटी में बंद कर नाले में फेंक दिया गया।'

नही-नहीं, मैं नहीं मरूँगी!

क्यों मरूँ?

मैं मरना नहीं चाहती।

"चलिए!" एक भूचाल सा आता है चेतना में। सुनती हूँ, वही कह रहा है।

"कहाँ चलेंगे?"

"आपके घर और कहाँ?"

"आप मुझे मारेंगे नहीं?"

"क्यों, मैं इनसान हूँ, हैवान तो नहीं।"

"हाँ, तुम सभी इनसान ही तो हो।" और मैं अपने भीतर कहीं बहुत उदास हो गई हूँ।

□

बिट्टो जानती है

"तुम लोगों ने डाइवोर्स करवाया था, अब तुम्हीं भुगतो, मैंने तभी कह दिया था, तुम लोग जैसा कहोगे, मैं वैसा ही करूँगी।"

सुबह से ही खीझी हुई बिटिया चिल्ला रही थी। बड़ा भाई अशोक चुपचाप सुन रहा था और छोटा विशाल अखबार में आँखें गड़ाए अखबार पढ़ने का नाटक कर रहा था। सुबह नन्हूँ का दसवीं का परिणाम घोषित हुआ था, स्कूल में रिजल्ट देखने के लिए नन्हूँ के साथ विशाल ही गया था। परिणाम की प्रतीक्षा करते सब बरामदे में ही बैठे हुए थे कि विशाल ने आकर फीके से मुँह से कहा था—

"अंग्रेजी में री एपीयर आया है।"

नन्हूँ मुँह नीचा किए कमरे में चला गया था, पर धीमी आवाज में ही सही, विशाल की पत्नी निधि कहे बिना नहीं रही थी—

"पढ़ता-लिखता तो पास होता। सारा-सारा दिन तो मुझसे पंगे लेने या खेलने में ही बिता देता था।"

बस, बिटिया तभी से बौखलाई हुई थी। पहले नन्हूँ पर पिल पड़ी। विशाल ने उसे रोका तो अपना माथा पीट-पीटकर रोने लगी—आवेश में वह किसी के रोके रुकती नहीं। रो रही थी और बोल रही थी—

"लाड़ कर-करके नालायक बना दिया है उसे। यह लाट साहब समझता ही नहीं कि माँ भाइयों के दरवाजे पर कुतिया बनी हुई है। आवारागर्दी कर ली, खा लिया और सो लिये! निकम्मा, बाप का नमूना!"

अभी तक अशोक चुपचाप सुन रहा था। अंततः थोड़ी ऊँची आवाज में बिटिया से बोला, "बिट्टो, बहुत हो लिया तुम्हारा पागलपन! अब चुप हो जाओ।"

फिर प्यार से नन्हूँ को अपने पास बुलाकर कहा कि वह ऊपर चला जाए।

नन्हूँ ऊपर चला गया और नीबू-पानी का गिलास लिये निधि भी उसके पीछे हो ली।

आमतौर पर अशोक गुस्से में नहीं आता, पर बिटिया शांति से समझ ही नहीं रही थी। नन्हूँ के ऊपर जाने के बाद उसने बिटिया को समझाते हुए कहा—

''बच्चे पर इस वक्त ज्यादा गुस्सा करना अच्छा नहीं। उसकी नाजुक उम्र है, अपने दु:ख और गुस्से में वह कहीं घर से भाग गया तो सबसे ज्यादा तू ही रोएगी। पढ़ता तो था, पर सबका दिमाग तो तेज नहीं होता और हमी लोगों ने पढ़ाई में उसकी कहाँ मदद की, पर अब जो हो गया सो हो गया। तू फिक्र क्यों करता है, मैं ट्यूशन लगा दूँगा। रह गया है अंग्रेजी में तो क्या हुआ! मेहनत करके सितंबर में पास हो जाएगा। साल तो खराब नहीं हुआ और फिर उसने कौन सी साइंस लेनी है आगे। मुश्किल तब थी, अगर साल बरबाद हो रहा होता।''

बिट्टो अशोक के सामने चुप हो जाती है और आज तो वह उसे बहुत संयत और शांत ढंग से समझा रहा था। वैसे भी जब से माँ और पिता नहीं रहे तथा अशोक ने घर का संपूर्ण अभिभावकत्व सँभाल लिया है, तब से विशेष रूप से विशाल हो या बिटिया, भाई के आगे मुँह नहीं खोलते।

पिता ने बिटिया का ऐसा गम खाया कि दो साल के भीतर ही वह संसार से विदा हो गए। यों पिता के संरक्षण में बिटिया को शादी टूट जाने का वैसा धक्का भी नहीं लगा था। भाइयों में बेटों की तरह से पली थी और सबसे छोटी थी—लाड़-प्यार की कोई कमी नहीं थी। पढ़ने में उसका मन कभी लगा ही नहीं था। मुश्किल से बारहवीं पास की थी। नंबर इतने कम थे कि किसी कॉलेज में एडमिशन मिला नहीं था। पत्राचार से घर बैठे-बैठे वह पढ़ लेती, ऐसी परिश्रमी वह नहीं थी। ऊपर से टी.वी. और सहेलियों से गपबाजी का ऐसा शौक कि या तो टी.वी. के सामने होती या किसी सहेली के साथ। माँ के गुस्सा करने पर पिता कहते, ''मौज करने दो बच्ची को। उसे नौकरी तो करनी नहीं।''

सारा-सारा दिन टी.वी. देखने का परिणाम था या वैसे आँखें ही कमजोर थीं, क्योंकि कभी चैक तो कारवाई नहीं थीं। जब लगातार सिर में दर्द रहने लगा तो जाँच करवाने पर पता चला कि आँखें बेहद कमजोर हो चुकी हैं। चश्मा लगा, पर चश्मा लगा चेहरा बिटिया को अच्छा नहीं लगता था, इसलिए चश्मा पहनती नहीं थी। शादी की बात होने लगी तो कांटैक्ट लैंस लगवाए, पर उनके लगाते ही आँखों से पानी बहने लगता। हालत यह हो गई थी कि पास पड़ी चीज को भी टटोलकर पकड़ती, पर फिर भी चश्मा न लगाती। उस पर जो भी उसे देखने आता, वह इनकार करके चला जाता। भाइयों की शादी तो तब होती, जब बिटिया की हो जाती।

ऐसे में राजन का मिलना और उसका बिटिया से विवाह के लिए मान जाना बहुत खुशी की बात थी। विशाल के किसी मित्र का जानकार था राजन। सुदर्शन, हँसमुख और मिलनसार।

यह तो शादी के बाद पता चला कि उसकी संगति अच्छी नहीं थी। न ही कोई स्थायी नौकरी थी उसके पास। महीने में जो कमाता, जुए में फूँक आता। उसके परिवारवालों को लगा था कि शादी के बाद सुधर जाएगा, पर सुधरना इतना आसान नहीं होता। हुआ तो यह कि जो नकद रकम उसे विवाह में मिली थी, उसे भी वह जुए में लुटा रहा था कि किसी बात पर झगड़ा-मारपीट हुई और पुलिस उसे पकड़कर थाने ले गई। रात भर जेल में रहा। उसके पिता के लिए शायद यह कोई नई बात नहीं थी। अशोक आखिर जमानत पर छुड़ाकर लाया।

पिता और भाई तो तभी चाह रहे थे बिटिया ससुराल न जाए, पर जवान बिटिया को तो उस वक्त मर्द चाहिए था। लाख समझाने पर भी चली गई। ससुराल वालों ने अलग कर दिया। माँ-बाप महीने का खर्च देते और बिटिया घर चलाती। पर ऐसा कब तक चल सकता था। एक दिन बिटिया ने राजन को पैसे देने से इनकार किया होगा कि उसने बुरी तरह से उसे मारा-पीटा, गले की चेन खींचकर ले गया। लहूलुहान हालत में बिटिया माँ-बाप के पास आ गई। उस वक्त बिटिया के गर्भ में नन्हूँ था।

माँ-बाप के घर पर अब कोई नहीं चाहता था कि बिटिया राजन के पास लौटे। माँ ने बहुत समझाया कि बिट्‌टो, गर्भपात करवा दे, पर बिट्‌टो मान ही नहीं रही थी। न जाने उसके मन में क्या था।

शायद राजन उसे लेने को आ जाता तो बिटिया मोहग्रस्त हो, सबको धत्ता बता चल भी देती, पर राजन आया ही नहीं। सास-ससुर ने साफ कह दिया कि उनका राजन से अब कोई रिश्ता नहीं। सिवा बदनामी के, उसने उन्हें दिया ही क्या है ? वे लोग जैसा चाहें, राजन से व्यवहार करें। वे किसी चीज के लिए अब जिम्मेदार नहीं।

ऐसे में राजन फोन करता तो दोनों भाई जवाब देते, 'इधर का मुँह भी किया तो टाँगें तुड़वा देंगे।

जब राजन और बिटिया का तलाक हुआ, नन्हूँ दस महीने का था। बिटिया को डर था, कहीं वह बच्चा न माँग ले, पर जिसका अपना ही ठौर-ठिकाना नहीं था, वह दम भी देता तो किस बल पर ?'

पिता की मृत्यु के बाद बिटिया की आश्वस्ति के लिए अशोक ने उसे वचन दे दिया था कि वह शादी नहीं करेगा, इतना ही नहीं, कानूनी तौर पर उसने नन्हूँ को गोद भी ले लिया। बाकी सब तो ठीक था, पर शरीर की आग बिटिया को कलपाती थी, वैसे गली की सहेलियों में अपने प्रति करुणा पैदा कर उनमें संवेदना जगा, बिटिया ने अपने लिए एक शहीदाना गौरव बटोरने का रास्ता निकाल लिया था।

अशोक और विशाल के दोस्त घर आते। बिटिया उनसे उन्मुक्त मन से अपना दुःख बाँटती और उनकी उपस्थिति से अवचेतन में पुरुष के अभाव को पूरा कर लेती।

इस तरह से बिटिया एक तरह से ठीक ही थी। घर में दोनों भाई कुँआरे थे और घर की जिंदगी बिटिया के विवाह से पहले जैसे ही हो गई थी।

दरअसल इस शांत जल में पहली कंकरी पड़ी माँ की मृत्यु से। माँ का चले जाना संरक्षण के चले जाने जैसा था, पर कुछ दिनों में बिटिया ने महसूस किया कि अब तो बिटिया ही घर की मालकिन है, दोनों भाई उसके कहे अनुसार सब करते हैं और बच्चा घर का खिलौना है। रोना-धोना चुकने के साथ खलबली समाप्त हो गई और घर में एक नए किस्म की व्यवस्था ने जगह ले ली।

बिटिया के इस साम्राज्य में वास्तविक सेंध लगी विशाल की शादी के सवाल से। बेचारा शादी करना तो चाहता था, पर कोई घर का व्यक्ति पहल करके कुछ करे-धरे, तब न? बिटिया क्यों करती प्रयास? अशोक के तो मन में ही शादी की बात नहीं थी, न उसने विशाल के लिए ही यह सब सोचा था। वह तो अशोक के साथ काम करनेवाले उसके एक मित्र ने जब अपनी बहन के लिए विशाल का हाथ माँगा तो अशोक इनकार न कर सका।

घर का मुखिया तो वह पहले से ही था, अब इस संबंध के होने से सामाजिक तौर पर भी अभिभावक के पद पर प्रतिष्ठित कर दिया गया।

विशाल खुश था, उसे खुश होना ही था। इस खुशी को और बढ़ाने में सहयोग दिया विशाल की पत्नी बनकर आई निधि ने। निधि बहुत होशियार और व्यावहारिक सूझ-बूझ वाली थी। अपनी कार्यकुशलता से उसने ननद को भी खुश करने में कोई कोर-कसर नहीं छोड़ी। घर की व्यवस्था का निर्देशन बहुत समझदारी से उसने अपने हाथों में ले लिया, यहाँ तक कि अशोक जैसा अंतर्मुखी, केवल बच्चों से बोलने-चालने में अपना सुख ढूँढ़नेवाला व्यक्ति भी निधि से निहायत खुश था। आजकल के जमाने में वह सुबह अशोक के पाँव छूने के लिए जाती तो अशोक गद्गद हो जाता। कुछ कहना तो चाहता, पर शब्द ही न सूझते। बस ना-ना-ना ही करता रह जाता।

सुबह अपने हाथ से वह विशाल के साथ-साथ अशोक के लिए नाश्ता बनाती, जोर देकर खिलाती।

"तुम हमारी आदतें बिगाड़ रही हो, निधि!" अकसर टेबल से उठते हुए अशोक कहता, "अब किसी दिन सादा सा नाश्ता मिलेगा तो गले से नहीं उतरेगा।"

"अरे भाईसाहब, आप क्या कहते हैं। मेरा तो यह फर्ज है।" निधि सकुचाहट के साथ कहती।

निधि के पाँव जैसे-जैसे घर में जम रहे थे, बिटिया के मन में असुरक्षा का भाव घर करता जा रहा था। अभी तक बिटिया कामचलाऊ ढंग से घर का काम निपटाकर टी.वी. के आगे या गली की मित्रों में जा बैठती थी। अब इसी बिटिया ने यह सब बैठकबाजी बंद कर दी।

घर अधिक व्यवस्थित ढंग से चलना शुरू हो गया था। काम का एक अनकहा सा बँटवारा बिटिया और निधि के बीच हो गया था। सुबह विशाल और अशोक का नाश्ता निधि बनाती और बेटे, निधि का और अपना बिटिया। दोपहर का खाना बिटिया और रात का निधि।

यानी भाइयों के सामने काम करती निधि ही नजर आती। अभी तक बिटिया बहुत उद्दंड ढंग से भाइयों के सामने अपने काम करने का रोब गाँठती थी। एकाएक वह चुप और सावधान हो गई। काम अब बिटिया ज्यादा करने लगी थी, पर काम का रोना-रोना या शिकायत करना उसने बिल्कुल बंद कर दिया था, पर इसका परिणाम यह हुआ कि बात-बात पर उसे रोना आने लगा।

यों निधि ननद से बहुत मीठा बोलती थी और नन्हूँ से उसने दोस्ताना तथा खिलंदड़ा संबंध जोड़ने की पूरी कोशिश की थी, पर अशोक मामा के मुँह से निधि मामी की तारीफ होने पर नन्हूँ को जलन होता थी। नई नवेली मामी के साथ शुरू-शुरू में हँसी-ठट्ठा करने में उसे बहुत मजा आता था, पर मामी के आने से माँ को रुआँसा और उदास देखकर वह बार-बार पूछता, ''क्या हुआ है माँ, क्यों उदास हो? निधि मामी ने कुछ कहा है?''

माँ के इनकार करने पर भी उसे लगता कि जरूर निधि मामी ने ही कुछ कहा होगा। कुछ चीज माँगने पर उसे देने के लिए जैसे ही माँ उठती, वह चिल्ला पड़ता, ''कभी आराम से बैठा भी करो। निधि मामी को देने दो न, मामा के सामने तो बड़ी बढ़-बढ़कर काम करती है।''

''तुम्हारे लिए भी कर देते हैं। तुम करवाओ तो।''

हँसी-हँसी में बात को टाल देने या ठंडा करने के निधि के प्रयास पर खुश होने के बदले वह कह उठता, ''मैं जानता नहीं हूँ क्या?' बैठी-बैठी बोलती ही रहोगी। करना तो मेरी माँ को ही पड़ेगा।''

अकसर निधि और नन्हूँ में तकरार हो जाती, जिससे दुःखी होकर बिटिया रोने लगती।

''अगर मैं कुछ पढ़-लिख जाती तो नौकरी तो कर लेती। अपना घर तो बन जाता, पर किस्मत ही फूट गई मेरी तो।''

आज भी वह अशोक के सामने चुप लगाकर सिर पकड़कर बैठी हुई थी कि एकाएक ऊपर कुछ गिरने की आवाज के साथ निधि की चिल्लाहट सुनाई दी—

''नहीं पीते, मत पियो। बहुत तंग करते थे न मुझे! देखा, भगवान् ने बदला दिया।''

अशोक और विशाल दोनों ऊपर की तरफ भागे। पीछे-पीछे रोती हुई बिटिया भी। ऊपर पहुँचने ही आवेश में उसने नन्हूँ का गला पकड़ते हुए कहा, ''घोंट डालो इसका गला और मार डालो मुझे भी। मुक्ति मिले मुझे।''

कहते हुए उसने अपना सिर पीटना और जोर-जोर से रोना शुरू कर दिया।

घबराहट, गुस्से और कुंठा में नन्हूँ सीढ़ियों की तरफ बढ़ रहा था कि अशोक ने उसका हाथ पकड़कर रोक लिया, ''कहीं जाने की जरूरत नहीं। सारी चीजों को समझने की कोशिश करो। कोई भी तुम्हारा दुश्मन नहीं है, बेटा।''

उधर विशाल ने टूटे काँच के टुकड़े उठाती, बटोरती निधि को उठने का इशारा करते हुए कहा, ''सामान पैक कर लो, निधि। लगता है, हमारे यहाँ से चले जाने से यहाँ की सारी समस्याएँ सुलझ जाएँगी।''

और वह अशोक की तरफ देखने लगा।

उसको कुछ भी जवाब देने के बदले निधि अशोक के पास जाकर कहने लगी, ''भाई साहब, हमें अलग नहीं कीजिएगा। इनके अकेले की कमाई से कहीं घर चल सकता है? मेरे भाई ने तो आपके भरोसे मुझे यहाँ ब्याहा था। मेरे माता-पिता तो अब आप ही हैं।''

अशोक ने बिना कुछ कहे निधि के सिर पर हाथ रख दिया। कुछ देर चुप रहने के बाद सब को संबोधित कर बोला—

''सब लोग बात का बतंगड़ गत बनाओ। जो कुछ घटा है, शांति से उसका हल ढूँढ़ो। कहीं पहाड़ नहीं टूटा है। मामूली सा धक्का है, जो नन्हूँ को लगा है। उसके लिए इसे अच्छा ही समझना चाहिए। अब वह मेहनत करेगा और पास हो जाएगा। जाओ, सब अपना-आना काम करो।''

कहते हुए उसने नन्हूँ का हाथ पकड़ा और उसे नीचे अपने बेडरूम में ले आया।

उनके पीछे-पीछे बिटिया भी उसके कमरे में आ गई। माँ पहले तो बच्चे को डाँट-फटकार लेती है, पर डाँटने के बाद उसका अपना ही मन कसकने और बिलखने लगता है। इसी मन:स्थिति में बिटिया ने जब अशोक को प्यार से बेटे को पुचकारते हुए देखा तो उसके मन को गहरी राहत मिली।

विशाल की शादी के बाद से बिटिया को यह महसूस होता है, जैसे अशोक की आँखें उससे कह रही हैं कि तुमने मुझे पारिवारिक सुख से वंचित किया है या नन्हूँ और उसके लिए कुछ भी करके, वह उन पर अहसान कर रहा है या अपने महत्त्व का एहसास उन्हें करवा रहा है। वह हमेशा अशोक के सामने चुप हो जाती है। क्यों? इसीलिए न कि वह बहन और भानजे को आर्थिक और सामाजिक संरक्षण दे रहा है।

बिटिया पढ़ी बेशक कम हो, पर जिंदगी के अनुभव ने उसे यह समझ दे दी है कि अपनी सुरक्षा और सम्मान के लिए उसे भाई के अहं का पोषण करने रहना होगा।

इसी के साथ ही वह यह भी सूँघ रही है कि अशोक के सुख के लिए निधि की उपस्थिति भी अनिवार्य हो गई है। बिटिया की घर में उपस्थिति उतना महत्त्व नहीं रखती,

जितना कि निधि की। निधि के आसपास रहने से अशोक उत्फुल्ल रहता है। तलाक के बाद पुरुष के प्रति अपने मन में उठती तड़प से वह यह समझ पाई थी कि यौनेच्छा की पूर्ति मात्र स्त्री-पुरुष संभोग से ही नहीं होती। उसकी अनुभवी आँखें यह जानती हैं कि अशोक के लिए निधि बहन या बेटी नहीं है, मात्र स्त्री है। यों चेतन धरातल पर प्रत्यक्षत: अशोक निधि पर कुदृष्टि नहीं रखता, न बुरी नजर से देखता है। पर स्त्री का सहज नैसर्गिक आकर्षण निधि के रूप में उसके मन में हिलोर पैदा करता है, परोक्ष रूप से अशोक के जीवन में स्त्री के अभाव की पूर्ति करता है।

विशाल की शादी से पहले अशोक अकसर दफ्तर से ही शाम को दोस्तों के साथ रेस्तराँ या घूमने के लिए चला जाता था, पर जब से निधि इस घर में आई है, वह दफ्तर से सीधा घर लौटना है। घर लौटना अशोक को अब बुरा नहीं लगता। निधि के हाथ से मिला चाय का कप उसे रेस्तराँ की चाय से कहीं ज्यादा तृप्ति देता है। ऐसे में भला वह कैसे चाह सकता है कि निधि और विशाल अलग बसेरा बसा लें?

बिटिया जानती है कि आज के युग में बहन और उसके बच्चे को पालने का गौरव अशोक की गरदन को ऊँचा करता है। निधि का होना अशोक के मन को आंतरिक ऊर्जा प्रदान करता है। एक तरफ देने का अभिमान और दूसरी तरफ पाने का तोष और चैन। अशोक दोनों को ही नहीं छोड़ सकता। ऐसे में बिटिया की समझदारी इसी में होगी कि वह इस संतुलन को बनाए रखने का प्रयास करे।

बिटिया ने अपने आँसू पोंछकर निधि को आवाज दी—

"निधि, सुबह से किसी ने कुछ खाया-पिया नहीं है। कुछ नाश्ता-पानी सबके लिए यहीं ले आओ।"

निधि को नीचे उतरते न देख बिटिया उठी और ऊपर गई। निधि के पास जाकर उसे पुचकारा और कहा—

"मैंने अपने दुःख और तनाव में बिना सोचे-समझे कुछ गलत कह दिया हो तो मुझे माफ करना। तुम तो जानती हो, मेरा अपने आप पर वश ही नहीं रहता। अब नीचे आओ और अशोक भैया तथा नन्हूँ को कुछ खिला-पिला दो। मैं भी विशाल भैया को लेकर नीचे आती हूँ।"

निधि बिना कुछ कहे नीचे चली गई, पर बिटिया के पाँव ही नहीं उठ रहे थे। मन अजीब सी बेचैनी महसूस कर रहा था। बिटिया जानती है कि अशोक भैया निधि की उपस्थिति से खुश हो जाते हैं। उसे जब भी उनसे कुछ काम करवाना होता है, वह बहाने से निधि को अशोक भैया के पास भेज देती है, ताकि भैया का मूड अच्छा हो जाए।

उसने निधि को नीचे भेज तो दिया, पर विशाल भैया की उपस्थिति में वह अपने को अपराधी महसूस कर रही थी। वह चाह रही थी कि अपने भीतर के छल को विशाल

भैया के सामने व्यक्त कर दे। उन्हें सावधान कर दे, ताकि अपने मन के बोझ से वह मुक्त हो जाए। वह मन–ही–मन में विशाल भैया को संबोधित कर कह रही थी—

'छोटे भैया, बचपन से ही मैं बेवकूफ रही हूँ, पर जिंदगी लगातार मुझे बहुत कुछ सिखा रही है। हम सभी से यह छिपा नहीं है कि युवा शरीर की ऊष्मा के आकर्षण का ताप ठंडे से ठंडे शुद्ध देसी घी सरीखे विश्वामित्रों को भी पिघलाकर रख देता है। फिर बड़े भैया तो कोई संन्यासी भी नही हैं। इसलिए इससे पहले कि जिंदा रहने के अपने स्वार्थ के लिए मैं बड़े भैया की दलाल बन जाऊँ, तुम सावधान हो जाओ।'

पर सवाल यह है कि क्या वह ऐसा कह सकेगी?

□

अपनी म्याऊँ के लिए

''अपने पैसों की पीता हूँ, किसी के बाप के पैसों की नहीं। कंट्रीब्यूट तो कुछ करना नहीं, बस हुक्म—यह कर लो, वह कर लो, मैं बच्चा नहीं हूँ, हर वक्त नैगिंग, बरदाश्त नहीं कर सकतीं तो चली जाओ, तुम जैसा हाथी पालना मेरे वश की बात नहीं।''

जय के शब्द उसके कानों में बज रहे थे। उस वक्त से सुन्न-सी बैठी हुई है वह। जय की सुबह छह बजे की फ्लाइट थी। ऑफिस के काम से उसे जाना था। सुबह चार बजे अलार्म बजते ही उसने जय को उठाने की कोशिश की, पर उठा नहीं। चाय बनाकर लाई और उसे हिलाते हुए घड़ी उसके मुँह के सामने करते हुए कहा, ''देर रात तक पीते रहते हो, समय का तो ध्यान रखा करो।''

पूरा वाक्य भी नहीं बोला होगा उसने कि उसकी तरफ बढ़ाए गए चाय के कपवाले हाथ को झटकते हुए वह उठा और गुस्से में बोलते हुए एक मुक्का उसने अलमारी पर मारा। अंदर की तरफ धसकी हुई मजबूत लकड़ी को वह देख रही थी। पेट, रान और टाँगों पर गरम चाय गिरने से जलन हो रही थी, पर जलन से ज्यादा वह भौंचक्क और अवसन्न थी।

तब से हक्की-बक्की वहीं-की-वहीं बैठी हुई है। नानी की मौत के बाद मासी इलाहाबाद से दिल्ली यूनिवर्सिटी में आ गई थीं। यों दिल्ली में वह हॉस्टल में ही रही, पर मासी का अभिभावकत्व पाकर बहुत खुश थी। भीतर-बाहर से दिल-दिमाग से उन्मुक्त, पर समृद्ध जीवन-शांत होते हुए भी जीवंत।

पाँच साल पहले जब उसने जय के साथ इकट्ठा रहने का निर्णय लिया तो मासी ने उसे बरजा नहीं था। उसके अपने विवेक पर छोड़ दिया था। अमेरिका में रहने के कारण और अपने कटु वैवाहिक जीवन होने के कारण माँ अपने किसी भी मत को उस पर थोपना नहीं चाहती थी। यों उसे खुद को भी जय में कुछ आपत्तिजनक तो नहीं ही

लगा था। जय आई.एम.आर.बी. में काम करता था और महीने के तीस-पैंतीस हजार तो उसे जरूर ही मिलते थे। वह पी-एच.डी. ज्वॉइन कर चुकी थी और उसे पाँच हजार की स्कॉलरशिप मिल रही थी। जय के ऑफिस के पास ही कालकाजी में एक सिंगल बेडरूम का फ्लैट उन्होंने किराए पर ले लिया था। हॉस्टल की जिंदगी से अलग फ्लैट को घर का रूप देने के लिए उसने शुरू-शुरू में बहुत कोशिश की थी, पर जय को बिखराव में रहने की आदत थी। घर को व्यवस्थित करना उसे अपनी स्वतंत्रता में दखलंदाजी लगती थी। रोज शराब और सिगरेट पीना भी उसकी स्वतंत्रता में ही शुमार था। उसने ड्राइंग-रूम में ही अपनी किताबें सजा ली थीं और उनको मनोनुकूल रखने में जय को कोई एतराज नहीं था। अपने लिए उसे जिस चीज की जरूरत होती, हॉस्टल की तरह से यहाँ भी अपने आप ही ले आती। जय के लाइफ स्टाइल में वह बाधा तो नहीं ही बनी थी, बल्कि डेढ़ साल पहले जब जय ने अपनी मोटरसाइकिल बेचकर लोन पर एस्टीम लेने की सोची तो बेसिक अमाउंट के तौर पर दिए जानेवाले डेढ़ लाख का इंतजाम जय से नहीं हो रहा था, तो उसने तब तक मुश्किल से जमा किए साठ हजार मैं से एक पैसा भी अपने पास नहीं रखा और सब उसे दे दिए थे, बावजूद इसके कि तीन साल में रिसर्च वर्क पूरा न कर पाने के कारण स्कॉलरशिप बंद हो चुकी थी और किसी भी कॉलेज की टेंपरेरी लेक्चररशिप भी उसके पास नहीं थी।

क्या कह दिया उसने जय को, 'सिगरेट और शराब को कम कर दो?' उसके लिए ही न, बस इनका नाम लेते ही आक्रामक हो उठता है। अब तो कुछ ज्यादा ही चिड़चिड़ा हो गया है। क्या उसकी जिंदगी में कोई और लड़की आ गई है। जब देखो, खाने को दौड़ता है, जरा-जरा सी बात पर कहता है 'चली जाओ, छोड़ दो मुझे'। चाहता है कि वह उसकी हर बात की हाँ में हाँ मिलाती रहे। उसकी इच्छानुसार हर चीज उसके आगे हाजिर कर दे, ताकि वह अपनी मन पसंद की जिंदगी जीता रहे। वह तो खुद ही उसे हर तरह से खुश रखने के तनाव से ग्रस्त रहती है। इसी तनाव की वजह से उसके पढ़ने-लिखने का काम भी सुचारु रूप से नहीं चल रहा। कॉलेज के वक्त से वह युववाणी में जाया करती थी। पहचाना चेहरा होने के कारण उसे चित्रहार कंपेयर करने की पेशकश मिली, पर जय ने उसे टी.वी. कार्यक्रम के लिए मना कर दिया। चित्रहार को छोड़ उसने इंग्लिश न्यूज रीडर के लिए अप्लाई किया। उसका मिलना तय ही था, पर टी.वी. के नाम से जय बिदक जाता है। उसे अब समझ आ रहा था कि जय चाहता है वह नौकरी तो जरूर करे, पर वहाँ, जहाँ से पैसा तो जरूर आए, पर उसकी पहचान न बन पाए, शायद इसीलिए वह चाहता है कि उसका रोल एक घरेलू औरत का ही रहे। गलती उसकी भी नहीं। वह शुरू से ही जय के ऊँचा बोलने को चुपचाप सहती रही। दरअसल, बचपन में उसे माँ-पापा का आपस में झगड़ना बिल्कुल पसंद नहीं था। माँ भी बस यही चाहती

थी कि पापा घर के काम में थोड़ा माँ का हाथ बटाएँ और बच्चों के सामने अपना रोमानी सा छिछलापन न दिखाएँ। उससे अच्छी तो माँ है, पापा से डरती तो नहीं, पापा माँ के साथ रहें या अलग, माँ निश्चिंत रहती है और वह है कि जय के नाराज होने पर गलती भी उसकी होने पर, उसे मनाने लगती है। जय उसकी कमजोरी को जान गया है। पर ऐसा बहुत समय तक नहीं चल सकता। वह जय से अपने ऊपर क्या खर्च करवा रही है, जो वह कह रहा था कि वह हाथी नहीं पाल सकता और वह मोटी भी तो नहीं है। तभी फोन की घंटी बजी, उसने जल्दी से फोन उठाया कि शायद जय का फोन हो। फोन जय का नहीं था। मासी थी। कह रही थी—

"मैं एक हफ्ते के लिए इलाहाबाद जा रही हूँ। घर लॉक करके जाना नहीं चाहती। संभव हो तो तुम यहीं आकर रह लो।"

उसे अच्छा ही लगा। अपने से बाहर आने का मौका मिल गया और उसने जवाब दिया कि वह उनके पास समय से पहुँच जाएगी। जय के वहाँ न होने पर भी उसे सूचित करने के लिए उसके फोन पर एस.एम.एस. कर दिया। मासी का फोन नंबर उसके पास था ही।

जब वह मासी के घर पहुँची, मासी जाने के लिए तैयार थी, बोली—

"मैं तुझे फोन करनेवाली थी, अच्छा हुआ, तू समय से आ गई। ट्रेन तो देर शाम की है, पर मुझे दो-चार काम निपटाते हुए जाना है, एक बैग ही तो रखना है अपने साथ, उसे लेने के लिए दोबारा नहीं आऊँगी, अभी साथ ही ले जा रही हूँ। तुझे यहाँ बुलाने का एक खास कारण है। यह लॉवी की कुरसी पर बैठी हुई बिल्ली है न, अरे यह खरगोश की तरह से अपने को फुलाए हुए बैठी है, इसे मैंने पाला तो नहीं है, पर यहाँ अकसर आ जाती है और कहीं जाती ही नहीं। किसी भी दिन इसके बच्चे हो सकते हैं। बस तू याद से किचन का दरवाजा बंद कर दिया करना और ध्यान रहे, यह यहाँ के अलावा कहीं और भीतर न आ सके। लॉबी के शटर से यह लॉबी में आ जाती है।

"बस भीतरवाले दरवाजे को बंद रखना, मतलब चिटखनी लगाकर, खटखटाहट से डरना नहीं, क्योंकि दरवाजा भिड़ा हुआ हो तो पंजों से खोलने की कोशिश करती है।"

उसे तसल्ली हुई कि अपनी व्यस्तता में मासी ने उसके चेहरे की तरफ ध्यान नहीं दिया, ध्यान देती तो वह जरूर उसकी उदासी को भाँप जाती।

उसका तत्काल चले जाना उसे अच्छा ही लगा। वह अकेलापन ही चाहती थी। सिर दर्द कर रहा था, इसलिए वह लेट गई, कमरे का दरवाजा बंद करना भूल गई थी, देखा पाँव के पास खरगोश की तरह बैठी बिल्ली उसी की तरफ देख रही है। कुछ रिस्पांस न मिलने पर अपने को उससे सटाती-रगड़ती बिना डरे या घबराए, वह क्या उससे दोस्ती कर रही थी या कुछ माँग रही थी। उसके मन में आया, इसे थोड़ा दूध दे दूँ। सुबह से

खुद भी कुछ खाया न होने की वजह से अपने लिए भी चाय और ब्रेड टोस्ट ले लूँ। सोचते हुए वह उठी। चाय पीने के बावजूद सिरदर्द दूर नहीं हुआ था, इसलिए फिर वह लेट गई। उसने महसूस किया, म्याऊँ भी उससे सटकर बैठ गई है। उसे अच्छा लगा, आँखें खोलकर देखा, गुलाबी होंठोंवाली, खिलौना सी, शेर। उसे वह खूबसूरत और आकर्षक लगी—नॉन डिस्टर्बिंग-गरिमामयी-अभिजात। मासी ने उसे भीतर न आने देने के लिए कहा था, पर वह उसे बाहर न निकाल सकी।

उसे कब नींद आ गई, उसे पता नहीं। जब नींद खुली तो घुप्प अँधेरा हो रहा था। उसने बेडस्विच से बत्ती खोली। घड़ी देखी। दो बजनेवाले थे। उसने बत्ती बंद कर दी, पर अब उसे नींद नहीं आ रही थी। बार-बार घड़ी देखते, जब पाँच बज गए तो उसने सोचा, 'अब उठा जा सकता है।' खयाल आया, बिल्ली उसके पलंग पर थी, वह कहाँ गई? न पलंग के नीचे, न ड्राइंगरूम के सोफे के नीचे। दीवान के नीचे झाँका, वहाँ भी नहीं थी। कहाँ गायब हो गई? मासी कह रही थी, पालतू नहीं है, कहीं चली गई होगी। सोचा, चाय बनाती हूँ। अगर आ गई तो दूध दे दूँगी। किचन में पहुँची, पैन में पानी डाल रही थी कि टाँगों पर किसी स्पर्श से चिहुँकी। देखा, टाँगों से सटी बिल्ली अपने आप को उससे मसल रही है। शायद दूध माँग रही थी। गैस पर पानी चढ़ाने से पहले उसके सामने उसने दूध रखा, पर जरा सा मुँह मारकर म्याऊँ-म्याऊँ करने लगी। मासी ने कहा था, उसे किचन और घर के अंदर नहीं आने देना। उसने टेबल पर पड़े अखबार को गोल किया और आउट-आउट करने लगी। दोनों के बीच लुका-छिपी का खेल शुरू हो गया था। वह उसे बाहर निकालती और वह शटर से फिर अंदर आ जाती। बिल्ली इधर-उधर क्या ताक-झाँक कर रही थी, साथ ही म्याऊँ-म्याऊँ भी तो बंद नहीं कर रही थी। उसकी मुश्किल हो गई। उसने देखा, दो-तीन बार वह शटर से बाहर पड़े एसी के पीछे कूद चुकी थी, क्या इसे बच्चे तो नहीं देने, क्या यह जगह तलाश कर रही है। इसको लेबरपेन शुरू हो गई है? एक टीस-सी उठी उसके भीतर। इतनी सुबह तो किसी 'वेट' के पास भी नहीं ले जाया जा सकता। फिर उसे वह हाथ भी कहीं लगाने दे रही है। पास होते ही इसके नाखूनों वाले पंजे खुल जाते हैं। उसे प्रकृति के भरोसे छोड़ वह ब्रश करने के लिए बाथरूम में पहुँची तो उसकी नजर गीजर पर रखे पुराने टब पर पड़ी, जिसका किनारा टूटा हुआ था। उसने एसी पर ढकी हुई चादर को टब में बिछाया और एसी के पीछे रख दिया तथा हाथ से थप-थप किया कि शायद म्याऊँ आ जाए। जब नहीं आई तो अपने ध्यान में से उसे निकाल, अपनी सुबह की दिनचर्या में लग गई।

मन-ही-मन में वह जय के फोन का इंतजार कर रही थी, पर फोन नहीं आया। लाइब्रेरी जाने का उसका मन नहीं हुआ। फ्रिज में देखा, मटर पड़े थे। उसने कुकर में मटर, चावल, मक्खन, पानी डालकर बंद कर रख दिया। जब भूख लगेगी खिचड़ी बना

खा लेगी और नहाकर फिर लेट गई। न जाने कब की जमा नींद थी कि वह फिर सो गई। नींद में उसे किसी के बिलबिलाने और कराहने की आवाज आ रही थी। निंदियाहट में नहीं वह खुद ही तो नहीं कराह रही थी। तभी उसके कानों में नन्ही-नन्ही म्याऊँ-म्याऊँ की आवाजें पड़ीं। तो बिल्ली ने बच्चे दे दिए हैं, उसने सुना हुआ था, बच्चे देने के बाद बिल्ली को बहुत भूख लगती है। खाना न मिले तो बच्चों को खा जाती है। अलसाहट छोड़ वह उठी और धीमे कदमों से चुपचाप ए.सी के पीछे झाँका—एक नन्ही सृष्टि वहाँ निर्मित हो चुकी थी। छोटी-छोटी कोमल गुलाबी मुट्ठियोंवाले शेर जैसे नन्हे जीव, एक काला मरा हुआ सा या दबा हुआ? टब में कहीं कोई गंद नहीं थी, गीला जरूर था और वह माँ चाट-चाटकर बच्चों को साफ कर रही थी या बड़ा?

—देखना बंद कर, उसके भीतर से आवाज आई 'कोसा दूध पिला इसे।' पर वह दूध को देख आँखों से कह रही थी कि बच्चों को छोड़ वह दूध पीने के लिए बाहर नहीं निकल सकती। टब के किनारे दूध का कटोरा उसने किया, पर गरदन मोड़कर वहाँ भी वह पी नहीं सकती। किसी तरह से कटोरा उसके मुँह के पास ले गई और वह दूध पी रही थी धीरे-धीरे।

दो दिन-रात बिल्ली वहाँ से हिली नहीं। वह अपनी समझ से उसे तीन-चार बार दूध दे रही थी।

बिल्ली की सृष्टि में वह पूरी तरह समा गई थी। बिल्ली की सृष्टि का सच उसकी आँखों के सामने उद्घाटित था, जिसके आकर्षण में वह उस जगह से बँध सी गई थी। रेंगते-टटोलते आपस में ऊष्मा लेते संसार को टटोलते जीव-शिशुओं को वह देख रही थी। चौथे दिन उसने कुछ नहीं पिया तो वह कटोरे को एसी पर रख कमरे में आ गई। दोबारा गई तो कटोरा खाली था और बच्चे टब में अकेले, पर उससे पहले कि वह किसी बच्चे को हाथ लगाती, बिल्ली न जाने कहा से कूद वहाँ पहुँच गई थी।

छठा या सातवाँ दिन होगा। रात को वह बाथरूम में जाने के लिए उठी थी। एक नजर बच्चों को देखने के लिए बाहर निकल रही थी कि उसने देखा, बच्चे को मुँह में लिये बिल्ली कहीं जा रही थी। वह ओट हो गई। सुबह उठकर सबसे पहले एसी के पीछे झाँका। टब खाली था। उसने सोचा था—सुरक्षित जगह को छोड़ बिल्ली कहीं नहीं जाएगी, पर उसे तो अपने बलबूते बच्चों को जीवन-संग्राम के लिए तैयार करना था। वह एक साथ अपने में उदासी और एक तरह की मुक्ति तथा खुशी को महसूस कर रही थी।

उसी सुबह मासी इलाहाबाद से लौट आई थी। वह उनके लिए चाय बना रही थी कि उसने देखा, न जाने कहाँ से उनके आने की आहट पा वह बिल्ली म्याऊँ करती उनके पाँवों से लिपट गई थी, जैसे कह रही हो—मिल ली तुमसे, जल्दी से दूध देना हो तो दो, नहीं तो मैं कुछ और इंतजाम करूँ। सचमुच, बिल्ली वहाँ से जा चुकी थी।

म्याऊँ जा चुकी थी और उसने भी अपने को अपने मुँह में डाला और अपने अंतर्मन में स्पष्ट अपनी डगर को देखते हुए मासी से कहा—

"मासी, मुझे भी अब चलना चाहिए।"

"कुछ दिन यहीं रह जाती।"

"कुछ दिन क्यों, मैं आज ही यहाँ आ जाऊँगी, पर आपको मेरे लिए एक कमरे का इंतजाम करना होगा, जहाँ स्वतंत्र रूप से किसी भी नियत और निश्चित फ्रेम से मुक्त मैं मैं बनकर रह सकूँ। अपनी म्याऊँ के लिए इतना कर सकेंगी न आप?"

□

अक्षर संबंध

"तुम्हारे! मेरा मतलब है आपके फेयरवेल की फोटोग्राफ्स बहुत अच्छी आई हैं—एकदम प्रफुल्लित जवान चेहरा। मैं तुम्हें दिखाने के लिए इतवार को तुम्हारे घर आऊँगी।" फोन पर विद्या कह रही थी।

"पर मैं तो शुक्रवार चंडीगढ़ अपने घर चली जाऊँगी। वीरवार को आना चाहो तो आ जाना, वरना चंडीगढ़ के पते पर भेज देना। न भेज सको तो बाद में जब कभी दिल्ली आना होगा, तुमसे ले लूँगी।"

कहते हुए उसने रिसीवर रख दिया। विद्या उसी के कॉलेज में उसके पहले बैच की छात्रा रही है, तभी से उसकी प्रशंसक। फिर एम.ए., एम.फिल. कर उसकी कुलीग बन गई। आजकल स्टाफ एसोसिएशन की सेक्रेटरी है, उसके व्यक्तित्व के अनुरूप ही बहुत मन से उसने उसकी बिदाई का सारा आयोजन किया। उसकी भी पूरी कोशिश थी कि जाते हुए वह बिल्कुल उदास न हो, इसीलिए तो उसने विद्या से कहा था, "देखो, विदाई के दिन मुझे बोलने के लिए बिल्कुल मत कहना, वरना मेरा रोना निकल जाएगा और मैं उदास होकर रोते-बिलखते हुए यहाँ से जाना नहीं चाहती, यों जब से कॉलेज में आई हूँ, हर उत्सव पर बोलती ही तो रही हूँ, सबने खूब सुना हुआ है मुझे, पर विदा की बात और है, अब जाते हुए हँसते-हँसते केवल बाय-बाय!"

विदाई के दिन उसने हँसते-हँसते विद्या से कहा था, "चलते-चलते जरा यह भी तो गा दे—कभी अलविदा न कहना, कभी अलविदा न कहना!"

अभी तो उसे एहसास ही नहीं हो रहा कि वह कॉलेज से असंबद्ध हो गई है, अभी तो उसे बस यही लग रहा है कि बीमार पति के लिए छुट्टी लेकर वह दिल्ली से चंडीगढ़ जा रही है।

इस वर्ष सोलह जुलाई को जब कॉलेज खुला तो प्रिंसिपल ने उसे बुलाया था।

कहा था, 'देखो छब्बीस तारीख की गवर्निंग बॉडी की मीटिंग है, तुम री-एंप्लॉयमेंट के लिए एप्लीकेशन दे दो। समय से ही सब औपचारिकताएँ पूरी हो जानी चाहिए।'

उसने प्रिंसिपल को अवाक् करते हुए जवाब दिया था, 'मैं एक्सटेंशन नहीं चाहती।' 'पर क्यों?' के जवाब में उसने कहा था, 'तुमसे क्या छिपाना, तुम्हें पता है, मेरा हाईकमांड रिटायर होकर खुद तो यहाँ से चंडीगढ़ गया ही, हमारे बेटे 'तन्मय' को भी साथ ले गया, यह कहते हुए कि तुमसे तो अकेले बच्चा पलेगा नहीं, मैं अकेले पाल लूँगा। तुम नौकरी करो यहाँ, परिवार आजकल की महिलाओं के लिए जरूरी चीज थोड़े ही है।'

अपने पर किए जाते व्यंग्य को सुना-अनसुना करते हुए उसने पूरी शांति से पति से कहा था—

'तुम्हें चंडीगढ़ जाने की क्या जरूरत है? यहाँ दिल्ली में हमारा ठीक-ठाक फ्लैट है। दसवीं पास कर तन्मय तो कहीं हॉस्टल में चला जाएगा, यहाँ हम दोनों तो होंगे!'

जवाब में वह बोला था, 'हाउस कीपर बनकर यहाँ रहने से अच्छा है, मैं चंडीगढ़ में मालिक बनकर रहूँ; वैसे दिल्ली जितनी प्रदूषित हो गई है, वह रहने लायक रही ही कहाँ है! मैंने तय कर लिया है कि दिल्ली का फ्लैट बेचकर चंडीगढ़ में कनाल का घर बनवाकर ठाठ से रहूँगा'

'और मैं?'

'तुम्हारा जब मन होगा, आ जाना, मनाही कोई नहीं। तन्मय का इंजीनियरिंग कॉलेज में एडमीशन करवा दूँगा।'

जब इनके दिमाग में कुछ बात आ जाए तो रोकना मुश्किल होता है। अब चेतन मानस में रिटायर होने पर औरत को अपने से ऊपर खड़े देखकर हीन महसूस करते हुए संभवत: 'यह निर्णय लिया हो', नहीं जानती, पर अभिजात ढंग से तन्मय को मुझसे छीन मुझे दु:खी तो किया ही जा रहा था।

ऊपर से हम दोनों शांत थे। मेरी बड़ी बहन जया ने इन्हें समझाने की बहुत कोशिश की थी, पर अपनी बात पर अड़े रहकर तन्मय के एडमिशन का बहाना कर ये चंडीगढ़ चले गए थे। जया ने मुझे अकेले न रहने दिया और अपने घर ले गई, यों बेटी का ब्याह कर वह भी वसंत विहार के बड़े घर में अकेली रह गई थी, मुझे साथ ले जाने में उसका अकेलापन भी कटता था, पर मेरे भीतर की अखंडता तो खंडित हो रही थी, यों बाहर से सबकुछ सामान्य ढंग से चल रहा था, पर भीतर कभी निजी स्वाभिमान अकेले रहने की जिद पकड़ता तो कभी पति और बच्चे के अकेले रहने पर अपराध-बोध से ग्रस्त हो जाता। हाँ, पर कॉलेज पहुँच सबकुछ

को भूल, लगता कि अपने स्व में हूँ, अपनी जमीन पर हूँ, किंतु कॉलेज से लौटने पर निजी घोंसले की कमी मुझे उदास कर देती, ऊपर से अपनों की ही मौन और मुखर आवाजें मुझे छील-छील जातीं, 'डॉ. नीलांजना अपने पति से अलग हो गई हैं, विवाह संस्था की आजकल क्या गारंटी? इतने बरसों का वैवाहिक जीवन भी उसे खंडित होने से नहीं बचा पाता।'

विभाग की एच.ओ.डी. रिटायर हो जाने के बाद भी रोज रात फोन से मेरे सिर पर सवार हो जातीं—

'नीलू, तुम्हारे से बड़ी होने के नाते तुम्हें समझा रही हूँ। एक्सटेंशन मत लेना, मुझे पता चला है, अरोड़ा साहब बीमार रहने लगे हैं। अब तुम कार्यकाल के समाप्त होते चंडीगढ़ चले ही जाना।'

मुँहतोड़ जवाब देने की मेरी आदत नहीं रही। उन्हें 'जी अच्छा, जी अच्छा' कहकर टाल देती, पर मन कहता, केवल हाउसवाइफ बनकर रहना तो मैंने कभी नहीं चाहा, एम.ए. पास करते ही तो लेक्चररशिप मिल गई, छत्तीस साल देखते ही देखते बीत गए। अब जाना तो है ही, फिर तीन साल पहले क्या और तीन साल बाद क्या, पर मन में कुछ घटता था। मन में यह सोचकर ही हौल पड़ती थी कि सबकुछ छूट जाएगा। विनती मेरी अंतरंग मित्र मेरे उदास होने पर समझाती—

'देख, पैसों में तो कोई फर्क पड़नेवाला नहीं, पेंशन और प्रॉविडेंट फंड से मिले ब्याज से सैलरी के बराबर ही हो जाएगा, यह अलग बात है कि स्टेटस खो जाने का दु:ख तुझे साल रहा हो।'

'झूठ नहीं बोलूँगी, दु:ख न होता हो ऐसा हो नहीं सकता, छत्तीस सालों से नियमित रूप से बाहर निकलना, कहीं यह संतोष कि अपने आप को व्यर्थ नहीं कर रहे हैं। फिर छात्रों की मुग्ध आँखें, मित्रों का साथ, किसे अच्छा नहीं लगेगा, छूट जाएगा सबकुछ,' कहते हुए उसने ठंडी साँस भरी।

'तू ऐसा क्यों नहीं सोचती कि चलो, रोजाना की दौड़-धूप से छुट्टी मिली, मुक्त होकर अपना मनचाहा पढ़ना-लिखना होगा।'

'दिल बहलाने को खयाल अच्छा है गालिब', कहते उसने एक लंबी साँस खींचते हुए अपने को संयत करने की कोशिश की।

'जब तक कॉलेज में है, तब तक तो यहाँ रमी रह। अभी से क्यों उखड़ रही है,' विनती उसे झिड़क रही थी।

'इदम् न मम' दार्शनिक अंदाज में कहते हुए उसने आँखें बंद कर लीं। विनती के साथ रोज के सेशंस का परिणाम यह हुआ कि जब कॉलेज से जाने का समय

आया तो वह बाहर से देखने पर खुश और जाने के लिए पूरी तरह से तैयार थी, पर जब विभाग के लोगों और स्टाफ एसोसिएशन की सेक्रेटरी ने कहा कि तुम अपने मन का उपहार ले आओ तो एक बार फिर अवसाद में डूब गई थी। उपहार को अस्वीकार तो किया नहीं जा सकता था। सबके साथ जो वह अपने लिए उपहार क्या ला रही थी, जैसे अपने हाथों अपने कफन-दफन का इंतजाम कर रही हो। सब ने जब एसोसिएशन की तरफ से लाया शॉल प्रिंसिपल को दिया कि उसके कंधों पर ओढ़ा दें तो उसे लग रहा था, उस पर 'बुरा' डाला जा रहा है। ('बुरा 'शोक के अवसरों पर मित्रों और संबंधियों द्वारा दी जानेवाली सांत्वना और सहायता होती है)।

बाहर से शांत और खुश दिखने का प्रयास करते हुए और भीतर से दंश को कम करने के लिए उसने उपहारों के प्रत्युत्तर में सबको उपहार दिए थे—स्मृतिचिह्न-स्वरूप अपने हाथ से बनाई छोटी-छोटी पेंटिंग्ज, सब अभिभूत हो गए थे, 'अरे, तुम्हारा यह रूप तो सामने आया ही नहीं, अब तुझे समय काटने की क्या फिक्र, तू तो चित्र बनाने में ही डूब जाएगी!' किसी ने कहा था और वह हँस दी थी उन्मुक्त सी दिखती हँसी।

जया उसे ले जाने के लिए आ गई थी। सबकुछ ठीक ही था। रात को एच. ओ.डी. ने खूब हँसते हुए फोन किया था।

'तो आ गई तू आखिर हमारी रिटायरों की जमात में।'

आवाज सुनते ही उसे लगा कि वह उपेक्षा और गुमनामी के किसी अमानवीय लोक में फेंक दी गई है, जहाँ आकाशचारी 'पितर' उसका स्वागत कर रहे हैं, 'चेहरे से विहीन छाया ध्वनियाँ'। उसे डर सा लगा। याद आई उसे माँ की मृत्यु, मृत्युशय्या पर पड़ी माँ बेडौर आँखों से छत की तरफ देखती कह रही थी—देखो, मुझे लेने के लिए वे सब आए हुए हैं, मैं कह रही हूँ—हट जाओ, अभी मुझे नहीं जाना, पर हट ही नहीं रहे, उनकी सुरति दो जगह काम कर रही थी, कभी हमारे साथ बात करती तो कभी छत की तरफ देख दूसरी दुनिया के साथ वार्त्तालाप शुरू कर देती।

माँ तो चली गई थी, पर मैं तो अपनी पूर्ण चेतना में समय के सामने रूबरू खड़ी हूँ। हाँ, अपने पूर्ण होशोहवास में मुझे समय की लय को पकड़ना होगा और मैंने स्वस्थ होते हुए एच.ओ.डी. को जवाब दिया था—

''माफ कीजिएगा, मैंने पहले आपको पहचाना नहीं था—नाऽ नाऽ नाऽ…मैं अभी रिटायर नहीं हुई हूँ—मैं तो अभी अपनी ही दुनिया में हूँ, मेरे सामने तो ढेरों काम पड़ा है।'' वे हँस रही थीं और मैं भी उनके साथ हँस दी थी।

जीवन के प्रवाह में अपने आप को डाल दो तो जिंदगी अपना रूप ले ही लेती है। पर मेरे साथ विडंबना यह हुई कि जिस परिवार को पाने के लिए मैं दिल्ली

छोड़कर चंडीगढ़ आई, वह परिवार चंडीगढ़ में भी नसीब नहीं हुआ। चंडीगढ़ आए मुश्किल से छह महीने हुए होंगे कि हाई कमांड को दिल का दौरा पड़ा और वे पूरी तरह से रिटायर होकर दूसरी दुनिया में चले गए।

एक लंबी साँस भरी उसने। दिल्ली ही रह जाते तो वह सबसे कटती तो नहीं, जिंदगी के इस मोड़ पर नए सिरे से संबंध भी तो नहीं बनाए जाते! यों चंडीगढ़ यूनिवर्सिटी में एम.ए. के छात्रों को पढ़ाने के लिए सप्ताह में दो दिन की व्यवस्था हो गई थी, जीवन गतिहीन नहीं हुआ था, पर अकेला तो हो ही गया था, और कॉलेज या यूनिवर्सिटी में पढ़ाने का मतलब खुद पढ़कर छात्रों के सामने उगलना मात्र ही तो नहीं है, मात्र पैसा अर्जित करने का व्यवसाय ही तो नहीं, उसके लिए वह एक जीवन-शैली है। ऊर्जा के मुख्य स्रोत से निकलती धारा के साथ चलने और चलाने का सुख, जीवन के साथ निरंतर संवाद और संप्रेषण। 'संप्रेषण' शब्द के मन में उठते ही उत्साहित हो; उसने मन में सोचा, आज वह दिल्ली 'विनती' को जरूर फोन करेगी, मन में अभी सोच का बिंब पूरा भी नहीं हुआ था कि फोन की घंटी टनटनाई, फोन दिल्ली से ही था, 'दूरानुभूति होती है' अवचेतन में कौंधा—फोन दिल्ली कॉलेज से ही था। नई स्टॉफ सेक्रेटरी कह रही थी—

"प्रिंसिपल ने एक्सटेंशन नहीं लिया, वह रिटायर हो रही हैं, उनकी विदाई के अवसर पर हम भी रिटायर्ड सहयोगियों को आमंत्रित कर रहे हैं। आपको जरूर आना है, क्योंकि आप प्रिंसिपल की बहुत घनिष्ठ मित्र रही हैं। रिटायर्ड लोगों की तरफ से वक्तव्य देने की जिम्मेदारी भी आपको सौंपी जा रही है।"

उसके मन ने आवाज दी कि उसे जाना चाहिए। दीपा 'प्रिंसिपल' ने उसका हमेशा साथ दिया। उसने सेवा-विस्तार नहीं स्वीकार किया, यों प्रिंसिपल के लिए विस्तार का समय सुखद भी नहीं होता, एक तरह से अच्छा ही किया। कहीं मन में अहं की तृप्ति भी होती है कि हम स्वेच्छा से पद छोड़ रहे हैं, पर नहीं, वह विदाई समारोह पर दिल्ली नहीं जाएगी, उसकी आँखों के सामने एच.ओ.डी. का चेहरा घूमने लगा—सेमिनार रूम के गोलमेज की खोखल में कैंटीन की सफेद कुरसियाँ और वहाँ पर बैठे हुए अवकाश प्राप्त सहयोगी—भूतों का डेरा...नहीं, वह यह भूमिका नहीं निभा सकती। वह समय को खंडित नहीं करेगी, न संबंध को क्षरित। उसका कॉलेज की दीवारों से भी जीवन का संबंध है, अक्षर संबंध।

कॉलेज के अध्यापक संघ की सचिव के नाम मन-ही-मन उसने पत्र लिखना शुरू किया।

आमंत्रण के लिए धन्यवाद, पर उस दिन दिल्ली पहुँचना संभव न हो सकेगा,

क्योंकि उसी दिन चंडीगढ़ विश्वविद्यालय में मुझे बोलने के लिए बुलाया हुआ है, फिर जब भी किसी अवसर पर बोलने के लिए बुलाओगी, जरूर आऊँगी, यों अनुपस्थिति में भी वहाँ उपस्थित ही होऊँगी—शब्दों को जीवन और जीवन को शब्द देते हुए हम जहाँ कहीं भी हों, सबके साथ ही तो होते हैं—

एक स्वरचित कविता भेज रही हूँ, किसी से पढ़वा देना।

□

फैसला

“अरे, आज इतनी जल्दी खाना बना जाओगी, अभी तो दस भी नहीं बजे हैं?” दरवाजा खोलने पर सतीश की माँ से उसने कहा, अभी भीतर आने के लिए उसने उसे रास्ता नहीं दिया था, पर जब उसने देखा कि सतीश की माँ आँखें नीची किए धोती की कोर से आँखें पोंछ रही है तो वह एक तरफ हो गई, ताकि वह अंदर आ सके और खुद उसके पीछे-पीछे चल दी।

“तुम्हारी तबीयत तो ठीक है?” पूछने पर सतीश की माँ ने फिर स्वीकृति में सिर हिला दिया।

“हुआ क्या है, कुछ बोलो तो? तबीयत खराब हो तो मैं कर लूँगी, घर पर ही हूँ आज।”

“न बीबी, तबीयत को तो कुछ न हुआ, जल्दी आ गई हूँ, क्योंकि मुन्नी को लिवाने के लिए जाना है।”

“तो रो क्यों रही है?”

कहने भर की देर थी कि उसने पूरी रामकहानी शुरू कर दी।

“बीबी, तुम्हें पता तो है कि मुन्नी के लड़की हुई है। कल धोबी तीजों का सामान—कपड़े-लत्ते, मिठाई लेके गया था। वो मुन्नी के ससुरे ने पैले तो धोबी को अपने साथ सराब पिला दी और फिर लगे बाप-बेटे बोलने कि वो तो लड़के की आस लगाए थे और तुम्हारी लड़की ने छोरी पैदा कर दी, इसलिए या तो स्कूटर दो या छोरी के नाम पाँच हजार बैंक में करवाओ, नई तो हम न रखें तुम्हारी छोरी को। धोबी भी कुछ अका-बका होगा कि हम कां से लाएँगे इत्ते पैसे कि जमाई भड़क उठा। बिना ससुरे का लिहाज किए मिठाई उठाकर वा ने बाहर फेंक दीनी और मुन्नी को मारना शुरू कर दिया और बकता चला गया। ले जाओ अपनी कलूटो को, बेटी पैदा कर के रख दी। मैं तो न रखूँगा इसे, तलाक दूँगा। सोर-सराबा देख मुन्नी का

देवर सतीश को बुला के ले गया।

मुन्नी की माँ रोती जा रही थी और कह रही थी।

''तो सतीश ने कुछ समझाया उन्हें?'' मैंने पूछा।

''समझाना क्या, वो पोंचा तो पता चला कि मुन्नी ने खुली बिजली की तार को छू लिया है और बेहोस परी है।''

''लगाता मुन्नी के दूल्हे को दो झापड़ और बुला लाता पुलिस को।''

''बीबी रैने दो, पुलिस भी गरीब की कां सुनती है? यों सतीश कै रा था कि अम्मा गुस्सा तो मेरे को बौत आया, पर चुप लगा गया कि शायद सुलह हो जाए और मुन्नी को वईं रैना परे, पर साथ ही यो भी कए था कि वा रई तो वो मार-मार कर इसे मार डालेंगे या यई कछु कर-करा लेगी। उस बखत तो लाना मुश्किल था सो आज जाएँगे, वा कु समझाएँगे और वापस लिवा लाएँगे। अरे, मैं कऊँ बीबी, पैले भी तो कपड़े धोती थी, अब भी धो लेगी तो अपना और अपनी बेटी का पेट पाल लेगी, कौन सी हमारे ताईं बोझ बनने जा रही है।

''बीबी, इस मुन्नी को तो मैंने दहेज भी सबसे ज्यादा दिया। टेलिवीजन, सोफा सैट, पलंग और घर-गरस्ती का सारा सामान। सोचा था आराम से रयेगी।''

''अच्छा रो नहीं और घबरा नहीं, सब ठीक होगा, उसे भी दिलासा देना। वो लोग ज्यादा हेकड़ी दिखाएँ तो साथ ले आना। मुन्नी तो इतनी कर्मठ और सयानी है, उसे न मार खानी चाहिए, न आत्महत्या करने की कोशिश करनी चाहिए।''

''जई तो समझाऊँगी, पूछूँ मरने की का जरूरत थी, अरे अभी उसके माँ-बाप मर न गए हैं।''

''मुन्नी की माँ, तुमको भी किसी-न-किसी बात का रोना लगा ही रहता है—कभी बच्चों से, कभी धोबी से।''

''जई तो नसीब का रोना है, बीबी। धोबी तो साम को दारू पी लेवे, पर मैं का करूँ? हाड़ तोड़-तोड़कर कमाऊँ, कमेटियाँ डाल-डालकर पैसा-पैसा इकट्ठा करूँ, फिर भी मैं भूखी की भूखी, दुःख सो अलग।''

सच ही कहती थी वह, शाम को धोबी के साथ हाथापाई की आवाजें झोंपड़ी के बाहर आतीं और सुबह बच्चों को डाँटने-फटकारने की। आसपास सब आदी थे इसके। ज्यादा होता, कोई घर के भीतर बुला, उसे चाय-नाश्ता करवा, उसकी भड़ास निकलवा उसे शांत कर समय से अपने कपड़े-वपड़े धुलवा लेता, पर आज तो लगभग आध घंटे से भी ज्यादा हो गया था, न वह चुप हो रही थी, न किसी की सुन किसी के घर के भीतर ही जा रही थी। आवाज उसकी फटी जा रही थी, उसे सुनते हुए

भीतर अपने काम तक में ध्यान लगाना मुश्किल हो रहा था।

"अरे सुसरी राँड़, हरामजादी, मेरा ही घर मिला था तुझे, अरे कीरा परेंगे तुझे। रोज-रोज पिटकर आता है तेरे घरवालों से, फिर भी चैन न परता तुझे। जान लेकर रयेगी का उसकी?"

बात को जानने की जिज्ञासा थी या उसके सूखते गले और पीड़ा के प्रति संवेदना या अपना काम करवाने का स्वार्थ, मैंने इन्हें बाहर भेजा कि उसे बुला लाए, पर ऐसी उद्विग्न स्थिति में किसी की सुननेवाली थी वह? आखिर मैं ही गई और जैसे-तैसे उसकी बाँह पकड़कर खींचती हुई उसे भीतर ले आई। खिंचती हुई भीतर तो वह आ रही थी, पर बोलना उसका जारी था।

"गीले कंबल में लपेटकर अधमरा कर दिया पुलसियों ने मेरे छोरे को, तब भी इस नासपीटी को चैन नई। झाँकने आई है राँड़ कि मेरा छोरा मरा या नई। कलमुई पीछा ही न छोर रई उसका।"

"बैठ जाओ, पानी पियो, गालियाँ बंद करो, आवाज तो निकल नहीं रही तुम्हारी।" इन्होंने कहा तो कहीं जाकर चुप हुई।

"बाऊजी, आप मोको चुप कराओ हो, पर आपको मालुम सुसरी चुड़ैल जमादारनी चूड़ी है, मेरे छोरा के पीछे परी है। रोज रातों को ढूँढ़ती डोलती है। नासपीटी मेरे छोरा कू लें पारक में छुपी बैठी रैती है। परसों पता नहीं कौन-कौन छोरा-छोरी थे इनके साथ, आपस में झगरा भया, इन्हीं लरकों में से किसी एक ने का कू छुरा घोंप दिओ, बाकी सब तो भाग गए, जे पकरा गया, पुलस पकर के इसे ले गई, तब न मरन जोगी गई इसके साथ। गीले कंबल में लपेट पुलस ने ऐसी मार लगाई कि बिटवा ने बक दिया नाम, जिसने छुरा मारा था। अब जिसने छुरा मारा था, वाके लोग मेरे छोरा को मारने कूँ घूम रहे हैं। मेरी तो मट्टी खराब, छोरे को कां छुपाऊँ? पुलस ने पैले ही मार-मारकर जान ले ली है। ऊपर से ये मेरे जले पर नमक छिरकने ताकझाँक कर रई है।"

"जिसको छुरा लगा था, वह मरा तो नहीं?" इन्होंने पूछा।

'नईं।"

"तब फिक्र की कोई बात नहीं। हाँ, एक बात आपसे कहता हूँ, अपने सतीश को समझाइए कि खटीकों और जमादारों के मोहल्ले में न जाया करे।" ये उसे समझा रहे थे।

"पर बाऊजी, वो छोरी इस का पीछा छोरे, तब न?"

ये उसे कुछ कहते, समझाते, इससे पहले मुझसे ही बोले बिना न रहा गया—

"तो धोबन तुम ही ढीली पड़ जाओ, लड़की अकेली का क्या दोष? तुम्हारा

लड़का भी तो जरूर उसके पीछे जाता होगा। दोनों की रजामंदी है तो दोनों की शादी कर दो।''

''वैसे यह ठीक कह रही है, धोबनजी, एक बात आपसे कहें कि आपका बेटा और यह लड़की वह सबकुछ कर चुके होंगे, जिसके लिए शादी होती है, तभी तो एक-दूसरे के बिना रह नहीं पा रहे।'' कुछ सकुचाते हुए से यह बोले।

'मैं का जानूं नईं। रोज-रोज पारक और झारियों में का भुट्टे भूनते हैं।''

धोबन कह रही थी। एकाएक न जाने उसे क्या हुआ, दौरा सा पड़ा, भड़कती हुई बाहर निकली और चिल्लाने लगी।

''अरी छिनार, पापिन, कुतिया, रात-रात भर उसके पीछे परकर तो ये हलियत उसकी करा दी, सारा बदन उसका ऐंठा परा है। अबी बी तुझे चैन न परा। खसम नई है तेरा वो जो मूंड मार रई है मेरे घर में। चूहड़ी, राँड़ जात पछान अपनी।''

पीछे जाकर फिर पकड़कर अंदर ला रही थी कि देखा, मिसिज मल्होत्रा के दरवाजे की ओट से मीनू झाँक रही थी।

''धोबन, यह मीनू जो मिसिज मल्होत्रा के घर काम करती है, यही तो वह लड़की नहीं? इसे तो मैंने कई बार तुम्हारी झुग्गी में देखा है। तुम तो कह रही हो वह जमादारनी है, यह तो कई घरों में काम करती है।''

''जां-जां पता चलता है जमादारनी है, वां-वां छुड़ा देते हैं।'' वह बोली।

''पर यह जमादारनी का काम तो नहीं करती।'' मैंने कहा।

''या के माँ-बाप तो अभी भी मैले-कचरे का काम करें हैं।''

''माँ-बाप से तुझे क्या लेना-देना, अपने बेटे की खुशी के लिए कर दे शादी दोनों की।''

''मैं तो न करूँ, कल्ले अपने आप से कोरट में।''

''कल को बच्चा हो गया, कहीं पेड़ के नीचे या कूड़े के ढेर में या तेरे घर में ही डाल गई और पुलिस तेरे को और तेरे बेटे को पकड़कर ले गई तो क्या करेगी?''

अब की बार ये समझाते और सावधान करते उससे कह रहे थे।

''मुझे बिरादरी बाहर नईं होना।''

''बौत बड़-बड़ के न बोल अम्मा।'' मुन्नी कह रही थी। आवाज सुनकर उसकी तरफ ध्यान गया, जाने कब की वहाँ आई खड़ी थी। उसके पीछे उसी की बेटी को गोद में लिये मीनू भी दुबकी सी खड़ी थी। कभी मुन्नी की तरफ देखती, कभी नीचे देखने लगती।

''उस समय तेरी बिरादरी कहाँ गई थी, जब मुझे अधमरा कर ससुरालवालों ने

निकाल दिया था? चार महीने तक लगातार ये मीनू ही मेरी मालिश करती रही। छुटकी को अब तक यही पाल रही है। तब तो तेरी झुग्गी की सोभा बढ़ा रही थी, बिना गाँठ खुले तेरी बेटी की टहल जो हो रही थी। छुटकी को भर-भर दूध की बोतलें पिलाती रही, तब तो तेरी जात न गई। आकर सिर खोल के बैठ जाती थी इसके सामने, 'मीनू मेरी जुएँ निकाड़ दे, मेरा सिर खुजा रा है,' उस बखत न लगी तुझे छूत। उस बखत न आई बिरादरी तुझे बाहर निकालने। घर की तो वो हो चुकी है। मैं भी देखती हूँ तेरी बिरादरी को। हमें ही न रैना तेरी बिरादरी में। चल मीनू, ठीक हो जाए भाई, तब देखूँ कौन आता है हमारे आड़े...।"

कहती हुई मुन्नी मीनू का हाथ पकड़कर ले गई और हम ही नहीं, धोबन भी चुप भौचक देखती रह गई।

□

दुलहिन गावहु मंगलाचार

यह दूसरी बार था कि वह लिफ्ट में दाखिल नहीं हो पाई थी, दूसरा-तीसरा फ्लोर होता तो वह लिफ्ट का इंतजार किए बिना सीढ़ियों से ऊपर चली जाती। तीसरी बार भी जब ट्रॉली पर लेटे पेशेंट और उसके साथ जाते लोगों की वजह से उसे लिफ्ट में प्रवेश नहीं मिला तो उसने सोचा, 'धीरे-धीरे करके सीढ़ियों से ही चला जाए, अगर बीच में किसी फ्लोर पर लिफ्ट मिल गई तो वाह-वाह अन्यथा अपने पाँवों का साथ तो है ही।'

अभी दूसरे फ्लोर पर भी नहीं पहुँची थी कि साँस फूल गई, आखिरी सीढ़ी से उसने देखा कि वही ट्रॉली बाहर निकाली जा चुकी है और साथ के लोग अभी बाहर निकल रहे हैं, उसने दूर से रुकने के लिए हाथ दिखाया और लगभग भागते हुए लिफ्ट में दाखिल हो गई, चैन की साँस ली उसने, सातवाँ फ्लोर सातवाँ आसमान हो रहा था उसके लिए।

'सात सौ दस यही नंबर तो बताया गया था उसे, पर उस कमरे में तो कोई भी नहीं था, वह फ्लोर के रिसेप्शन पर गई, इससे पहले कि वह कुछ पूछती, ड्यूटी नर्स ने उसे बताया कि सात सौ दस के पेशेंट को सात सौ छह में शिफ्ट कर दिया गया है।

थोड़ा सा दरवाजा खोलकर उसने भीतर झाँका, पर 'पलंग' पर 'शारदा' नहीं थी। कोने में स्टूल पर बैठा, शायद घर का नौकर होगा या अस्पताल के लिए नियुक्त परिचारक, उसने इशारे से बताया कि वे यानी 'शारदा' बाथरूम में गई हैं और 'मैं' भीतर आकर बैठ जाऊँ।

यहीं तक पहँचने के उपक्रम में वह निश्चित तौर पर थक गई थी। इसलिए बैठ गई और नौकर के यह कहने पर, 'आपको पानी दूँ।' के जवाब में इनकार नहीं कर सकी। हालाँकि अस्पताल के माहौल में पहुँचते ही एक अजीब सा अवसाद उसे घेर लेता है।

दो घूँट पानी पीकर उसने कमरे में चारों तरफ नजर डाली और बिना 'शारदा' की उपस्थिति के भी उसे लगा कि शारदा वहाँ सब जगह उपस्थित है—अस्पताल का रैक, बुक रैक बन गया था, किताबों के ढेर ने उस रैक का परिचय ही बदल दिया था,

अलमारी पर हाथ से बनाया एक चार्ट चिपकाया हुआ था, जिस पर शारदा के हस्तलेख में डॉक्टर की उसकी दी कुछ विशिष्ट हिदायतें अंकित थीं—उसने वहाँ से नजर घुमाई, दूसरे पल्ले पर उसी के हाथ से लिखी उक्तियों का कोलाज ध्यान खींच रहा था।

'मुझे अपनी इस गरम देह से प्यार है, मृत्यु मैं तुम्हें चूमना नहीं चाहती, माफ करना, मैं तुम्हारा स्वागत नहीं कर सकती।'

'जीवन तूने जो अनुभव मुझे दिए, उन्हें प्रसाद भाव से लेने के लिए मैं तैयार नहीं, वे संकट की रस्सी बन, मेरे गले में फँदे की कसावट बनें, इससे पहले ही मैं इस रस्सी को काटने का सुख बटोर लूँगी।'

'मैं घुटी हुई, हर अगली साँस लेने के लिए अभिशप्त नहीं, मैं साँस लेना चाहती हूँ, मुक्त आरोह-अवरोहवाली। मैं हर साँस को खींच-खींचकर सहला-सहलाकर संतुलित कर लूँगी, हाँ कर लूँगी।'

वक्रतुंड महाकाय सूर्यकोटि समप्रभः।
निर्विघ्नं कुरु मे देव सर्वकार्येषुसर्वदा॥

'जहाँ मैं खड़ी हूँ, वह मेरी मंजिल तो नहीं।'

'सच परमात्मा, अगर तू है, तब भी मुझसे अब तेरी पूजा नहीं होती, अपने से ही की गई पूजा अब ढोंग लगने लगी है मुझे—मंदिर-गुरुद्वारा-मजार सभी जगहों पर तो घुटने टेके हैं मैंने, पर इस नाटक-नौटंकी से क्या हाथ लगा?' लाल, काली, नीली, हरी स्याही में लिखे इस उक्ति-कोलाज को वह पूरा पढ़ना चाहती थी, पर शारदा बाथरूम से बाहर आ गई थी और 'दीदी आप' कहकर उससे लिपट गई थी।

उसकी पीठ थपथपाते हुए उसने उसे अपने सामने किया। कुरते, जैकेट और चूड़ीदार पाजामे में जो लड़की उसके सामने थी, वह शारदा तो नहीं हो सकती—शारदा तो गदबदी, अक्खड़ सी सब जगह अपने को आरोपित करती सी साड़ी के पल्ले को कंधों पर लिपटाए विद्यार्थी काल में भी लड़की सी नहीं लगती थी। उसने बी.एच.यू. में जब लेक्चरर के तौर पर ज्वॉयन किया था, उस समय शारदा एम.ए. फाइनल की छात्रा थी। स्टाफ क्वार्टर कोई खाली नहीं था, पर छात्रावास की वार्डन तीन साल की छुट्टी पर जा रही थी। अगर वह छात्रावास की वार्डन बनना स्वीकार कर ले तो उसे वार्डन का आवास-स्थल मिल सकता था, उसे और क्या चाहिए था, उसने स्वीकृति दे दी थी और तभी शारदा ने अपना और अपने साथ हॉस्टल की सभी छात्राओं का परिचय करवाया था, पहली ही नजर में उसे अंदाज हो गया था कि अगर शारदा के साथ मैत्री-संबंध हो जाए तो समझो सारा छात्रावास उसके नियंत्रण में आ गया।

अक्सर मजाक में वह उससे कहती थी, "लेक्चरर तो मैं लगती हूँ, आप तो फर्स्ट ईयर की छात्रा लगती हैं।"

"फर्स्ट ईयर ही तो है मेरा।" उसका जवाब होता था।

आज उसी शारदा को जिसने कुरता-चूड़ीदार, क्या सलवार-कमीज का भी मुँह नहीं देखा था, उस तरह से दुबले-पतले आकार में देखकर उसे लगा था, जैसे यह शारदा की छोटी बहन या बेटी है, 'मुझे शारदा से मिलना है।' के जवाब में हँसी, तो पहचान में आई कि वह शारदा ही थी, जिसकी खनखनाती हँसी हॉस्टल के कॉरीडोर्स भी गुँजा देती थी, पर आज वही हँसी उसके गले लग रोना बन गई थी।

"दीदी मैं मरना नहीं चाहती।"

उसे समझ में नहीं आया था, वह उसे क्या जवाब दे?

हार्ट ट्रांसप्लांटेशन के लिए वह अस्पताल में एडमिट हुई थी, क्या कुछ और उपचार नहीं हो सकता, पूछने पर उसके बेटे ने फोन पर जवाब दिया था, "नहीं, अब यही अंतिम उपचार है, दिल इतना बढ़ चुका है कि अब उसको और चलाया नहीं जा सकता।"

कौन कह सकता है कि सामने बेड पर बैठी 'शारदा' पचास वर्ष की महिला है, दो विवाहित बच्चों की माँ है। 'शारदा' को दिल का रोग है, इसकी जानकारी उसे शारदा ही के द्वारा बहुत नाटकीय ढंग से मिली थी, पर उससे पहले एक बहुत लंबा अंतराल दोनों के बीच चुपचाप निकल गया था, दिल्ली विश्वविद्यालय में पहुँचकर शारदा ने कोशिश की थी कि वह भी दिल्ली आ जाए, पर वह बनारस के आकर्षण में फँस चुकी थी, एक पारंपरिक सांस्कृतिक पकड़, जो विकसित आधुनिकता के बावजूद अपनी जड़ों से जुड़े रहने का सुख और विश्वास आपको दिलाती है। आप वहाँ से कैसे हट सकते हैं, भावबद्ध जुड़ाव से शून्य क्यों होना चाहेंगे आप?

यह शारदा भी तो जब सुर-ताल और लय का सामंजस्य थी, साक्षात् राग-रंग और साहित्य तीनों का अद्‌भुत सम्मिश्रण। नाटक हो तो निर्देशिका--शारदा, मुख्य भूमिका में शारदा, संगीत प्रतियोगिता हो या विश्वविद्यालय के किसी उत्सव का इन्वोकेशन हो तो मुख्य गायिका शारदा, प्रतियोगिता कविता की हो या वाद-विवाद की, हर जगह पुरस्कार प्राप्त करनेवाली शारदा, यूनिवर्सिटी ऐसी ही छात्राओं पर गर्व करती है, ऐसे में शारदा क्या, किसी भी छात्र को थोड़ा गर्व हो जाए तो अचंभा तो नहीं किया जाना चाहिए।

वहाँ विश्वविद्यालय में बिल्कुल शुरू के दिन थे, जब शैक्षिक अभिरुचियों की परामर्शदाता के सामने शारदा बहुत ही गर्वीले और सख्त अंदाज में प्रतिवाद कर रही थी कि किसी भी नए जोड़ीदार के साथ वह वाद-विवाद प्रतियोगिता में भाग लेने नहीं जाएगी। उससे रहा नहीं गया था और वह बीच में हस्तक्षेप करते हुए बोली थी—

"आखिर हर किसी का किसी नए संस्थान में पहला प्रवेश, पहला काम, पहली प्रतियोगिता होती है। बिना आजमाए इस प्रकार का कड़ा रुख तो अन्याय होगा उस युवक के प्रति, जो राँची से स्थानांतरित होकर यहाँ आया है।"

वह कुछ ठंडी तो थी, पर फिर भी आत्मविश्वास के साथ कह रही थी—

''देखिए दीदी, प्रथम पुरस्कार तो हम ले आएँगे, पर ट्रॉफी हमें नहीं मिलेगी।''

उस विश्वविद्यालय में अपने नए होने के कारण उसका उस युवक 'प्रणय' के प्रति रवैया बहुत सहानुभूतिपूर्ण था, बिना उसे जाने-परखे उसका समर्थन कर दिया था। यह संयोग ही था या उसकी शुभकामनाएँ कि प्रतियोगिता में प्रथम पुरस्कार में 'टाई' हुई थी और प्रथम पुरस्कार जीतनेवाले और कोई नहीं, शारदा और प्रणय ही थे, फिर ट्रॉफी तो मिलनी ही थी।

पहले लड़ाई और फिर प्रेम की फिल्मी स्थितियाँ जीवन में घटती होंगी, पर इस तरह बौद्धिक तौर पर किसी प्रतियोगिता की पहली ही प्रस्तुति में मात्र मैत्री ही नहीं, एक-दूसरे को जीवनसाथी के तौर पर चुन लेने के निर्णय ने पूरे विश्वविद्यालय को चौंका दिया था। मुश्किल यह थी कि दोनों के ही परिवारवाले इस विवाह के पक्ष में नहीं थे।

शारदा उत्तर भारत के पक्के ब्राह्मण परिवार की लड़की थी और प्रणय राजस्थान के मारवाड़ी परिवार का लड़का। विश्वविद्यालय के अध्यापक और उनके हितैषी मित्र यह चाहते थे कि वे विवाह तो बेशक करें, पर परीक्षा पास करने के बाद।

इन स्थितियों को अपने लिए चुनौती के तौर पर लेते हुए संभवत: शारदा और प्रणय ने मंदिर में जाकर विवाह तो उसी समय कर लिया था और बिना सबकी आँखों में आए हुए 'कोर्ट मैरिज' की कानूनी मुहर भी इस संबंध पर लगवा ली थी। कोई और रास्ता न देखते हुए दोनों के परिवारवालों ने इस संबंध को स्वीकार तो कर लिया था, पर 'शारदा' के माँ नहीं थी। इसलिए पिता ने विवाह के नाम पर दिया जानेवाला दहेज नहीं दिया—'प्रणय' के तो माँ-बाप दोनों ही जीवित नहीं थे तो चाचा आदि ने स्थिति का फायदा उठाते हुए उसकी संपत्ति में से संभवत: बहुत कुछ हथिया लिया।

बहरहाल जैसे भी हुआ, जो भी हुआ, शारदा और प्रणय बहुत खुश थे। प्रणय के पास पैसों की कमी नहीं थी, पर वह पैसाउड़ाऊ युवक नहीं था, परिश्रमी-शालीन और सभ्य। लेक्चररशिप के बहुत पक्ष में न होते हुए भी पता चला था कि वह दिल्ली के किसी कॉलेज में पढ़ा रहा है, शारदा को तो उससे भी पहले महिला महाविद्यालय में काम मिल चुका था।

लंबे समय तक उसे उनकी कोई सूचना नहीं मिली थी, जिसका मतलब वह यही लगाती रही थी कि दोनों खुश ही होंगे, क्योंकि इनसानी स्वभाव ही ऐसा है कि जटिल स्थितियों में ही उसे अंतरंग के कंधे और साथ की जरूरत होती है, यों स्थूल सुखद घटनाओं की सूचनाएँ उसे मिलती रही थीं और वह भी बच्चों के लिए उपहार और शुभकामनाएँ समय-समय पर भेजती रही थी ।

बहुत बरसों बाद उसे विश्वास नहीं हो सका था, जब बेटी के विवाह का निमंत्रण

देने वह दिल्ली से बनारस उसके घर पर पहुँच गई थी। वही पुरानी शारदा थी, थोड़ी मोटी जरूर हो गई थी, पर चुस्ती और तेजी वही थी। वह भौंचक्की सी रह गई थी— यह शारदा से यह तो उम्मीद कर सकती थी कि अपनी किसी किताब के विमोचन पर उसकी उपस्थिति की अनिवार्यता महसूस करे, पर कैसे? जो भी हो, दोनों मिलकर खुश हुई थीं और उसकी भावनाओं की रक्षा के लिए वह विवाह में सम्मिलित होने के लिए दिल्ली भी गई थी।

पर ताज्जुब उसे तब हुआ था, जब बेटी के विवाह को संपन्न हुए अभी दो-तीन महीने भी नहीं हुए होंगे कि अचानक एक दिन बिना किसी पूर्व सूचना के बनारस यूनिवर्सिटी में उसके पास बदहवास सी हालत में पहुँची थी। उसकी अस्तव्यस्तता और बेचैन सी हालत को देख वह क्लासेस छोड़ उसे घर ले गई थी।

उससे कहा कि पहले नहा-धोकर फ्रेश हो ले, फिर इत्मीनान से बात करते हैं।

यह कहने की देर थी कि बस अपने स्वभाव के विरुद्ध उसने रोना शुरू कर दिया, उसे पानी-वानी पिलाकर किसी तरह शांत किया; थोड़ा संयत होते ही बिना किसी भूमिका के उसने बोलना शुरू कर दिया था—

''दीदी जानती हैं आप; वह प्रणय 'मिनी' के ब्याह के बाद मुझे 'पुरी' ले गया था, मैं खुश थी कि दायित्व मुक्त हम अपनी थकान उतार सकेंगे, पर जानती हैं आप, यह प्रणय वहाँ होटल में अपने से बहुत छोटी उम्र की लड़की मेरे सामने लाकर बोला, मैंने इससे शादी कर ली है, मैं चाहूँगा यहाँ जगन्नाथजी की साक्षी में तुम हम दोनों को सरक्षण दे दो। मैं सन्न, समझ में नहीं आ रहा था कि क्या कहूँ और क्या करूँ, सारी दुनिया ही जैसे रुक गई थी, ऐसा झटका खाया, अनुमान लगा सकती हैं न आप, तभी लगा था कि मैं आपके पास पहुँच जाऊँ, मैं तो चेतना-शून्य सी हो गई थी, बुरी हालत में मुझे अस्पताल ले जाना पड़ा था, तभी पता चला था कि मुझे हार्ट एन्लार्जमेंट की समस्या है, पंद्रह दिन वहाँ नर्सिंग होम में रही थी, उस लड़की को उसने दिल्ली या मुझे नहीं मालूम कहाँ भेज दिया था? प्रणय का तो मैं मुँह भी नहीं देखना चाहती थी, पर क्या करती, बीमार और विवश थी, पर झूठ नहीं बोलूँगी आपसे, मैंने प्रणय को बहुत गालियाँ दी थीं, बुरा-भला भी कहा था। आप जो भी अनुमान लगाना चाहें, लगा लीजिए, बीमारी का और परदेश का भी लिहाज न करते हुए उसने भी सभ्यता के सारे मुखौटे उतारकर मेरी एक बात के चार जवाब दिए थे, कोई कसर नहीं छोड़ी थी उसने—छात्र जीवन के न जाने किन-किन लड़कों के नाम लेकर उनके साथ मेरे संबंध जोड़े थे, बस इतनी गनीमत जरूर हुई कि मुझे अकेला पुरी छोड़कर दिल्ली नहीं लौटा था। हाँ, दिल्ली में मुझे घर पहुँचाकर, स्वयं घर छोड़कर चला गया था ।

''मेरा हाल-चाल पूछने के लिए आए अपने मित्रों के साथ बातचीत में, मैं

भौंचक्की सी रह गई थी—हमारे मित्र परिवारों में सभी को तो प्रणय और इरा (यही नाम है उसका) के संबंध की जानकारी थी, सिवाय मेरे, जिसे वस्तुतः इस संबंध की जानकारी होनी चाहिए थी, मित्रों में से ही किसी ने 'इरा' के घर का पता भी दे दिया था मुझे। मैं इरा के घर और दफ्तर, दोनों ही जगह गई थी, दीदी आप मुझे असभ्य समझें या जंगली कहें, मैंने इरा पर आग उगली थी, पर दीदी आग तो मुझे जला रही है। मेरी पराजय, मेरा अपराध बताएँगी आप मुझे। प्रणय एक दूसरा घर बसाए हुए था और मुझे इसकी भनक तक न थी और वह पूरे कॉन्फिडेंस से यह माँग कर रहा था कि 'इरा' को स्वीकार कर लो। मैं शारदा, सौत स्वीकार कर लूँ, इस इक्कीसवीं शताब्दी की दहलीज पर यह किस जमाने में पहुँचा दिया प्रणय ने मुझे?''

विक्षिप्त की सी हालत में शारदा बोले जा रही थी, ''आप ही बताएँ, मैं क्या करूँ?''

इतनी समर्थ लगनेवाली शारदा झूर रही थी—

''हमें इस सब का पता ही नहीं चला, हम प्रणय के सुख के लिए प्रार्थनाएँ करते रहे और वह एक छोकरी के लिए हमें रास्ते में छोड़ रहा है, मेरा स्वाभिमान आहत हुआ है दीदी। मैं शर्म से गल रही हूँ, क्यों किया प्रणय ने ऐसा, मैं क्या करूँ दीदी, मुझे बताइए, मैं क्या करूँ?''

उस आहत, पगलाई, बौखलाई, छटपटाती शारदा को किसी भी प्रकार की सांत्वना देना व्यर्थ था, किसी तरह से उसे संयत कर कहा कि हम दिल्ली ही चलते हैं।

दिल्ली पहुँचकर वह 'प्रणय' के पास पहुँची थी। बहुत स्नेह और सम्मान के साथ वह उसे उस फ्लैट में ले गया था, जो शायद उसने 'इरा' के लिए लिया हुआ था। इरा उस वक्त वहाँ नहीं थी। बिना शारदा के प्रणय उसे बहुत अजीब सा लग रहा था, पर बाहर से अपने को पूरा संयत-संतुलित रखते हुए उसने प्रणय से कहा था कि वह उससे शारदा के संबंध में कुछ बात करने के लिए आई है।

बात को इधर-उधर न टालते हुए प्रणय ने जवाब दिया था, 'दीदी, मुझे बहुत दुःख है कि मुझे शब्दों में कहना पड़ रहा है कि मैं आपकी बहुत इज्जत करता हूँ, यों मुझे पूरा विश्वास है कि शारदा के साथ आप मेरे प्रति भी कुछ स्नेह तो रखती ही हैं, मैं आपसे कुछ भी नहीं छिपाऊँगा, शायद जो किसी से नहीं कहा, वह आपसे कहूँगा, क्योंकि मेरे साथ शारदा को आप भी जानती हैं, शारदा बुरी नहीं, पर बेहद हावी हो जानेवाली, बुरे शब्दों में कहूँ तो आक्रामक, अत्यधिक अहंयुक्त, अपने सामने किसी को कुछ न समझनेवाली रही है।

''शादी से पहले ये विशेषताएँ लड़कियों को आगे पहुँचानेवाली हो सकती हैं, पर शादी के बाद यही चीजें पुरुष को छोटा बनानेवाली हो जाती हैं, सदियों से मिले अहं के

संस्कार को दबाने पर पुरुष बौना हो जाता है, वह चाहता है ऐसी पत्नी, जिसे संरक्षित कर सके, सहला सके, पत्नी की आज्ञा और आदेशों का पालन करनेवाला भृत्य बनने में कहीं वह अपने में ही नपुंसक होने लगता है—बराबरी का व्यवहार, पत्नी से सहयोग मेरे खयाल से हर समझदार पुरुष करता है, पर एग्रेसिव सी आवाजों से घिरे होने पर उसका सारा रोमांस मरने लगता है—कहीं मन में यह बात उगती है कि पत्नी कहे 'वह' उस पर निर्भर करती है, उसे संतुष्ट करता है, सच मानिए दीदी, दायित्व से कभी मुँह नहीं मोड़ा मैंने, न यही चाहा है कि शारदा दुःखी हो, पर वह तो सातवें आसमान पर बैठना चाहती है कि उसके सभी आदेशों का पालन होता रहे, 'मिनी' के ब्याह के बाद 'बिट्टू, का पूरा ऑफिस मैंने सैट करवाया है, आप बेशक शारदा से पूछ लीजिएगा कि मैं जो कुछ कह रहा हूँ, क्या वह गलत है?''

सभ्य ढंग से बात करते हुए प्रणय के प्रति उसके मन में कोई शंका नहीं उठी थी, तो क्या असावधानी या अपने प्रति अत्यधिक विश्वास होने के कारण शारदा प्रणय को 'टेकेन इट फॉर ग्रांटेड' ढंग से ले रही थी, ऐसा झटका विवाह के शुरू के दिनों में लग जाता तो दोनों किसी संतुलन के बिंदु पर पहुँच जाते। क्या यह सब उसकी हवाई सोच तो नहीं, प्रत्येक पति-पत्नी की अपनी समस्याएँ और अपनी अलग उलझनें होती हैं, उन्हें कोई भी तीसरा शायद नहीं सुलझा सकता। वह प्रणय से क्या कहे, फिर भी वह वापिस आते हुए प्रणय को इतना जरूर कह आई थी—''तुम जिम्मेदारी को जरूर समझते हो, प्रणय और बाहरी फ्रेम पर सारी जिम्मेदारियों को पूरा भी कर रहे हो, पर मन में यह पाले हुए हो कि शारदा सातवें आसमान पर रहती है, मत भूलो यह कि सातवें आसमान पर रहनेवाला व्यक्ति जब गिरता है, तो उसकी चोट कितनी भयंकर और गहरी होती है, शारदा ने ऐसी ही चोट खाई है, मुझे लगता है कि वह बहुत भोली है, सहज विश्वासी है, उसकी विडंबना देखो, तुम्हें अपने ऊपरी चेहरे में वह हुक्म देती हुई नजर आती है और अपने भीतर वह अपनी परिकल्पना में, हर वक्त तुम्हारे ही आदेशों का पालन कर रही होती है, याद रखना प्रणय, उसकी इस गिरी हालत में उसे बचाने का दायित्व भी तुम्हारा ही है।''

क्योंकि वह शारदा के लिए कुछ कर नहीं सकती थी, इसलिए शारदा से बिना मिले ही बनारस लौट आई थी, आकर दो शब्दों का पत्र लिख दिया था, ''सब ठीक हो जाएगा।''

यह तीन साल पहले की बात है।

पर यह कैसे हो सकता है कि ऊँचाई से गिरा व्यक्ति चोट न खाए? भले ही यह चोट बाहर से दिखाई न दे, पर यह चोट जानलेवा तो होती ही है। तीन साल तक शारदा अपने आहत अभिमान में बाहर से खड़ी दिखती रही, अपने को समर्थ, सक्षम प्रमाणित करने के प्रयास में निरंतर हँसती-हँसाती कार्यरत, पर भीतर-ही-भीतर भुरभुराती रही,

जिसका परिणाम हुआ कि भीतरी बोझ ने बगावत कर दी और उसके तले दबी उसे अस्पताल पहुँचना पड़ा।

उसके लिए यह बहुत बड़ा झटका था कि हार्ट ट्रांसप्लांटेशन के अलावा और कोई उपाय नहीं है, वह प्राकृतिक चिकित्सा, नियमित जीवनचर्या और योगाभ्यास के बल पर देह को खड़ा रखे हुए थी, पर मन? अंततः उसे अपने आप को डॉक्टरों को समर्पित करना पड़ा।

शारदा के बेटे का तार मिलते ही वह दिल्ली के लिए चल दी थी और अब शारदा के सामने थी, पर क्या शारदा ही है? नन्ही-मुन्नी सी, दुबली-पतली, न दिखनेवाली सी, बच्ची सी लग रही, जिस शारदा को निगलकर, पचाकर वह अपनी वाली शारदा से तालमेल बैठा रही थी कि दरवाजा खुला और जो व्यक्ति भीतर आया, वह प्रणय था, उसे वहाँ बैठा देख वह एक क्षण के लिए चौंका था, पर फिर उसे प्रणाम कर वहीं उसके सामने ही बैठ गया था। शारदा ने तटस्थ सी आवाज में प्रणय से पूछा था, ''तुम्हें पानी-वानी दें कुछ?''

''अभी ले लूँगा।'' उसका जवाब था।

उसने धीरे से प्रणय से पूछा था, ''ट्रांसप्लांटेशन के अलावा क्या कोई और रास्ता नहीं है?''

''अमेरिका से एक दवा आती है, अगर वह सूट कर जाए तो शायद यह स्थिति टल जाए, सारी जानकारी के लिए मैं प्रयास कर रहा हूँ।'' कह-कर वह चुप हो गया था।

''मैं अभी आती हूँ,'' कहकर शारदा बाथरूम में चली गई थी।

अभी तो यह बाथरूम से आई थी, फिर बाथरूम, पर उसने कुछ कहा नहीं।

थोड़ी देर बाद वह बाथरूम से निकली तो उसका मुँह धुला हुआ था, शायद क्रीम भी लगाई हुई थी, चोटियाँ शायद फिर उसने गूँथी थीं, इस बार माथे पर बिंदी लगाकर वह आई थी और परिचारक से कह रही थी, ''थोड़ी-थोड़ी चाय हम सबको पिला दो।''

परिचारक ने थरमस में से चाय गिलासों में उँड़ेल दी थी—हल्का-हल्का धुआँ चाय पर से उठ रहा था, पर चाय से परे उसका ध्यान अभी-अभी एक तरह से सजकर आई शारदा पर ही केंद्रित था, जिसकी आँखों के चारों तरफ की गहराइयाँ धुले चेहरे में और साफ हो रही थीं, बिंदी भी उसके माथे की लकीरों को और स्पष्ट कर रही थी। न जाने उसे यह सब बड़ा दयनीय सा लग रहा था, शारदा में यह दयनीयता? उसने चाय के गिलास को वहीं रख दिया था।

''अभी आज मैं चलती हूँ, प्रणय है ही यहाँ। मैं कल फिर आऊँगी, अपने को सहेज-सँभालकर रखो।''

कहती हुई वह उठ खड़ी हुई थी।

''हाँ-हाँ, डॉक्टर कहते हैं जिजीविषा, बहादुरी और पॉजिटिव थिंकिंग और वही सब तो कर रहे हैं हम।''

कहती हुई वह उसके गले से लग गई थी, ''आप धीरज रखिए, मैं मरूँगी नहीं।'' कहकर वह अपने ढंग से बहुत जोर से हँसी थी, वही पुरानी तरह से हँसने की कोशिश।

वह दरवाजा खोल बाहर आ गई थी, शारदा की हँसी की वह गूँज कॉरीडोर में उसका पीछा करती कब रोना बन गई, वह नहीं जानती।

□

कोई बात नहीं

"जिम गया?"

स्क्रीन पर फिल्म की माँ बेटे से कह रही है। शायद यह देखकर वह हँसने लगता है। रम के गिलास से घूँट भरता है।

"बेटे, वर्क-आउट किया कर, उससे टॉक्सिस निकल जाएँगे और तुझे इस कमबख्त बैसाखी की जरूरत नहीं रहेगी।"

फिल्म की माँ की जगह उसको अपनी माँ की आवाज सुनाई देती है। माँ को गिलास दिखाई नहीं देना चाहिए और वह गटागट कोला की तरह रम पी जाता है।

देवदास क्यों बना हुआ है, आदमी बन, आजकल एक-दूसरे से अलग हो जाना, किसी और से दोस्ती कर लेना, यह धोखा-वोखा नहीं, कोई बड़ी बात नहीं यह। जब लड़कियाँ इसे स्टिगमा नहीं मान रहीं तो तू क्यों सुलग रहा है?

"नो सर्मंज प्लीज!" गले में आई आर्द्रता से या होंठों के कोने में लटकी मुसकान में शायद वह बड़बड़ाया और बोतल से और रम उड़ेलने लगा। इस बार कोला नहीं, सोडा मिलाता है। सिरहाने शायद सिगरेट ढूँढ़ने लगता है। वहीं पड़े रिमोट से टी.वी. को म्यूट पर कर देता है, पर आवाज उसे अभी भी सुनाई दे रही है।

"मुझसे शेयर कर, अपनी कसावट को ढीला कर। आसमान नहीं गिरा है। बहुत मामूली बात है। होश में आ।"

"सिगरेट किधर रख दी। कल तक तो चार पैकेट थे। कहाँ गए, क्या सफाई करनेवाली उठाकर ले गई या माँ... ?"

पर माँ तो अरसे बीते उसके कमरे में नहीं आती। उसने उससे वादा किया था और विश्वास दिलाया था कि वह बस इतना चाहती है कि वह समय से घर लौट आया करे। अपने कमरे की सीढ़ियों को बोल्ट न किया करे। वह उसके कमरे में ऊपर नहीं आएगी। बस उसकी आश्वस्ति के लिए सीढ़ियों का दरवाजा बंद न किया करे।

इधर-उधर टटोलते हुए उसे लैपटॉप के लिड के पीछे से दो सिगरेट मिल गईं, उसने सिगरेट सुलगाई और लंबा कश लिया। बालकनी के दीवान पर बैठी सुमी उससे कह रही थी, ''मुझे दे दो।''

और उसने सिगरेट उसके होंठों पर लगा दी। माँ अभी कॉलेज से आई नहीं थी और वह नोएडा से सुमी की कॉल से घबराकर कि वह सुनसान सी जगह पर पिज्जा हट के रेंडम सर्वे के लिए गई हुई, अकेली पड़ गई है, ऑफिस का काम ज्यों-का-त्यों छोड़कर उसे लेकर घर आ गया था। सुबह सेंडविच का एक टुकड़ा खाकर गया था। लंच के लिए समय ही नहीं मिला और अब उसे भूख लगी हुई थी। उसने सुमी से कहा, ''फ्रिज में सुबह के सेंडविच पड़े होंगे। मुझे काफी या चाय कुछ भी बना दे।''

''ऊ-ऊ ऽ थोड़ी देर में बना दूँगी। टी-बैग्ज कहाँ हैं, तुम निकाल दो।''

''मुझे टी-बैगवाली चाय नहीं पीनी। मैं अपने सारे काम छोड़कर तेरी बे- बात सी कॉल को सुनकर भी तुम किसी मुश्किल में न हो, इसीलिए तेरे पास पहुँच जाता हूँ। जब तू फर्स्ट ईयर में आई थी, तभी से तेरा रक्षक बना हुआ हूँ वरना उस जाटों के कॉलेज में लड़कियों की वो गत बनाते हैं लड़के। तेरे माँ-बाप को तो तेरी फिक्र होती नहीं, न जाने कैसे हैं कि देर रात तक तेरे पहुँचने पर भी तुझे टोकते नहीं। यह तो मैं ही फिक्र की वजह से तुझे कभी छोड़कर आता, कभी तेरा यह काम और कभी वो काम कर देता। तेरे एम.ए. के वक्त तो तेरी स्पेशल क्लासेज के लिए अपने शनिवार-इतवार का आराम भी बरबाद करते हुए तुझे साउथ दिल्ली से नॉर्थ कैंपस के हिंदू कॉलेज से ले रहा हूँ तो कभी रामजस से। तू है कि सबकुछ भूल मेरे एक कप चाय बनाने के लिए भी नखरे कर रही है!''

''बनाती हूँ न, मेरे हाथ पकड़कर उठा न प्लीज।''

और जैसे ही उसका हाथ पकड़ने के लिए उसने हाथ उठाया, 'द इनोसेंट मैन' किताब पर रखे रम के गिलास में पड़, गीला सा हो गया। वह बालकनी में नहीं था, अपने बेड पर लैपटॉप चिप्स के पैकेट पर झुका हुआ था। सिराहने पड़ा हुआ मोबाइल तभी टर्राया, उसने देखा, नीचे का लैंड लाइन नंबर था। बिना माँ को कुछ कहने का मौका दिए वह बोला, ''खाना प्लेट में डालकर रख दो, मैं अपने आप ले लूँगा।''

और फोन बंद कर दिया। अपने भीतर वह निरंतर बड़बड़ा रहा है।

मैं चुप क्यों नहीं होता?

मैं फिल्म क्यों नहीं देख रहा?

यह कसावट ढीली क्यों नहीं पड़ती?

माँ कहती है, 'कोई बात नहीं,' इतना टाइट लिप न रहूँ। कम-से-कम उन्हें तो बताऊँ। दिल हल्का करूँ और नॉर्मल हो जाऊँ। कैसे, कैसे?

उसका मन हुआ, वह बाहर छत पर जाए। उठना चाहा उसने, पर गिलास में रम डाल फिर अधलेटा हो गया।

"मेरे पापा रिटायर हो रहे हैं, उससे पहले चाहते हैं कि हमारा ब्याह हो जाए।"

वह माँ को इसकी सूचना दे रहा है।

"सुमी के माँ-बाप रिटायर होकर दिल्ली छोड़कर अपने घर लौट रहे हैं, जाने से पहले वे एक सैरेमनी करना चाह रहे हैं, ताकि सुमी हमारे घर, हमारे साथ रह सके।"

कैसा विशिष्ट संबंध बना था उनका, जिसे 'लिव-इन-रिलेशनशिप' का नाम नहीं दिया जा सकता था, विवाह भी नहीं, पर विवाहित जोड़े जैसा। पारंपरिक सामाजिक-कानूनी बंधनों के दबाव से मुक्त। थ्रिल मिला था उन्हें। प्रसन्न, इकट्ठे और आजाद भी।

"ओ माई मैन, सुनो, मुझे दुबई में जॉब मिल रही है। शुरुआत ही सात लाख के पैकेज से कर रहे हैं। यहाँ आई.एम.आर.बी. वाले क्या दे रहे हैं पच्चीस हजार!"

"तुझे जाना है जा, मुझे अपने दस पर एनम में पूरी तसल्ली है।"

"मैं खूब कमाकर अपने माँ-बाप को खूब घुमाना चाहती हूँ।"

"मैं जो हूँ बेवकूफ, अपने काम और माँ को निगलेक्ट करनेवाला।"

"क्या मेरे लिए नहीं आ सकते?"

"मेरा कॅरियर यहाँ है। मुझे कहीं नहीं जाना, यहाँ की स्टैंडिंग को छोड़कर।"

"माई लव, फॉर माई सेक।"

"नो मोर इमोशनल ब्लैक मेलिंग। बहुत हो चुका। दसियों बार एयरपोर्ट पर रिसीव करने के लिए घंटा-घंटा खड़ा रहा हूँ, पचासों बार रात एक-एक बजे तुम्हें तुम्हारे दफ्तर से लेने गया हूँ। हजारों बार 'वन नाइन टू नाइन', 'रेडियो टैक्सी' बुलवाकर तुम्हारे लिए भेजी है। अपनी सारी कमाई तुम्हारे साथ सोशलाइजेशन और तुम्हारे एंटरटेनमेंट और बूज पर खर्च करता रहा हूँ। माँ बेचारी अभी तक मेहनत करती, पैसे-पैसे का हिसाब रखती, सारा खर्च चला रही है। उसकी मदद करना तो दूर, हमारी सारी जिम्मेदारी यानी घर भर की जिम्मेदारी उसी की है।"

"इसीलिए तो मैं कह रही हूँ कि माँ को मुक्त करो और मेरे साथ चलो, वहाँ दोनों अपना घर बनाएँगे।"

"ताकि जो कुछ यहाँ मिल रहा है, वह भी न मिले। एक कमरा तो तुमसे यहाँ मैनेज नहीं हो रहा है, वहाँ पूरा घर मैनेज करोगी, वाह!"

"बिलीव मी, मैं सबकुछ करूँगी।"

"जैसे यहाँ कर रही हो, सुबह डाइनिंग टेबल पर तुम्हारे लिए चाय रखी होती है, ब्रेकफास्ट और लंच ऑफिस में होता है। रह गया डिनर, वो अकसर मैं बाहर से ही मँगवाता हूँ।"

''ऐसे क्यों नहीं सोचते कि हम दोनों वहाँ अपनी तरह से जिंदगी जिएँगे।''

''सॉरी, अपनी तरह से नहीं, तुम्हारी तरह से जीना कहो।''

''लगता है, तुम अब मुझसे प्यार नहीं करते।''

''प्यार, माई फुट, तुम प्यार का मतलब क्या जानो। तुम्हारे लिए तो तुम्हारी हाँ में हाँ मिलाना ही प्यार है। अब तुम्हें मेरी जरूरत नहीं। वे हैं न हर वक्त तुम्हारी बूस्टिंग कर तुम्हारा इस्तेमाल करनेवाले। नशा लग गया है तुम्हें उनका। मदहोश हो गई हो। घर की जिंदगी तुम्हारे लिए कोई मायने नहीं रखती।''

''देखो, झूठ मत बोलो। हमेशा से चिढ़ाते तो तुम रहे हो मुझे, तुम्हारी मम्मा की अलाँ दोस्त और फलाँ कुलीग अपनी बेटियों के ऑफर तुम्हारे लिए दे रही हैं।''

''ये मजाक तब थे, जब तुम इस घर में आई नहीं थी। तुम्हारे आने के बाद तुम्हारे अलावा मेरे लिए किसी और का वजूद ही नहीं था। तुम्हारे प्रति कमिटेड था, तभी तो किसी की सुनी नहीं।''

''तो क्या तुम मुझे अकेला छोड़ दोगे?''

''दूसरे देश में जाने के लिए तो तुम कह रही हो। तुम्हारा क्या है, तुम कहोगी कि मैं लेक्चरर बनना चाहती हूँ तो मैं यूनिवर्सिटी में जॉब लूँ। मान लो ले भी लूँ तो तुम कहोगी 'न-न मैं बहिनजी बनकर अपनी जिंदगी खत्म नहीं कर सकती। मैंने एम.बी.ए. किया ही इसलिए है कि मैं मैनेजमेंट में जा सकूँ। पिछले दिनों तुम दिल्ली दूरदर्शन में चित्रहार की एंकर बनकर आई थी। कल कहोगी मुझे फिल्मों में जाना है। यू आर ए कनफ्यूज्ड पर्सन, तुम्हें स्टेबिलिटी चाहिए ही नहीं।''

''तुम मुझे फिकल माइंडिड कह रहे हो!''

''वो तो तुम हो ही। हर जानेवाला दिन और आनेवाली रात नए होते हुए भी नए नहीं होते। उनमें ताजगी हम अपनी सोच से लाते हैं, पर तुम्हारा क्या, तुम तो उस कामचोर 'बृजेश' के हाथों की फिरकनी बनी हुई हो, जिसे तुम अपनी टीम कहती हो और जिसके कंधे पर सिर रखकर हर दिन नया और हर रात नई के सपने देख रही हो। उसको देखकर तो मेरा मन होता है, मार ही डालूँ। वह तो तुम्हारा हार्ट-थ्रॉब है अब। यह तो माँ की शिक्षा है कि मैं अपने गुस्से पर काबू रखूँ। अपने उठे हुए हाथ को दीवार पर मार अपने को नुकसान पहुँचाकर ही चुप रह गया।''

''बस एक चांस। इस बार तुम मेरे साथ दुबई चले चलो।''

''नो मोर चांसिस नाऊ। दो-चार महीने बाद हम फिर इसी स्थिति में होंगे। तुम दुबई जाओ या बैंकॉक। यू.के. जाओ या यू.एस., यू जस्ट लीव मी अलोन।''

''तुम मेरे बिना रह लोगे?''

''वो तुम्हारी सिरदर्दी नहीं।''

कोई उसे हिला रहा था या गुदगुदा रहा था। उसने करवट ली। बगल में रखा मोबाइल अपनी वायब्रेशंस से उसे उठा चुका था। उसने फोन कान से लगाया। माँ कह रही थी—

''तू अभी तक खाना लेकर नहीं गया। जानता है ?''

उन्हें बीच में ही काटते हुए बोला—

''जानती हो मॉम, मैं इकतीस साल का हो चुका हूँ, मेरी फिक्र मत किया करो। सो जाओ। शायद मैं भी सोया हुआ था।''

उसने फोन बंद कर दिया था, पर फिर घंटी बजनी शुरू हो गई थी। माँ का ही फोन होगा, बंद करने ही जा रहा था कि नंबर कुछ अलग और पहचाना हुआ लगा। उसने कान से लगा लिया।

''मैं ऋचा बोल रही हूँ सुमी की दोस्त, तुम सुमी के फोन क्यों नहीं लेते। वह कह रही है, मैं तो डेटिंग कर रही हूँ। तुम भी जिंदगी जियो।''

वह आगे कुछ कहती, उसने फोन बंद कर दिया। सोच रहा था कि स्विच ऑफ कर दे कि फोन फिर बजा। कान में सुमी की आवाज पड़ी।

''देखो, तुम सुसाइड मत कर लेना।''

''यू शटअप।'' कहते हुए उसने फोन परे धकेला।

वह फिर बजा। माँ थी। उनका फोन बंद नहीं कर सकता था, उसने बिना कान से लगाए स्पीकर दबा दिया, माँ कह रही थी, ''जानते हो, क्या बजा है! दो चालीस हो रहे हैं। कब खाएगा, कब सोएगा, कब जागेगा। बेटा, काम करने में अपने को डुबो। एक्टिवेट कर अपने को, अपनी अटकन से बाहर आ।''

□

मैत्री

आज जिनसे आपको मिलवाने जा रही हूँ, वह आपके लिए अपरिचित तो नहीं हो सकतीं, पर शायद आप उन्हें पहचान न पाएँ! दरअसल उनकी बासी छवि में आज के ताजे वक्त का तड़का लगा दिया गया है। हाँ, यही समझ लो कि हम यहाँ पिकनिक मनाने के लिए आए हैं। सर्दी के दिन हैं। खुली धूप तो अब बागों में ही मिल पाती है। वह भी अगर स्मॉग न हो! वैसे अभी तो ठीक ही लग रहा है। वह टूम्ब देख रहे हैं न? वहीं टूम्ब के नीचे घास पर रखी बेंच के पास दो लड़कियाँ सी दिखाई देती महिलाएँ, जी हाँ, वे हम ही हैं। हमारी एक दोस्त अभी पहुँची नहीं है, उसी की अगवानी के लिए टहलते-टहलते मैं यहाँ आ गई। वह लाल बॉर्डर वाली (साड़ी) न-न गलत समझीं आप, साड़ी नहीं, रैप अराउंड भी नहीं, वो लुंगी है ऊपर, शॉल होने की वजह से साड़ी का भ्रम पैदा कर रही है, ठीक बिल्कुल ठीक··वह मोबाइल पर शायद हमारी अनुपस्थित दोस्त को ही कॉन्टैक्ट कर रही है, दूसरी बेंच पर क्यों बैठ गई? नहीं-नहीं, कोई चोट-वोट नहीं लगी उसे, अपनी टाँगों, घुटनों को क्यों दबा रही है? खा गई न धोखा, कुछ नहीं हुआ उसे, उसके मौन की भाषा को समझो, यह उसके बोलने का अंदाज है, मुँह से उसने यह तो नहीं कहा कि मैं तुम्हें ऑबलाइज करने के लिए यहाँ आ गई हूँ, वरना मेरे घर पर धूप की कमी नहीं, क्या कहा तुमने? अपने घर पर बुला लेती, घर पर बुलाती तो सबके लिए खाने का इंतजाम करना पड़ता। इसकी छुट्टी न खराब हो जाती, घर फैलता सो अलग। यहाँ तो सभी कुछ-न-कुछ लाएँगी, वैसे इसे गर्व है कि यह अभी पढ़ा रही है, हम दोनों तो रिटायर हो गईं, वेलियाँ, वैसे उम्र में तो दो-एक साल का ही अंतर होगा, यों जो उम्र ऑफिशियली दर्ज है, वह तो दसवीं-ग्यारहवीं के सर्टिफिकेटवाली है—किसके माँ-बाप ने क्या लिखवा दी

नहीं, आज की बैठक में तुम्हें शामिल नहीं कर सकते—हमारी चारों की जो केमिस्ट्री है, वो भंग हो जाएगी। हाँ, हाँ वहाँ पैसेज तक साथ चलो, यहाँ ओट में रुककर,

वे दोनों जो गा रही हैं, तुम सुनना चाहती हो, हाँ, उनकी, पसंदीदा गजल है—'अभी तो मैं जवान हूँ', जैसे जवानी, जवानी कहने से जवानी इनकी बातों में आ इनके साथ बैठी रहेगी, जवानी तो मस्तानी है, वह इनके पास क्यों बैठेगी, वह तो उड़ती फिरेगी, अब तुम मुझमें समा जाओ, वैसे महाभारत के संजय की तरह तुम्हें सब सूचनाएँ दे ही रही हूँ—

वह देखो, वह देखो...लो वह हमारी चौथी हीरोइन भी आ गई—लाल बॉर्डर और जवान घुटनिया का परिचय तो करवा दिया। यह देखो, लगता है, अभी-अभी ब्यूटी पार्लर से फेशियल वगैरह करवाकर आ रही है। बाल पूरे कटे-छँटे हैं, हमारे कॉलेज ड्राइवर की जबान में डेंटिंग-पेंटिंग करवाकर आई है।

आते ही वह बोली, "मुझे तो बहुत जोर से भूख लगी है, इससे पहले कि खाना ठंडा हो जाए, आओ फटाफट मैं चटाइयाँ बिछवाती हूँ, वह मोटावाला बेडस्प्रेड पकड़ो। जरा सी धूपवाली साइड में खींचो, ठीक।" कहते हुए उसने बेंच पर रखे अखबार को बीच में बिछाया और बोली, "लो, दस्तरखान भी बिछा दिया। अब जो खाना लाए हो, लगा दो तुम लोग! मैं तो हल्दीराम से राज कचौरी और गार्डन सैलेड लेकर आई हूँ।" और बेंच पर पड़े घुटनी के कुशंज को पकड़ा और टेक लगाकर बैठ गई। मुसकराते हुए कहने लगी, "अब ये कुशंज मेरे कब्जे में, कोई मुझसे माँगना भी नहीं।"

ओह, तुम्हारे चावल तो बहुत इनवाइटिंग लग रहे हैं, वाह! सर्दी के मीठे मटर आलू और पराँठे, वो भी लच्छेदार, कैचप भी इधर खिसका दो, मक्खन की टिक्की को अंदर मत रखो, पराँठा बिना मक्खन के तो सोच भी नहीं सकती। अब हुई न बात! अब देर काहे की, शुरू करो न और सुनो, जो खाना बचे, उसे कुत्ते को मत दे देना—हॉट केस में रख देना, शाम की चाय के साथ टुकड़ा-टुकड़ा लेना होगा तो ले लेंगे।"

(सुन रही हो न—ओ ओटवाली, मैं तुमसे कह रही हूँ, इन सबकी जबान ऐसे ही चलती है। सब कुछ खाना है इन्हें, चाहे डायबिटीज हो। अभी तो इस हीरोइन को लाल बॉर्डर की लाई गाजर बर्फी और सेवई बर्फी खानी है—गरम गुलाब जामुन यहाँ मिल गए तो उन्हें भी छोड़नेवाली नहीं। फिर कुशन के ऊपर सिर रख लेगी और नशीली आँखों से खाने के नशे में गप्प मारेंगी सब-की-सब।)

लो घुटनी ने तो स र ग म छेड़ दी—

ओ हीरोइन! तेरी माया का क्या हुआ, मेरा मतलब तेरी और तेरे पति की दोस्त माया मेमसाहब का?

अरे मेरी दोस्त काहे की, पीछा ही नहीं छोड़ती मेरे हीरो का, पिछले वीक-एंड पर हमारे साथ ही चल दी आगरा।

पर तेरा पति तो अभी तक तेरा दीवाना है।

बीच में मत टोको, दीवाना, अब मेरा दीवाना कहाँ? कहीं उसकी चप्पलें उठाकर

उसके लिए ला रहा है, कहीं उसके मनपसंद होटल में उसे ले जा रहा है। कहीं उसके इशारे पर उसकी चाय की हुड़क को पूरा करने के लिए गाड़ी रोक रहा है, कहीं मायावी के लिए कोल्डड्रिंक और जूस हाजिर किए जा रहे हैं—साली, अभी हाल ही में विधवा हुई है, विधवा क्या हुई, अपने ऊपर टु लेट का बोर्ड चिपका लिया!

तू कौन सी कम है! तू भी तो बदले में खूब स्पेस लेती है, कभी इसके साथ को-ऑर्डिनेट कर रही है, तो कभी उसके साथ। कभी टी.वी. पर इंटरव्यू ले रही है तो कभी कॉन्फ्रेंस की एंकरिंग। सब जगह तेरे जोड़ीदार साथ-ही-साथ! घुटनी कह रही थी।

जवाब में वह तिड़ककर बोली, "तो क्या काम करना छोड़ दूँ?"

"नहीं, काम को क्यों छोड़ेगी, अपने हीरो को छोड़ दे! इस उम्र में वह कौन सा उसके साथ ब्याह रचाएगा या तेरे घर में, तेरे बेडरूम में ला बिठाएगा!"

"अरे बिठा ले मेरे पलंग पर! फाँस ले मेरे खाँसी राम को, मेरे से दस साल बड़ा है, रात-रात मेरे पलंग पर खाँस-खाँसकर मुझे सोने ही नहीं देता, मैं तो सर्दी शुरू होते ही शहद-अदरक लेना शुरू कर देती हूँ, सुबह-शाम की सैर, खाली ब्यूटी पार्लर जाने से चेहरे पर शाइन नहीं आती!"

"तो फिर माया के चक्कर में क्यों रहता है?" लाल बॉर्डर ने तीर फेंका।

"वह हर पल भाव जो देती रहती है उसे, विकी, यू आर ए रियल आर्टिस्ट! तुम्हें कद्र है हाथ से किए काम की! अब जब तुम मेरे घर आओगे न तो तुम्हें अपनी पसंद की चीजें मेरे ड्रॉइंगरूम में मिलेंगी। मैंने बेडरूम को भी ड्रॉइंगरूम का एक्सटेंशन सा बना दिया है। डबल बेड हटाकर एक सुंदर सा काऊच लगा दिया है—एक तरफ बड़ा सा दीवान, सामने स्लीक सा नइ डिजाईनवाला टी.वी.। सामने की वॉल पर तुम्हारी ढलते सूरजवाली पेंटिंग।"

"यह पेंटिंग क्यों लगा रही हो दीवार पर, इसे ही जड़ दो, तुम्हें तो इसकी खाँसी भी 'विंड चैंट' ही लगेगी।" लाल बॉर्डर हँसते हुए पटाखा छोड़ रही थी।

"पर आगरा में न इसे खाँसी आई, न ड्राइव करते हुए थका। ताजमहलवाले एरिया में इकट्ठे चलते हुए कब ये दोनों मुझसे अलग हो गए, पता ही नहीं चला! मेरे सैंडिल का स्ट्रैप टूट गया था। जैसे-तैसे घिसटती लॉज में इन्हें ढूँढ़ रही थी। सोच रही थी कि इन्हें चलने की आदत नहीं, कहीं लॉन में बैठ गए होंगे। सैंडिल सीढ़ियों के पास छोड़ ऊपर पहुँची तो देखा, पिछवाड़े कोने में सूखी यमुना को देखते इश्क लड़ा रहे थे, पर मैं कौन सी कम हूँ, माया के सामने ही चिल्लाई, 'तुम दोनों को अकेले ही घूमना था तो मुझे साथ क्यों लाए? नंगे पाँव कब से तुम्हें तलाश रही हूँ और तुम बुलबुल का जोड़ा बने यहाँ मस्ती कर रहे हो!' और गुस्से में पैर पटकते हुए ठपठप वहाँ से नीचे की तरफ बढ़ने लगी, मेरी कनखियाँ देख रही थीं कि मेरा हीरो मेरे पीछे-पीछे आ रहा है, उसके

'रुको' कहने पर उसकी आँखों में आँखें डालकर बरस पड़ी, ''माया से शादी कर लो, उपकार करोगे उसका—'विधवा-विवाह' के रूप में तुम्हारी समाजसेवा भी हो जाएगी, इस उम्र में तुम्हारी सेवा करने का मुझे कोई शौक नहीं, खुशी-खुशी आपसी रजामंदी से तुम्हें तलाक देने के लिए तैयार हूँ।''

''अरे तूने तो धज्जियाँ उड़ा दीं उसकी!'' नाजुक अंदाज में घुटनी कह रही थी।

''देखना, तेरी शिकायत तेरी बेटी से करेगा।'' लाल बॉर्डर चमकीली आँखों से कह रही थी।

''जिससे मरजी शिकायत करे, मैं क्या उससे डरती हूँ, और बिट्टो क्या जानती नहीं बाप को, उसकी सहेलियों तक को तो छोड़ता नहीं, छाती से चिपका 'हाऊ स्वीट' और न जाने क्या लाड़-लड़ाते बोलता उनकी चूमा-चाटी करने लगता है। वे बुड्डे से छिटकती हैं, पर अपने आपको न जाने हुसैन सा तीसमार खाँ कलाकार समझता है, जैसे हर माधुरी दीक्षित और तब्बू इस बुड्ढे की दीवानी हो जाएगी!''

''अभी सब सुन लेता है न तुम्हारी चुपचाप, तो सिर चढ़ रही हो! निगलेक्ट करने लगेगा और सचमुच माया के घर बस जाएगा, तब बोलकर दिखाना—वक्त रहते सँभल जा! आजकल सत्तर-बहत्तर की उम्र कुछ नहीं होती और पेंटर तो वह है ही!''

''तुम मेरी सहेलियाँ हो? यार, तुमने तो मेरी सारी खाई हुई बर्फी निकाल दी, मैं किसी से भी कुछ नहीं कह रही, मुझे छोड़ो और आपस में किसी और को पकड़ो!''

और वह छाया की तरफ कुशन पर सिर रख मुँह मोड़ लेट गई।

''इतना तुनक क्यों रही है! तेरे फायदे के लिए ही तो कह रहे हैं! यहाँ इकट्ठा किसलिए हुए हैं, सुख-दुःख की शेयरिंग के लिए ही न? अभी रिटायर नहीं हुई न, तुझे क्या मालूम अकेलापन किसे कहते हैं? खासकर जब पति साथ न हो, बेटे को अकेले अपने बलबूते पर पाला हो और उसी इकलौते बेटे की बहू यह कहकर घर छोड़ जाए कि अलग घर का इंतजाम कर लो तो मुझे ले जाना।'' न कहना चाहते हुए भी धीमी सी आवाज में लाल बॉर्डर बोल रही थी।

''तुम किस दुनिया में रहती हो, भूल जाओ कि बेटा-बहू तुम्हारे पास रहेंगे—मेरा बेटा तो कहता है—ब्याह आउट डेटेड चीज है, भूलकर भी मेरे ब्याह का नाम मत लेना! साफ है कि किसी के साथ रिलेशनशिप में होगा तो कहीं अलग घर में ही जाएगा।''

घुटनी की बात अभी पूरी भी नहीं हुई थी कि लाल बॉर्डर तड़पकर बोली, ''तुम्हारा बेटा कुछ भी करे, मुझे उससे कोई मतलब नहीं, वह तुम्हारे परिवार का निजी मामला या समस्या हो सकती है! कोई निजी परेशानी! पर तुम्हारा बेटा मेरी बहू को उकसाए, यह मेरे लिए पीड़ा की बात है! मेरे बेटा-बहू और तुम्हारा बेटा एक स्कूल, कॉलेज में इकट्ठे पढ़े, यह संयोग हो सकता है, पर बहू हमारा घर छोड़कर तुम्हारे बेटे के पास

पहुँच जाए, इसे संयोग मानने के लिए मैं तैयार नहीं। उसकी आँखें बंद नहीं थीं, जब वह विवाह से कई साल पहले बेटे के साथ घर आया करती थी, अपनी मरजी से उसने मेरे बेटे से शादी की तो अब क्या हुआ…"

"देखा, सोचकर ही मिर्ची लग गई!"

दूसरी तरफ मुँह करके लेटी हीरोइन उठकर ठहाका लगा रही थी।

हक्की-बक्की इन्हें देखती रही। मेरी समझ में नहीं आ रहा है कि किससे क्या कहूँ?

□

घेरे में

हैलो कहने से पहले उसका मन हुआ था कि वह रिसीवर को पटक दे। अभी-अभी तो वह लेटी थी, पर फोन पर जो कुछ सुना, उससे वह एकदम उठकर बैठ गई, ''हाँ, हाँ, मैं मिस मेहता ही बोल रही हूँ, पर मेरा नहीं खयाल कि मेरा कोई पर्स खोया है।''

''आपका नाम अनीता ही है न? ड्राइविंग लाइसेंस और एक क्रेडिट कार्ड...''

सुनते ही उसकी खीझ घबराहट में बदल गई और उसके मुँह से अनुनय के शब्द निकल रहे थे, ''भैया, एक मिनट रुकना, मैं जरा बैग देख लूँ।''

मेज पर से उसने बैग उठाया। देखा, सचमुच उसमें पर्स नहीं था। अधीर लरजती हुई आवाज में वह कह रही थी—

''हैलो-हैलो जी, मेरा ही पर्स है। ड्राइविंग लाइसेंस और क्रेडिट कार्ड नहीं डेबिट कोर्ड है वो, पैसे भी उसमें थे। ...आप कहाँ से बोल रहे हैं प्लीज, आप कहाँ हैं प्लीज?''

''मैं आश्रम चौक पर हूँ।''

''पर मैं इतनी जल्दी डिफेंस कॉलोनी से आश्रम पर कैसे पहुँच सकती हूँ।''

''देखिए, हमने ड्राइविंग लाइसेंस और कार्ड की वजह से आपकी अधेड़ सी उम्र वाली फोटो देखकर आपको फोन कर दिया, हमारी बैंक की गाड़ी है और उसमें बहुत कैश है, इसलिए ज्यादा देर कहीं रुक नहीं सकते। आपको पहुँचना है तो...''

उसकी बात पूरी सुनने से पहले ही वह बोली, ''जी धन्यवाद, पर आश्रम चौक में किस जगह पर, कोई निशानी?''

''गुरुद्वारे के पास!''

''मेहरबानी करके आप अपना मोबाइल फोन नंबर मुझे लिखवा दीजिए और आपका नाम क्या है?''

अपना नाम उसने 'नन्हे' बताया और फोन नंबर लिखवा दिया था, इससे पहले

कि वह फोन बंद कर देता, वह उससे पूछ रही थी, ''आपको यह पर्स मिला कहाँ?''

''झाड़ियों में।'' कहकर उसने फोन बंद कर दिया था।

उसकी समझ में नहीं आ रहा था वह क्या करे? वॉलेट में ड्राइविंग लाइसेंस है, डेबिट कार्ड है, पैसे तो अब मिलने से रहे। जाना तो उसे होगा ही। गाड़ी तो वह केवल कॉलेज या आसपास तक ही ले जाती है, पर गाड़ी नहीं ले जाएगी तो कैसे जाए? चाबी उठाई, बैग पकड़ा 'निकलना तो होगा ही' वह बड़बड़ा रही थी। माँ को बताकर जाए? नहीं···वह पहले ही बीमार है, यह सब सुनकर उनका बी.पी. बढ़ जाएगा, घबरा जाएँगी। उन्हें बिना बताए निकल आई थी।

काश, उसका कोई भाई होता। इतना वक्त भी तो नहीं कि किसी सहेली को फोन कर उसे साथ ले ले। बैग में से वॉलेट निकला कैसे, शायद बैग की जिप खुली रह गई हो? कुछ गिरने की आवाज भी तो नहीं आई, बैग उलटा भी नहीं हुआ, दिमाग खराब हो रहा था···उसे कुछ सोचना नहीं, बस गाड़ी ठीक-ठाक चलानी है, अपने को समझाते हुए भी दिमाग की सुई वहीं अटक रही थी।

कॉलेज से घर लौटने से पहले यह माँ की दवाई लेने के लिए डॉक्टर के क्लीनिक पर गई थी। वहाँ भीड़ देखकर उसने आखिर में जानेवाले व्यक्ति से कहा था, 'देखिए मुझे गाड़ी ठीक से पार्क करने के लिए जाना है, 'आप मेरे नंबर की जगह रख लीजिए, ताकि कोई बाद में आनेवाला यहाँ न आ जाए।' गाड़ी पार्क करने में उसे ज्यादा वक्त नहीं लगा था, भीतर पहुँची तो उस लड़केनुमा आदमी ने उससे कहा था, 'अरे आप तो बहुत जल्दी आ गईं' और अपने पास बैठने की जगह दे दी थी। कहीं उसी ने तो उसका वॉलेट नहीं निकाल लिया था?

कहते हैं कुछ लोग हिप्नोटाइज करके बहुत सफाई से आपको पता भी नहीं चलता और जेब काट लेते हैं। वह कुछ अजीब से ढंग से हँसा भी तो था। उसके अलावा किसी और से न बात हुई, न सामना। दवाई लेकर लौटते हुए गाड़ी खोलते हुए एक तरफ झुकने पर शायद गिर गया हो। ऐनक रखने के लिए उसने बैग में केस भी तो निकाला था, शायद तभी? पर गिरने पर कोई आवाज या एहसास कुछ तो होता। इस वक्त यह सब सोचने से क्या फायदा है। नन्हे को उसका लैंडलाइन नंबर कहाँ से मिला, कहीं किन्हीं गलत लोगों के द्वारा वह शिकार तो नहीं बनाई जा रही? दुनिया में अच्छे लोग अभी भी तो होते हैं···वह नकरात्मक सोच में क्यों पड़ी हुई है···आश्रम का इलाका भीड़-भाड़वाला इलाका है···दिन-दहाड़े कुछ नहीं होगा। उसने अपने को समझाया।

पीछे से हॉर्न की आवाज से वह सजग हुई। डबल स्टोरीवाली लाल बत्ती हरी हो चुकी थी। उसे समझ नहीं आ रहा था कि वह फ्लाई ओवर से निकले या नीचे की सड़क ले? भीतर की स्वचालित सूझ से वह गाड़ी को नीचेवाली सड़क पर ले आई

थी। चौराहा तो यहीं से आएगा। उसने चौक आने से पहले सुरक्षित सी जगह पर गाड़ी खड़ी कर नन्हे का फोन मिलाया। आदमी ईमानदार ही लगता है, नन्हे की आवाज को सुनते ही उसे लगा। "नन्हेजी, मैं आश्रम चौक पर पहुँचने ही वाली हूँ, आप कहाँ हैं, जरा ठीक से बता दीजिए।"

"हम अब आश्रम पर नहीं हैं, करोल बाग जा रहे हैं वाया पहाड़गंज।"

"देखिए, आप रामकृष्ण मिशन पर रुक जाएगा, मैं वहा गई हुई हूँ...रुकने के लिए जगह भी ठीक रहेगी, उस जगह को मैं अच्छे से पहचानती हूँ।"

"मैडम, कोशिश करेंगे, वरना आप 'रूपक स्टोर' वाली सड़क पर मिलिए।"

कहीं यह उसका वक्त बरबाद तो नहीं कर रहा, घड़ी चार बजा रही थी—सर्दी की दोपहर शाम होने में कितना वक्त लेती है? आजकल कितने तो महिलाओं के साथ हादसे होते हैं—छेड़छाड़, लूटपाट, बलात्कार...सोचकर वह भीतर तक काँप गई। 'ऐसा मत सोच' वह अपने को समझा रही थी, तू कोई सोलह साल की लड़की नहीं है...हर काम अकेले ही तो कर रही है...हिम्मत रख, आवाज से तो नन्हे भला आदमी लगता है। भलापन किसी की आवाज, चेहरे पर नहीं लिखा होता। न-न अपनी सोच को दूषित मत कर। वाइब्ज को सकारात्मक रख...तेरी सकारात्मक सोच ही नन्हे के मन तक पहुँचनी चाहिए। कुछ बुरा होना होता तो वह भीड़ भरे इलाकों से क्यों गुजरता, सूनी एकांत सड़कों पर बुलाता।

बिड़ला मंदिरवाली सड़क को पार कर वह करोल बाग के इलाके में तो आ गई थी, पर उसे 'रूपक स्टार' वाली सड़क की जानकारी नहीं थी। 'किसी से पूछती हूँ।' सोचते हुए उसने गाड़ी एक तरफ खड़ी कर दी थी कि सामने उसे 'बुद्धा जयंती पार्क' और साफ पढ़ा नहीं गया, शायद कोई रंगशाला जैसा बोर्ड दिखाई दिया। ओह! यही वह सड़क है, जिसको पार करके एअरपोर्ट पहुँचना हो तो जाते हैं, दिल्ली विश्वविद्यालय के साउथ कैंपस पर भी धौला कुआँ के रास्ते पहुँच जाते होंगे। कहीं रूपक स्टोर भी तो इसी रास्ते पर नहीं? वह स्कूल में पढ़ती थी, जब 'बिल्ला-रंगा' नाम के अपराधियों द्वारा स्कूल में पढ़नेवाली गीता चोपड़ा और उसके भाई का मर्डर बुद्धा जयंती पार्कवाले रास्ते में हुआ था। बुरी हालत में उनकी लाशें मिली थीं...वह बड़ी उम्र की है तो क्या हुआ। विकृत हालत में अपने शरीर की कल्पना कर वह काँप जाती है। फटकारती है अपनी विकृत सोच को और गाड़ी में बैठ जाती है। घड़ी पर नजर पड़ती है—साढ़े चार बज चुके हैं, सूरज पेड़ों के पीछे आ गया है और घंटे तक धुँधलापन छा जाएगा। अपने को संयत-संतुलित रखने की लाख कोशिश करने पर भी भीतर बैठा डर साँप की तरह से बार-बार अपना फन निकाल लेता है। किसी भी तरफ गाड़ी ले जाने से पहले वह एक बार फिर 'नन्हे' को फोन कर उसे बताती है कि वह 'बुद्धा जयंती पार्क' की तरफ

जानेवाले किसी रास्ते के आसपास है···रूपक स्टोर वाली सड़क या मार्किट का कुछ नाम बता सकें तो?

जवाब मैं वह सुन रही है।

''आप कहाँ पहुँच गईं, हमें उधर कहीं नहीं जाना, हम रैगरपुरा से निकल रहे है, लिबर्टी सिनेमावाली सड़क रोहतक रोड से होते हुए 'झंडेवाला' जा रहे हैं।''

''आप कोई ठीक-ठाक निश्चित जगह बताइए, ऐसे मैं सड़कों पर कब तक भटकती रहूँगी,'' अपनी ही झल्लाहट को समझाते हुए उसने बेचारी सी आवाज में कहा, ''प्लीज!''

''जल्दी झंडेवाला मंदिर पहुँचो··साले मुफ्त की आफत मोल ले ली।''

नन्हे की चिड़चिड़ी सी आवाज को सुनकर गुस्सा आने के बदले उसे राहत ही मिली। 'शायद भला आदमी ही है' झंडेवाला तो देवी का मंदिर है···आश्वस्त सी हुई वह, पर अगर वहाँ भी न मिला तो वह उससे रिक्वेस्ट करेगी कि वह उसे उसके घर के पते पर पोस्ट कर दे, परंतु इससे अनिश्चय तो बढ़ेगा ही। झंडेवाला के लिए वह किस तरफ चले, उसे विश्वास नहीं हो रहा कि वह उसे वहाँ मिल ही जाएगा। फिर घर पर माँ भी तो परेशान हो रही होगी··उसे उन्हें तो फोन कर देना चाहिए कि उसे घर पहुँचने में कुछ देर हो जाएगी।

अब किससे पूछे कि झंडेवाला मंदिर के लिए किस तरफ जाए। वह एक महिला से झंडेवाला मंदिर का रास्ता पूछती है। वह महिला उसे कहती है। 'बाएँ हाथ से बिड़ला मंदिर की सड़क पर हो लीजिए—सीधे चलते जाइए, गोल चक्कर से उसी सीध पर बाएँ हाथ ही मंदिर पहुँच जाएँगी।

महिला आगे बढ़ गई है और उसे उलझन में डाल गई है। बिड़ला मंदिर पार करके तो वह दाएँ-बाएँ घूमती यहाँ आई थी, तो क्या वह जलेबी की तरह से यहीं घूम रही है। उसको इधर-उधर देख एक आदमी उसके पास आता है, ''आप, झंडेवाला मंदिर का रास्ता पूछ रही हैं, मैं वहीं जा रहा हूँ, आप चाहें तो मैं आपके साथ चल सकता हूँ।''

आश्वस्त होने के बदले वह उसके प्रस्ताव से घबरा जाती है। गाड़ी का शीशा बंद करती है, विंडो लॉक को भी बंद कर लेती है। इन्हीं सड़कों पर टोकरी में साँप रखे लड़कों द्वारा गाड़ियों में साँप छोड़ने के किस्से भी तो उसने सुने हैं। वह उस आदमी की तरफ न देखते हुए जल्दी से गाड़ी स्टार्ट करती है और महिला के निर्देशानुसार गाड़ी को आगे बढ़ाती है।

पाँच बजनेवाले हैं। अभी दफ्तर बंद हो जाएँगे और भीड़ और बढ़ जाएगी। उसकी ताकत जवाब दे रही थी। गुलाब और गेंदे के फूलों की खुशबू उसे आई। मंदिर के बाहर भीड़ हो रही थी, तो वह बिड़ला मंदिर के पास पहुँच गई है। उसे थोड़ी तसल्ली सी

हुई। वह और जोखिम उठाना नहीं चाहती, महिला ने यहाँ से सीधे ही जाने के लिए कहा था, पर यहाँ वह एक बार रास्ता कन्फर्म कर लेगी और माँ को फोन भी कर देगी कि वह किसी जरूरी काम में फँस गई है, घर पहुँचने में थोड़ी देर हो जाएगी। मंदिर के द्वार पर गाड़ियाँ खड़ी करने की मनाही है, वह गाड़ी को बिना बंद किए भगवान् से प्रार्थना करती है कि उसे 'नन्हे' की गाड़ी मिल जाए, अपना वॉलेट मिल जाए और सुरक्षित ढंग से अपने घर वापस पहुँच जाए। मंदिर के वहीं खड़े सेवक से 'झंडेवाला मंदिर' का रास्ता कन्फर्म करती है। धीमी गति से गाड़ी को आगे बढ़ाते हुए उसे मंदिर की पार्किंग पर पुलिस की मोबाइल वैन दिखाई देती है। उसके मन में आता है कि कहीं गाड़ी खड़ी करने को मिल जाए तो वह अपनी सारी समस्या पुलिस को बता दे। उसके यह सब सोचते हुए ही वैन वहाँ से गायब हो जाती है। यों जरूरत के वक्त पुलिस सही वक्त पर कब पहुँच पाती है ? अपने को ढाढस देती है, फिर सोचती है कि सौ नंबर पर वह उन्हें सूचित तो कर ही सकती है। गोल चक्कर पर पहुँचने से पहले नन्हे का नंबर मिलाने के लिए उठी उगली से सौ नंबर मिल जाता है। संयोग से दूसरी तरफ से 'हाँ जी बोलिए' सुन, एक ही साँस में 'मैं अनिता मेहता कॉलेज में लेक्चरर हूँ,' और आवेग में अपनी सारी बात जल्दी-जल्दी बता देती है, अपनी गाड़ी का नंबर और 'नन्हे' की गाड़ी का नंबर उन्हें नोट करवा देती है।

जवाब में पुलिसवाले ने क्या कहा, अपनी घबराहट में या तो उसे सुनाई नहीं दिया या समझ में नहीं आया ? पर इससे उसका अपना डर थोड़ा सा कम हुआ, 'अब जो होगा, देखा जाएगा', बुदबुदाते हुए उसने गाड़ी झंडेवाला मार्ग की ओर बढ़ा दी।

□

कुँआरी कन्या

आजकल सूरज हर दिन एक नई सुबह लेकर नहीं आ रहा था। बासी सुबह और उनींदी सी लंबी रातें ही रातें; घड़ी की सुइयों से ही दिन और रात को नाम दिया जा रहा था, सूरज तो कहीं था ही नहीं। सुबह चार-साढ़े चार बजे सिस्टर किसी नए टेस्ट के लिए खून निकालने के लिए आती या कोई इंजेक्शन देने के लिए, वह दिन चढ़ना होता था, कूल्हे में दिए जाते इंजेक्शन से पैर के नाखून तक दर्द की लहर दौड़ जाती—हाथ और कोहनी के बीच की किसी नस को दबा-दबाकर वह खून निकालती। वह जाती तो लगता 'ओह सुबह हो गई।' अब थोड़ी देर के लिए नींद आ जाए, अपने आप को भी भुला देनेवाली नींद, जिस नींद में न कोई सुई चुभेगी, न प्यास की छटपटाहट होगी, न किसी को रोकने या पुकारने के लिए होंठों में फड़फड़ाहट।

एक समय था जब डॉक्टर्स मरीज को उसका रोग नहीं बताते थे—अच्छा ही था—बड़े अस्पताल हों या छोटे, वहाँ के डॉक्टरों के भरोसे और विश्वास में अच्छे भी हो जाते थे, अच्छे न भी हुए तो मरने से पहले मरते तो नहीं। हर तने हुए पल-पल की मौत।

यों पचपन-साठ साल की उम्र कम उम्र नहीं होती, पर उम्र की गिनती तो पचास साल की हो जाने के बाद उसने लोगों के मुँह से सुनी, जब माँ उसे छोड़कर चली गई। तब तक तो वह लायक और विदुषी होने का पट्टा गले में लटकाए अपनी ही दुनिया में मस्त थी—पढ़ लिया कॉलेज में, पढ़ा आए और माँ की गुड्डी बने दुनियावी जंजालों से बेखबर। बूढ़ा तो उसे कोई लगता ही नहीं था, फिर अपने आपको बूढ़ा कैसे समझती? बूढ़े तो तब होते हैं, जब बाल-बच्चों के ब्याह होने के बाद उनके भी बच्चे हो जाते हैं, फिर वह तो कुँआरी ठहरी—माँ के शब्दों में 'कुँआरी कन्या'। वहीं अवचेतन की दबी तहों में प्रतीक्षारत—शायद! शायद! उसकी दुनिया माँ, किताबें और कॉलेज तक। योग्यता के नशे में अपनी तरफ, कैसी दिखना चाहिए, कभी ध्यान ही

नहीं दिया, न बाल कटवाए, न फेसियल, न पैडी क्योर, न मैनी क्योर, यह सब तो आम लोगों के लिए होता है, वह तो खास है, विशिष्ट है।

उसकी खासियत ही रही होगी कि रिटायर होने से बहुत पहले ही सांस्कृतिक संबंध परिषद् से उसे डॉ. वीरभद्र का फोन आया था कि "अवकाश प्राप्त करने के बाद वह चाहे तो हमें जॉइन कर सकती है।"

कितना परितुष्ट किया था उस फोन ने उसे—रिक्ति से पहले ही पूर्ति। डॉ. वीरभद्र से उसका कोई निजी परिचय नहीं था। हाँ, कनवोकेशन में जब उसे पी-एच.डी. की डिग्री मिली थी, तो डॉ. वीरभद्र को डी.लिट्. की और वे एक साथ आगे बैठे हुए थे। जब-जब उसका कोई शोध प्रपत्र आया, डॉ. भद्र ने उसे फोन किया, उसकी सराहना की। अपने संकोची और अंतर्मुखी स्वभाव के कारण वह चाह न रखते हुए भी उनसे संवाद बनाए रखने में असमर्थ रही। यों सभाओं और सेमिनारों में बोलते हुए अपनी विट-जानकारी और तैयारी से वह प्रभावित जरूर करती रही।

वह ऐसी क्यों रही? सोचते हुए जवाब भी उसे मिल जाता है, परंपरावादी संपन्न परिवार में तीन भाइयों की इकलौती बहन को पढ़ा-बढ़ा तो खूब दिया गया, पर रूढ़िवादी अनुदार वातावरण में पलने के कारण मिले संस्कारों की कैद में बंद, परिवार की जंग खाई मान्यताओं में जीते वह भी जंग खाई ही हो गई, कॉलेज में पढ़ा आने और आर्थिक रूप से आत्मनिर्भरता से पूर्ण संतुष्ट, घर की मर्यादा के अनुकूल 'आदर्श कन्या', सीधी खिंची लकीरों पर चलती परिवारों में उदाहरण, दिखावे में आधुनिक, अपने बराबर के भाई के साथ शॉपिंग कर रेस्तराँ में कॉफी पी आने और फिल्म नाटक देख आने को ही अपना प्राप्य समझनेवाली इतिहास पढ़ाते-पढ़ाते परिवार के पन्नों में ही अपने जीवन की इतिश्री महसूस करनेवाली, माँ के शब्दों को निरंतर अपने कानों में बजते हुए सुनती हुई—

"औरतों को बहुत सोच-समझकर चलना होता है—बाप-भाइयों की सुनते- गुनते हुए, जिंदगी में वही काम आते हैं, जिंदगी में सहोदर नसीबवालों को मिलते हैं, उनकी अवज्ञा नहीं करनी चाहिए, बाहर के लोग तो जिंदगी को पाट देते हैं।"

परिणाम यह हुआ कि किताबों की दुनिया में खोई हुई अपने पुरुष मित्र तो दूर की बात है, स्त्रियों की दोस्ती और घनिष्ठता को भी पास फटकने नहीं दिया, यों अंतर्मुखी वह नहीं रही, घर पर माँ और अपने बराबरवाले भाई के साथ हमेशा टर्र-टर्र करती हुई कि माँ को तंग आकर कहना पड़ता—

"तू बोल-बोलकर थक नहीं जाती?"

बोलती तो उसकी ऐसी बंद हुई कि माँ तक उसकी आवाज सुनने को तरस

गई—हुआ यह कि जिस भाई को वह अपना सर्वस्व समझती थी—मित्र, साथी यानी सभी कुछ, जिन्हें साथ-साथ देख अकसर जुड़वाँ समझ लिया जाता था, अचानक कनाडा चला गया। धक्का उसे इसलिए लगा कि वह तो उससे अपनी राई-रत्ती बाँटता था, उसने कब कहाँ आवेदन किया, कब उसकी नियुक्ति हुई, उसकी भनक तक नहीं लगने दी। ऐसे में उसका चुप का चुप रह जाना स्वाभाविक था। सच तो यह है कि उसकी चुप्पी में उसका अकेलापन ही मूर्त हो रहा था।

सबसे बड़ा भाई जो फौज में कर्नल था, पहले से ही बेगाना सा और उसके लिए दूर की चीज था। बीचवाला भाई, उसकी वजह से ये सब दिल्ली आए थे, जब ट्रांसफर होने पर मुंबई गया, तब भी किसी को कोई खास फर्क नहीं पड़ा, क्योंकि उसकी बीवी उसके साथ थी, दोनों छोटे बहन-भाई आर्थिक रूप से आत्मनिर्भर थे और अपने में मस्त। छोटे के कनाडा चले जाने से अपने भीतर माँ भले ही विचलित हुई हो, पर बाहर से उसने न तो कोई नाराजगी दिखाई, न ही कोई रोना रोया, बड़े ही धीरज से कर्नल और मुंबईवाले बेटे को बुलाकर अपनी निजी पूँजी में बेटी के प्राविडेंट फंड में से लोन लेकर उसके लिए, उसके नाम से दक्षिण दिल्ली के विस्तार में डी.डी.ए. का एक फ्लैट खरीद दिया।

माँ-बेटी दोनों उस फ्लैट में शिफ्ट कर गईं। अपने नित-नेम में हवन की पूर्णाहुति दे, आँखें बंद कर माँ ईश्वर के प्रति आभार प्रकट करते बुदबुदा रही थी—

"धन्यवाद प्रभु! तुम्हारा लाख-लाख शुक्र, मेरी संतानों के ब्याह हो गए, आपकी कृपा से सब अपनी-अपनी दुनिया में सुखी हैं, सब अपने-अपने घरों में खुश रहें, मेरी बच्ची पर कृ…"

बाथरूम में नहाने के लिए जाती उसने क्या सुना और क्या समझा तथा अपने स्वभाव के विरुद्ध उबल पड़ी माँ पर—

"माँ तुम्हारे तीन-तीन बेटे-बेटी तो इकलौती मैं और तुम उन तीनों की शादी हो जाने की खुशी मनाती अपने दायित्व को पूरा हुआ मान रही हो, मुझे सन्नाटे के खँडहर में छोड़ दिया, यही तुम्हारी जिम्मेदारी का पूरा होना है, क्या मैं तुम्हारी संतान नहीं?"

पहले तो माँ को समझ ही नहीं आया कि वह कह क्या रही है? समझी तो ठंडे संयत स्वर में बोली—

"हाँ बेटी, संतानें तो वही हैं, नाभि-नाल भले ही कट गई हो, पर तुम मुझसे अलग नहीं हो, तुम क्यों नहीं समझती कि जिस सामाजिक तंत्र में हम जी रहे हैं, उसमें तुम्हारे और मेरे लिए संतानों की सूची में कोई जगह नहीं, यह तो मेरी किस्मत अच्छी थी कि मुझे तुम्हारे पिता जैसा पुरुष मिला, जिनसे तालमेल के लिए कोई

दिक्कत ही नहीं आई। तुम भी परिवार की लकीरों पर चलती रही, तुम्हारे भाइयों को तुम्हारे विरुद्ध कुछ कहने या करने का मौका ही नहीं मिला—यह तो संयोग है कि बड़े दोनों बेटों की शादी जात-बिरादरी में हुई, छोटे की तरह से अगर वे भी बिरादरी बाहर शादी कर लेते तो मैं क्या कर लेती उनका, सब नियम-कानून तो हमारे लिए हैं, तुम्हारे पिता जीवित होते तो तुम्हारे लिए भी न जाने कितने रिश्ते आते, अब तो जो रिश्ते आए वे तुम्हारी कमाई के आकर्षण में थे या अनपढ़ गँवारों के, ब्याह के नाम पर मैं उस कूड़े में कैसे फेंक देती तुम्हें?''

और माँ रो रही थी—चुप-चपीता रोना, अपने नहीं, उसके अकेलेपन का रोना, वह बाथरूम में बैठी थी और पानी की धार माँ-बेटी के अकेलेपन को ढक रही थी। वह सोच रही थी, वह माँ पर क्यों बिफर पड़ी, उसने तो उसके ब्याह के लिए बहुत यत्न किए, उसका पढ़ा-लिखा होना ही उसकी सबसे बड़ी अयोग्यता बन गया। एक बार तो कर्नल भाई को उसने माँ से कहते सुना था—

'यहाँ तो मुझे पूरी उम्मीद है कि रिश्ता तय हो जाएगा।'

उस दिन वह अपनी पसंदीदा साड़ी पहनकर कॉलेज गई थी और अपने ऑनर्ज की लड़कियों को कैंटीन में ले जाकर ट्रीट दी थी—कितनी बेवकूफ थी वह, व्यक्ति होते हुए भी व्यक्तित्वहीन, जिसकी पसंद-नापसंद का कोई मतलब ही नहीं था, उसे तो अपनी माँ का शुक्रगुजार होना चाहिए था, बचा लिया था उसने उसको।

उसकी उम्र बढ़ रही थी और शादियों की बातें अब भाइयों के बच्चों की होने लगी थीं, वह हो गई थी एक सम्मानित बड़ी उम्र की योग्य बुआ। उस दिन के बाद उसने माँ से कभी कोई शिकायत नहीं की, बल्कि उसकी कोशिश होती कि वह माँ के लिए कुछ कर सके, जो उसे खुशी दे सके, माँ की ही तरह से, पूरे मन से जो कुछ जैसा था, उसे स्वीकार कर लिया और अपने पढ़ने-लिखने में डूब गई—

''मैं यह चाहती हूँ।''

जैसे उसके मन:कोश में से निकल ही गया।

अवचेतन में बैठी उसकी पारंपरिक सोच थी या बड़े दोनों भाइयों के साथ फासले का होना, उनके साथ उसके संबंध 'जी भाई' और 'अच्छा भाई' से ज्यादा बढ़ ही नहीं सके। बड़े होते भतीजे-भतीजियों के साथ उसे अच्छा लगता, जब कभी-कभार अपनी किसी बात को मनवाने के लिए वे बुआ से अनुरोध करते कि वह उनके माँ-बाप से उनकी सिफारिश कर दें, अपनी जमी हुई हिचक को तोड़ वह भाइयों से कह तो देती, पर मन-ही-मन जानती-समझती थी कि उसके बुआ होने के महत्त्व और अधिकार का छद्म बनाए हुए वे हाँ, हूँ तो कर देते थे, पर मन की बाधाओं और सीमाओं को

पार कर उन्हें मनवाने का हक उसे नहीं दिया था।

मन की दुनिया भी कैसी होती है—कहीं गाँठ बाँध लो तो सारी उम्र संबंधों के होते हुए भी संबंधहीनता में गुजर जाए, दूसरी तरफ मन में अगर गाँठें न हों तो ढेरो-ढेर गुस्से-गिले के बावजूद अपनों से मिली खिन्नता उनके एकमात्र भाव भरे शब्द को सुनकर फुर्र हो जाए, इसका एहसास उसे अपनेवाले भाई के कनाडा से आए फोन से हुआ था, माँ ने जबरदस्ती फोन उसके कान पर लगा दिया था, उसका कान नहीं मन सुन रहा था—

"जानता हूँ तू मुझसे नाराज है, मुझसे बात न करने का व्रत लिये बैठी है, बात करने को कह भी नहीं रहा, बस इतना बताना चाहता हूँ, वह भी इसलिए संभव हो पाएगा, क्योंकि हम आमने-सामने नहीं हैं, हमारे जैसे परिवारों में भाई-बहन की दोस्ती में सब बातें कर ली जाती हैं—सेक्स संबंधी बातों को छोड़कर। तुम्हें याद पड़ता है, हमने इकट्ठे कभी 'वयस्कों के लिए' फिल्म तक देखी हो ? फिरंगन से ब्याह की भनक तक परिवार में पड़ जाती तो ब्याह तो क्या मेरा कनाडा तक पहुँचना ही न हो पाता। जो-जो किताबें तूने इन दिनों पढ़ी हों, उन्हें मेरे लिए रख लेना, अच्छी शायरी और कविता की याद की गई पंक्तियों को अगली बार मुझे फोन पर सुनाना, हो सके तो गरमी की छुट्टियों में तू मेरे पास आ जाना— स्पॉन्सरशिप के सारे कागजात मैं भेज दूँगा।"

भाई की फिरंगन बीवी के लिए कुछ पोशाकें-गहने और भाई के लिए उसकी रुचि की बहुत सी किताबें लेकर छुट्टियों में वह कनाडा चली भी गई थी। अच्छा ही लगा था उसे। भाई ने कनाडा और अमेरिका दोनों ही तरफ से उसे नियाग्रा फाल दिखाया था। दो हफ्ते तो बहुत आराम से गुजर गए थे—प्राकृतिक संपदा से संपन्न वातावरण में भाई-भाभी के अपने-अपने काम पर चले जाने के बावजूद उसे अकेलापन महसूस नहीं होता था, वीकएंड पर पत्नी के बिना कहीं ले जाने की बात भाई करता, तो वह खुद इनकार कर देती, 'अपने से मतलब रखो' में मिजाजवाली भाई की फिरंगन बीवी के इनडिफरेंट से व्यवहार को कुछ गलत न मानते हुए भी वह उदास हो जाती—ऐसे में बहुत सहज तो महसूस कर नहीं रही थी, ऊपर से जो दोस्त-मित्र उन दोनों से मिलने आते, उनकी बातों और भावों से उसे लगता कि वे इस बात पर अचंभित हो रहे हैं कि वह लगभग तीन महीने उनके पास रहने के लिए आई है।

तभी उसको यह समझ आ गया था कि अपने ढंग से सहज रूप में वह सिर्फ माँ के साथ ही रह सकती है और उसने भाई को वापसी की बुकिंग के लिए बोल दिया था। जिस तसल्ली से भाई ने एक महीने में ही उसके लौट जाने को लिया, उससे उसके भीतर एक बार फिर धक्का लगा, पर वह सचमुच बड़ी हो रही थी और

जिंदगी कुछ-कुछ उसकी समझ में आ रही थी।

यह माँ की गहरी समझ ही कही जाएगी कि उसके तय समय से बहुत पहले लौट आने पर भी न तो उससे कोई सवाल पूछा और न भाई के प्रति कोई कड़वी-तीखी बात ही की। हाँ, मुंबईवाले भाई को फोन करते हुए सुना—

"अच्छा ही हुआ, मैं तेरे पास नहीं आई, गुड़िया कनाडा से जल्दी लौट आई है, उसका अगर मन हुआ तो कुछ दिन तेरे पास लगा जाएँगे।"

वह जानती थी, माँ का यह कहना-कहना भर ही है, बेटों के फोन को आए लंबा अंतराल बीत जाए तो संबंधों को पोसते रहने के लिए वह किसी-न-किसी बहाने उन्हें खुद ही फोन कर लेती है।

घर माँ के कंधों पर चल रहा था और उसने तो अपनी जिंदगी कॉलेज के नाम ही जैसे लिख दी थी। उसके प्रति न तो माँ के लाड़-प्यार की कमी थी, न विद्यार्थियों और सहयोगियों की प्रशंसा की। इस सब के बावजूद एक उम्र होती है, जब 'किसी और' के साथ और प्यार की ललक सुलगती रहती है—एक तड़प, एक बेचैनी, एक अव्यक्त रिक्ति को न चाहते हुए भी अपने भीतर निरंतर महसूस करती रही।

माँ की कुशल व्यवस्था, कॉलेज के उसके लबालब व्यस्त जीवन और 'काउंट युअर ब्लैसिंग्ज' के दृष्टि-दर्शन को मन में स्वीकार कर लेने से जीवन के प्रति शिकायत का कोई भी भाव उसके मन में नहीं था। दुनिया की निगाह में अपनी शर्तों पर जीती माँ-बेटी। सीधी-सुखद सी जिंदगी चलती रहती, अगर रिटायर होकर ब्रिगेडियर भाई और आखिरी पोस्टिंग पर बीचवाला भाई दिल्ली न आ गए होते, कुछ अच्छा और कुछ बुरा असर तो होना ही था, माँ के भीतर असुरक्षा की चेतना खत्म हो गई। बेटों के आ जाने से वे बेटी समेत अपने को ज्यादा संरक्षित महसूस करने लगी, जबकि वह भाइयों की टोक-टाक और गाहे-बगाहे निजी जिंदगी के बारे में उनके कुरेद-कुरेदकर पूछने से परेशान हो जाती। कहने को दोनों भाई अपने-अपने परिवारों में अलग-अलग रह रहे थे, बीच वाले भाई का इंटरफीयरेंस तो कुछ ज्यादा ही था। शुक्रवार की शाम, देख देख-भाल के नाम पर वह उनके पास आते ही आते। वह भारतीय विद्या भवन जाने के लिए बस स्टॉप पर खड़ी थी—भाई ने उसे देख अपनी गाड़ी खड़ी कर दी और इशारे से भीतर बैठने के लिए कहा, बैठते ही उससे पूछा—

"इस वक्त कहाँ जा रही थी?"

"जर्मन की क्लास अटेंड करने।"

"यह घर लौटने का वक्त है, कहीं जाने का नहीं।"

और भाई उसको घर लौटा लाए थे, यानी अब क्लासिज के लिए उसका शाम को जाना बंद।

माँ चाहती थी कि ननिहाल-ददिहाल के संबंधों के सुख-दुःख में वह उनके साथ सब जगह जाए, ताकि निजी तौर पर उसके अपने व्यक्तिगत संबंध पनप सकें, पर भाइयों के दिल्ली आ जाने से उन दोनों में से कोई भी साथ जाता तो उस भाई का यही कहना होता कि बहन के साथ जाने की क्या जरूरत है, हम हैं न। अपने-अपने यूनिट्स में रहते हुए भी वे माँ-बेटी के जीवन पर नियंत्रण कर रहे थे, ऊपर से देखने पर वह बेटों का कन्सर्न था उनके प्रति, जबकि वास्तविकता में उन पर शासन करना था।

भाइयों के प्रति मन में विरोध जरूर जागता, पर उसके मन की ही कोई बाधा थी कि वह न तो उसे व्यक्त कर सकती और न सुना-अनसुना कर अपनी मनमानी ही कर पाती। प्रकट रूप में स्वीकृति का भाव लिये चुप्पी और शांति का छद्‌म मन की गहराइयों में भाइयों के लिए नापसंदगी और नफरत के संस्कार को गाढ़ा कर रहा था।

अंतर्मन में माँ अपने बाद बेटी के अकेले छूट जाने की चिंता को स्थायी भाव बनाए हुए, "जब तक जिंदा हूँ, तब तक तो इसके लिए हर तरह से अनुकूल वातावरण बनाए रख सकूँ।" के भाव में डूबी रहती। चिंता की दीमक चाट-चाटकर उन्हें भीतर से तो खोखला कर ही चुकी थी, जिसे वे बेटी की आँख से बचाए रखने के लिए किसी-न-किसी काम में लगी रहतीं, अकेली जिजीविषा के बल पर क्षीण काया कब तक जिंदा रहती? उस दिन जब कॉलेज से वह घर पहुँची थी तो कई बार घंटियाँ बजाने पर भी जब दरवाजा नहीं खुला, तो अपने दोनों भाइयों को फोन किया, भाइयों के पहुँचने से पहले ही पड़ोसियों ने दरवाजा तुड़वाकर भीतर प्रवेश पा लिया था, किचन और बेडरूम के हिस्से पर माँ औंधे मुँह पड़ी थी, इस हालत में माँ को देख वह भी सुन्न-मुन्न-जड़वत् वहीं बैठ गई। अस्पताल के नाम पर उसके घर से दो स्त्री देह ले जाई जा रही थीं—एक संभवतः प्राणहीन काया, दूसरी सजीव मुरदा। उसके कॉलेज में सूचना पहुँच ही चुकी थी, वहीं से फोन था या किसी रिश्तेदार का, "उठाला कब है?"

जिसके उत्तर में लंबा सा ब्योरा देते हुए उसने भाभी के इन शब्दों को सुना था—"और कहाँ रहेगी अब, हमारे ही घर तो..."

इन शब्दों की प्रतिक्रिया में पस्त या उदास होने के बदले उसमें न जाने कहाँ से ताकत आ गई और उसने निर्णय ले लिया कि अब चाहे भाई आदेश दें या आग्रह करें, वह उनके यहाँ नहीं रहेगी, उठाले, पर सबके जाने के बाद खुद ही बेटी और खुद ही अपनी माँ बनी, उसने भाइयों से विदा ले ली थी।

घर पहुँचकर वह खूब रोई थी, घर रह ही कहाँ गया था, माँ के बिना वह अपने को बहुत अकेला और असुरक्षित महसूस कर रही थी, दरअसल घर तो कहीं था ही नहीं, घर का मतलब होता है स्त्री-पुरुष के सम्मिलित सहयोग से रची एक पूरी

दुनिया, अपना घोंसला, अपना परिवार, अपनी दुनिया तो क्या, कोई सपोर्ट सिस्टम भी उसके पास नहीं था, न मित्र न संबंधी, न बेहिचक बात कर सकने लायक कोई जन। जो था, वह माँ का बनाया हुआ था, माँ की सहेलियाँ इस बंद दरवाजोंवाले घर में कब तक दस्तक देतीं? निपट अकेलापन क्या होता है, उसकी समझ में आ रहा था, हर वक्त आती रुलाई को उसने रोक लिया था और कॉलेज जाना भी शुरू कर दिया, क्योंकि एक कॉलेज ही तो था, जो उसका कंफर्ट जोन था। सदाशय-युक्त औपचारिक सी शोक संवेदनाएँ भी उसे उसके वजूद का एहसास दिला रही थीं, साथ ही किसी भी एकदम अपने के न होने को रेखांकित कर बेचारगी से भर रही थी। ऐसे में जिन काम करनेवालियों से उसने कभी बात भी नहीं की थी, उन्हीं का इंतजार उसे रहता। उन पर खुलेपन से खर्च करने का परिणाम यह हुआ कि वे उसे ही उल्लू बनाने लगीं, उनसे न तो उसका अकेलापन कटनेवाला था, न उसका डर।

अपने में डरी-सहमी-सिमटती, चुप्पी की दलदल में धँसती अवसाद और हताशा का शिकार तो उसे होना ही था। माँ की उपस्थिति में घर की जिम्मेदारियों से मुक्त उसका बौद्धिक विकास तो होता रहा, पर रोजमर्रा के छोटे-छोटे मोरचों का सामना करने का उसे न तो कोई अंदाजा था और न अभ्यास, अब इस अधेड़ वय में भी एक अकेली महिला (लड़की) के बोध से ग्रस्त इन कामों को करते और करवाते हुए वह बाहर से तो कॉन्फिडेंट और विश्वस्त सी दिखती, पर भीतर-ही- भीतर डरी, खीझी, घुटन और तनाव में तनी रहती। परिणति में निढाल चकनाचूर हालत में डॉक्टर के पास जाती। डॉक्टर के सारे प्रमुख टैस्ट्ज करवाने पर सारी रिपोर्ट्ज नॉर्मल आती। वह उसे शामक दवाएँ देकर हिदायत देता कि "आप खुश रहा कीजिए।"

समय को तो बीतना ही होता है, 'खुशी में बिताओ या उदासी में', सब जानते हुए भी, न उसके मन से असुरक्षा का भाव खत्म होता, न भीतर की रिक्ति। कनाडा वाले भाई का लगभग हर दूसरे-तीसरे दिन फोन आता, उससे कुछ पल तो अच्छे गुजरते, पर उसके मन की बैटरी को चार्ज करने के लिए वे काफी नहीं थे, बल्कि कई बार तो वह और उदास हो जाती और फोन का रिसीवर गलत रख देती, ताकि वह फोन ही न सुने। हाँ, साल-दो-साल में जब वो उसके पास आता तो उसे लगता, वह सचमुच जिंदा है, उसके साथ मिलकर घर के परदे बदले जाते, फर्नीचर को नयापन दिया जाता, जिंदगी मीठी लगने लगती, पर भाई कितना साथ रह सकता था? महीने, दो महीने। भाई के लौट जाने के दिन से पहले ही उसके मन में हौल पड़ने लगती।

पिछली बार उसके जाने से पहले उसको अपनी पसंद की किताबें देते हुए उसने भाई से कहा था—

''तमाम उम्र तनहाई की सजा देकर। तड़प उठा मेरा मुनसिफ भी फैसला देकर!''

वातावरण में भीगा-गीलापन और चुप्पी न आ जाए, इसलिए भाई ने बड़ी समझदारी से बहन की तारीफ करते हुए कहा था—

''बहन आप तो हिंदी-उर्दू, अंग्रेजी, फ्रेंच रशियन-जर्मन भाषाओं की जानकार हैं, किताबें आपकी मित्र हैं—प्रेमचंद, टॉलस्टाय, गालिब, जींद, सार्त्र आदि की निरंतर संगति में रहती हैं। आप अकेली कैसे हो सकती हैं?''

उसने एक लंबी साँस भरते हुए कहा था—

''दिल बहलाने को खयाल अच्छा है गालिब।''

मैं मौन और शांति की बात नहीं कर रही, जब भीतर और बाहर विकट अकेलापन और असुरक्षा का सन्नाटा घेरे होता है, तब मन में आता है—

''कोई गधा ही पास होता।''

''इतना 'लो' और हताश होने की तो बिल्कुल जरूरत नहीं मेरी बहन। अपने मन में जड़ जमाये सारी वर्जनाओं और बाधाओं को निकाल फेंको, उम्र का रोना तो बिल्कुल नहीं, अपने दिल और दिमाग के खिड़की-दरवाजों को खुला रखो, कोई प्रवेश पाने का इच्छुक हो और तुम्हें एतराज न हो, तो अपना मुँह मत बंद रखना, बस मुझे जरा सूचित कर देना।''

हर बार भाई के चले जाने के बाद उसे लगता कि वह आता ही क्यों है, किसी भी तरह से चल रही जिंदगी में व्याघात पहुँचाने? वह चाहती कि कमरे को बंद कर जोर-जोर से रोए-चिल्लाए, पर अपनी ही आँखों में बसी अपनी ही छवि रोने को गटक जाती। अपना ही रोका हुआ प्रवाह होगा कि कभी पेट की दाईं तरफ दर्द बनकर उभरता तो कभी वह सोचती, उसे 'अपैण्डिसाइटिस' हो गया है, मौसम की एलर्जी में नाक, गले से खून निकल आता, तो डर जाती कि उसे कैंसर या टी.बी. हो गई है, अब उसकी कौन देखभाल करेगा?

इस बार तो हद ही हो गई। भाई की उपस्थिति में व्यक्त उत्साह इस कदर पस्ती में बदला कि वह बिस्तर से ही चिपक गई, उठकर कॉलेज जाना तक छूट गया, भूख लगनी बिल्कुल बंद, नीम बेहोशी या बुझी सी हालत में कनाडा से भाई का फोन आया होगा, उसके ढीलेपन को महसूस कर उसी ने बड़े भाई को सूचित किया होगा, शाम सबसे बहुत कम बोलनेवाले बड़े भाई ने उसके तपते बदन को छू चिंतित स्वर में कहा था, ''जानता हूँ, अकेले रहने की आदत पड़ जाए तो इकट्ठे रहना या रखना—रहनेवाले और रखनेवाले, दोनों के लिए ही बहुत मुश्किल हो जाता है, पर अपनी हारी-बीमारी तो एक-दूसरे को बता ही देनी चाहिए, तू हमारी हम सब से

छोटी-इकलौती बहन है।''

और वह फूट-फूटकर रो पड़ी थी। तत्काल भाई उसे अपोलो अस्पताल ले गए थे। अस्पताल पहुँच वह हल्की और खुश हो गई थी। टेस्ट्ज की रिपोर्ट्स संभवतः नॉर्मल नहीं आ रही थीं। शेयर्ड रूम में पार्टीशन के दूसरी तरफवाले पेशंट्स को दो-दो, तीन-तीन दिन बाद रिलीव होते देख वह उदास हो जाती, जबकि उसे वहाँ आए हुए पंद्रह दिन से भी ज्यादा हो गए थे। न बुखार उतर रहा था, न रात को उठनेवाली कँपकँपी दूर हो रही थी। इसके बावजूद वह गुमसुम पड़ी न रहकर जूनियर डॉक्टर्स और नर्सों से बातें करती, उनसे कुछ सवाल पूछती और उनके माताजी संबोधन को सुन उनसे कहती—

''बाल सफेद हो गए हैं, तो क्या हुआ, माताजी न कहकर बड़ी दीदी या मासी-वासी कह लिया करो ना।''

उसके ठीक से खाना-पीना शुरू हो जाने पर सिस्टर ने उससे कहा था—

''अब आप ठीक हैं, अगले हफ्ते आपकी छुट्टी हो जानी चाहिए।''

अकाउंट्ज क्लियर करने के लिए उसने उसी दिन एक ब्लैंक चैक भाई को दे दिया था।

सोमवार को अस्पताल से भाई की गाड़ी में बैठते हुए उसे लग रहा था कि भाई उसे अपने घर ले जाएगा, पर उसकी अपेक्षा के विरुद्ध गाड़ी में बैठने के बाद भाई ने ड्राइवर को उसके फ्लैट्स में चलने के लिए कहा। आहत होते हुए भी 'मुझे डिप्रैस नहीं होना' अपने को समझाते हुए, बहुत धीरज के साथ उसने भाई से कहा, ''थैंक यू सो मच भाई, आपने मेरे लिए बहुत कुछ किया, पर अभी भी मैं अपने को कुछ कर सकने लायक नहीं समझ रही हूँ।''

भाई का जवाब था—''घर साफ करवा दिया है। एक दिन की और एक रात की नर्स अरेंज कर दी है। जिस दिन तू कहेगी, उनका हिसाब कर जाऊँगा और तुझे हिसाब समझा दूँगा, तेरा चेक मेरे पास है ही।''

''पैसे मेरे और शान इनकी।'' उसका मन कह रहा था। खुश होने की जगह वह तनावग्रस्त हो रही थी। न चाहते हुए भी उसके मन में उथल-पुथल मच गई। रात-दिन के लिए नर्स का इंतजाम कर देने से तो उसकी समस्या नहीं सुलझनेवाली। अपनी मानसिक व्यथा से बेखबर इस भाई से वह क्या कहे?

''मेरे तनाव का कारण मेरा अकेला होना है, यह सच है और इसे दूर करने के लिए मुझे ही कुछ करना होगा, अपने परिवार से मिली धारणाओं की कैद में मुझे दम नहीं तोड़ना, न मेरे तो गिरधर गोपाल की काल्पनिक उपस्थिति का धोखा अपने

मन को देना है। आज की पीढ़ी के लड़के-लड़कियाँ कंप्यूटर पर सहज ढंग से अपने संबंध बना लेते हैं, तो मुझे इस वय में अपने मन की चाहत को व्यक्त करने में संकोच और हिचक क्यों हो?''

उसकी आँखों के सामने डॉ. वीरभद्र का चेहरा सामने आ गया और उसके मन ने तत्काल पत्र लिखना शुरू कर दिया—

''आपसे कोई विशेष परिचय न होते हुए भी यह निजी सा पत्र लिख रही हूँ, शायद पिछले वर्ष आपके द्वारा भेजे प्रस्ताव से प्रेरित होकर कि मैं चाहूँ तो रिटायरमेंट के बाद आपका शोध संस्थान जॉइन कर सकती हूँ, आपके किसी इंटरव्यू में पढ़ा था कि आपने विवाह नहीं किया और आप अकेले हैं, अपने अकेलेपन से जानती हूँ कि कर्मठ व्यक्ति व्यस्त होने के बावजूद अपने में कितना अवसन्न और अकेला पड़ जाता है—

आप चाहें तो हम दोनों…।''

□

पूर्णाहूति

ड्राइंग-रूम में चाय लेकर पहुँची तो देखा, मिसेज वर्मा रो रही हैं और लता दी उन्हें चुप भी नहीं करा रहीं। एक मिनट तो चुप्पी ही साधे रही, फिर पूछा, ''वर्मा दी, क्या हुआ? लता दी, क्या हुआ इन्हें?''

आँसुओं को रूमाल से पोंछते हुए, जबरदस्ती हँसने का प्रयास करते हुए मिसेज वर्मा कह रही थीं—''हुआ तो कुछ नहीं, लता ने प्यार से मन को छू दिया और मैं रो दी, माफ करना मुझे। तेरे यहाँ के आत्मीय माहौल में ले चलने के लिए लता से मैंने ही कहा था, पर कभी-कभी ज्यादा प्यार भी रास नहीं आता। लता के अभय के नाम लेने की देर थी कि मैं···।'' फिर रोने लगी थी वह।

''अभय को क्या हुआ?'' मैंने अब लता दी की तरफ देखते हुए आँखों में ही पूछा। इस सबसे बेखबर अपने को संयत करने की कोशिश में मिसेज वर्मा वॉश-रूम की तरफ बढ़ गई थीं। मुँह-हाथ धोकर उन्होंने कोशिश तो अवश्य की थी कि वह सहज लगने लग जाएँ या हो जाएँ, पर लगता था कि अब रोईं, अब रोईं।

''मुझे समझ नहीं आता कि कहूँ या न कहूँ, पर छिपाऊँ भी क्या? बात यह है कि अभय अपनी पत्नी सहित मुझसे अलग होना चाह रहा है।'' भर्राई आवाज में उन्होंने कहा।

''इसमें रोने की क्या बात है, वर्मा दी। यह तो एक दिन होना ही था।'' मैंने कहा।

''यही तो मैं इसे समझा रही थी कि हम दोनों तो इस बात को बहुत दिनों से सूँघ रही थीं।'' लता दी कह रही थीं।

''वो कैसे? तुम लोगों के साथ तो अचला-अभय बहुत आत्मीयता से मिलते हैं। मेरी मित्रों में तुम दोनों का घर आना तो उन्हें बहुत अच्छा लगता है।'' मिसेज वर्मा ने कहा।

''वर्मा दी, हमारा घर आना क्यों बुरा लगेगा उन्हें? समस्या तो आप हैं, हम

नहीं···और फिर बाहरवालों के सामने तो अपने अच्छेपन का सिक्का जमाना होता है, वाह-वाही जो मिलती है उनसे। कितनी सुंदर, सुघड़, मेहमाननवाज, सलीकेदार है मिसेज वर्मा की बहू! भई, मुसीबत तो घर के लोग होते हैं।'' मैंने कहा।

''जया, यह समय सम्मिलित कुटुंब का नहीं रहा है, चाहे परिवार के नाम पर एक माँ ही क्यों न हो! और फिर तू घबराती क्यों है? अपने लायक एक लेक्चरर की आय कम नहीं होती। चार-पाँच साल बाद रिटायर होती भी है, तब भी तूने पेंशन के लिए ऑप्ट किया ही हुआ है। पूरे समय के लिए एक लड़की अपने लिए रख लेना।'' लता दी उन्हें समझा रही थीं।

''वर्मा दी, दो-चार साल बाद जो होना है, वह अगर अभी हो जाता है तो यह आपके हित ही में है। जब से अभय की शादी हुई है, मैं तो दिन-ब-दिन आपको कमजोर होते ही देख रही हूँ। मुझे तो लगता है, आप भीतर-ही-भीतर कुढ़ती रहती हैं। आज की सासें बहुओं को कुछ कह तो सकतीं नहीं, अपने आप में ही तनाव झेलती, घुलती रहती हैं। मैं तो सोचती हूँ, उनका आपसे अलग हो जाना आपके लिए अच्छा ही है।'' मैं कह रही थी।

''फिर जया, अब वो जमाना नहीं है कि तुम बेटे से कहो—बेटा, मैंने तुम्हें इसलिए पाला-पोसा था कि बुढ़ापे में तुम मेरी लाठी बन सको। हम लोगों को बच्चों से किसी भी प्रकार की अपेक्षाएँ नहीं रखनी चाहिए।''

''कुछ अपेक्षा नहीं है मेरी।'' लता दी को बीच में काटते हुए वर्मा दी बोलीं, ''मैं तो केवल यह चाहती हूँ कि वो मेरे सामने रहे। साथ रहने के लिए तो मैंने आगरा विश्वविद्यालय से मिलती हुई रीडरशिप अस्वीकार कर दी थी।''

''जो हुआ सो हुआ, अब तुम अपने को उनसे अलग होकर, अकेले जिंदगी जीने के लिए तैयार रखो। आजकल के बेटों की माँओं को बेटों के मोह से मुक्त रखते हुए अपने को अलग रहने को तैयार रहना चाहिए। मैं जानती हूँ, कहने और करने में बहुत अंतर होता है, पर मानसिक तैयारी तो होनी ही चाहिए। मानस एक दिन में तैयार नहीं होता, पर अभ्यास से अकेलापन खलता नहीं, विशेषकर हम लोगों को, जिनको पढ़ने-लिखने की आदत है। फिर तू तो एक तरह से अकेले ही रही है। अभय के साथ तेरे भीतर का अकेलापन कटा हो, यह तो मैं नहीं मान सकती। हाँ, दायित्व जरूर था तुझ पर।''

''दायित्व ही सही, व्यस्त तो रखा उसने मुझे। एक भरी-पूरी दिनचर्या तो रही। किसी को मेरी जरूरत है, यह अहसास तो रहा। नहीं लता, यह अकेलापन मुझसे बरदाश्त नहीं होगा।'' वह फिर फूट पड़ी थी।

''सब ठीक हो जाएगा, जया, चाय ठंडी न कर और रोने का मन है तो बेशक रो ले।''

लता दी के ऐसा कहते ही वर्मा दी हँसने लगी थीं। "इसीलिए तो यहाँ आई थी कि तुम लोगों में बैठकर कुछ सही सोच पाऊँगी। अपने में कुछ विश्वास प्राप्त कर सकूँगी।"

वर्मा दी मन से उखड़ी हुई थीं, इसलिए लता दी और मेरे प्रयास के बावजूद अन्यमनस्क वे एकाएक खड़ी हो गईं और लता दी से कहने लगीं, "चल, लता, अब और न बैठा जाएगा आज।"

मुझे भी लगा, उन्हें अपने को समेटने के लिए बिल्कुल अकेलेपन की जरूरत है, जिसका सामना करने से वे बच रही हैं।

"वर्मा दी, पतिदेव तो आजकल हमारे बाहर हैं, इसलिए जब चाहे आइए मेरे पास, मुझे आपका आना अच्छा ही लगेगा। अच्छा लगे तो दो-चार दिन मेरे पास ही रह जाइए।"

मैं फिर दोहरा रही हूँ—"अभय-अचला के चले जाने पर आप अपने ढंग से रह सकेंगी। हमें भी आपके घर आने पर ज्यादा अपना लगेगा, अभी तो ले-देकर आपका बेडरूम ही अपना रह गया है।"

वर्मा दी, लता दी चली गई थीं, पर मैं अभी भी वर्मा दी में ही थी। अभय बड़ा हो गया है—यह आज ही लगा। यों समझदार तो मुझे पहले से ही लगता था। उन दिनों ऑनर्स के फाइनल में था शायद, हिंदी सब्सिडियरी पास नहीं कर पाया था, इसलिए कुछ दिन मेरे पास पढ़ने के लिए आया था।

"आंटी, ऐसा कुछ बताइए कि…"

"एक रात तू पढ़कर पास हो जाए, है न?" उसकी बात पूरी करते हुए मैंने कहा था, "पर बेटे, थोड़े दिन अपने पाठ्यक्रम को एक बार पूरी तरह से पढ़ तो लो।" उसकी अभिव्यक्ति में कहीं कोई कमी नहीं थी, साहित्य की उसे पूरी पकड़ थी, कठिनाई आती थी भाषा के संदर्भ में।

"आंटी, इस चांस में पास नहीं हुआ तो ऑनर्स की डिग्री नहीं मिलेगी।"

"नहीं, मुझे पूरा भरोसा है कि तुम हिंदी पास ही नहीं करोगे, अच्छे अंक भी पाओगे।"

"ओह, थैंक यू आंटी!"

" 'आषाढ़ का एक दिन' पढ़ने में उसे कठिनाई हो रही थी। मुझे याद है, इसीलिए मैंने उसे उन्हीं दिनों 'संभव' द्वारा हो रहे इसी नाटक को देखने के लिए भेजा था। परिणाम यह हुआ था कि 'विलोम' के चरित्र को उसने परीक्षा में बड़े खूबसूरत ढंग से लिखा था। जीवन की उसे समझ थी। 'मल्लिका' की वेदना वह उस उम्र में भी महसूस कर सका था, फिर अपनी माँ की वेदना को… ? क्या हुआ है अभय

को? पर एक साथ तनावग्रस्त रहने से तो अच्छे मधुर संबंधों के साथ लगाव रखते हुए अलग रहना कहीं अच्छा है।

लंबी चुप्पी तो नहीं रही वर्मा दी के साथ, पर मिलना भी नहीं हुआ। एक दिन फोन आया तो पूछ ही बैठी—''आखिर वर्मा दी, अभय और अचला ने यह निर्णय क्यों लिया, कोई तात्कालिक कारण तो रहा होगा?''

''हाँ,'' उन्होंने बताया, ''तू जानती ही है कि नवरात्रों के अंतिम दो नवरात्र मेरा उपवास रहता है। सुबह अष्टमी में कन्या-पूजा मुझे बहुत अच्छी लगती है; ये कुछेक व्रत-त्योहार ही तो ऐसे हैं, जिनसे स्त्री-जाति को मान्यता और महत्त्व मिलता है। अचला सुबह नौ बजे चली जाती है। दस पचास पर मेरी भी क्लास थी। चाय सुबह मैंने दोनों को दे ही दी थी। अष्टमी की वजह से ब्रेकफास्ट के लिए अंडा नहीं रखा था। बस, इसी पर चिल्ला पड़ी, 'मैं सुबह पूरी-हलवा नहीं खा सकती।' मैंने इतना कहा, 'बेटे, आज अंडा आमलेट जो चाहिए, बाहर हीटर पर बना लो।' पर वह बिना कुछ खाए बुड़बुड़ाती हुई अपने कमरे में चली गई—'बाहर स्त्रियों के अधिकारों के लिए लेक्चर झाड़ती हैं, प्रगतिशील कहलाती हैं, पर घर पर वही रूढ़िवादी तीज-त्योहारों का बँधा-बँधाया स्टील फ्रेम, मैं इस हिप्पोक्रेट वातावरण में नहीं रह सकती।' ड्राइंगरूम में अभय का कोई मिलनेवाला आया हुआ था, मैंने संकेत से उसे समझाते हुए कहा, 'अभी दूध पी लो, अचला, गुस्सा नहीं खाओ। बाद में आराम से बात करेंगे।' पर वह तो 'हैल टू यूअर बातचीत' कहते हुए चली गई। उसी शाम दफ्तर से वह मायके चली गई और अभय ने मुझे सूचित किया कि वह अलग घर का इंतजाम कर रहा है, इंतजाम होते ही वह भी चला जाएगा। मेरे पूछने पर कि मेरा दोष क्या है, 'बोला, 'ममा, आप पर बहुत ज्यादा बोझ है। यहाँ रहते अचला कभी अपना दायित्व नहीं समझेगी और नासमझ ही रह जाएगी। व्यर्थ में आपको भी परेशानी होती है।'

''शिफ्ट कर लेने के बाद अभय के साथ अचला भी आई थी। बहुत प्यार से मिली। 'ममा, हम क्या करें? हमें यहाँ अजीब तनाव-सा लगता था।' कभी देर रात तक अभय और हमारे मित्र आते तो लगता कि आप डिस्टर्ब हो रही हैं। आप कुछ कहती तो नहीं थीं, पर हमें अपराध-बोध होता था। कुछ घुटा-घुटा सा लगता था। यहाँ देखने में कुछ भी गलत न होने पर भी लगता था सबकुछ ही गलत है।'

''बस, ऐसे चले गए वे। अभय हर शाम आता है, पर कब तक आएगा।'' वर्मा दी शायद रो रही थीं, क्योंकि एकाएक चुप्पी के बाद 'अच्छा' और रिसीवर रखने की आवाज पर अंततः भारी मन से मैंने भी रिसीवर रख दिया था।

लगभग पंद्रह वर्ष पहले कॉलेज लॉन्ज में फेट चल रहा था। वर्मा दी स्टडी लीव पर थीं। हम लोगों के जोर देने पर अभय को घुमाने के लिए फेट में आई थीं।

हल्दी रंग की सलवार-कमीज में वह बहुत जवान लग रही थीं और उनके बराबर का ही कद निकालता हुआ अभय छोटा होते हुए भी बहुत आकर्षक किशोर लग रहा था। सब कह रहे थे, 'कितना स्मार्ट निकल रहा है अभय!' माँ से पैसे लेकर स्पोर्ट्स कॉर्नर में खेलने चला गया था वह। लंच के बाद वर्मा दी ने उसे वापस चलने के लिए कहा था तो बोला, 'अभी नहीं, अभी और खेलेंगे।' खेलने के बाद, माँ को ढूँढ़ते हुए हमारे स्टॉल पर आया था तो हम चाय पी रहे थे। वर्मा दी ने फिर कहा था, 'अब तो चलो, अभय, दूर जाना है, बस भी न जाने कितनी देर में मिले।'

तो ऊँची गरदन करते हुए बोला था, 'डरती क्यों हो, ममा, मैं हूँ न साथ—पापा ऑफ द हाउस।'

उसके इस जुमले पर सब हँस पड़े थे। लता दी बोली थीं—

'भई, पापाजी तुम्हारे साथ है, अब तो फेट खत्म होने पर ही जाना।'

लेकिन मेला उठने से पहले ही, माँ को बिना ठिकाने पर पहुँचाए, उसने अपना अलग ठिकाना कर लिया। कुछ गलत न होते हुए भी बहुत सुखद नहीं लग रहा।

इसी सब में खोई हुई थी कि फोन की घंटी से तंद्रा भंग हुई।

''अरे, आप! सच, लंबी उम्र है आपकी—आप ही को याद कर रही थी। कैसी हैं आप? क्या कहा, अभी आपके पास आना होगा, लता दी भी आ रही हैं। जैसा आदेश, आती हूँ,'' कहते हुए मैंने फोन बंद कर दिया था। वर्मा दी का उल्लास युक्त स्वर बहुत दिनों बाद सुना था। नया अपार्टमेंट दिखाना चाह रही थीं। हमारे परामर्श के बाद ही लेंगी, ऐसा सोच रही थीं। फ्लैट बहुत अच्छा था—लोकेशन की दृष्टि से भी, हवा और धूप के दिशाबोध से भी। लेने का निर्णय भी उसी समय कर लिया था उन्होंने और 'बयाना' भी हमारे सामने ही दे दिया था।

फिर बहुत दिनों तक हम लोग इकट्ठे बैठ नहीं सके थे। बस चलती-फिरती 'हैलो' हो जाती थी एक-दूसरे से। पर हम निश्चिंत थे, क्योंकि वर्मा दी प्रसन्न और व्यस्त लग रही थीं। अपार्टमेंट में उन्होंने नई फ्लोरिंग करवाई थीं। वुड-वर्क बहुत सुरुचिपूर्ण ढंग से करवा रही थीं। नया एम्बॉस्ड कारपेट लेने तो हमें भी साथ ले गई थीं। कमरों के हिसाब से नया फर्नीचर लाई थीं। बस, अब तो इंतजार था उनके गृहप्रवेश के हवन का। कह रही थीं संभवत: मकर-संक्रांति को हवन करवाएँ और सबको बुलाएँ। उत्सव का उल्लास उन्हें उत्साह और शक्ति दे रहा था। उनके अकेले होने की बात हम छेड़ते ही न थे। वे सँभल रही थीं, फिर जान-बूझकर उन्हें कुरेदते क्यों? मकर-संक्रांति की पूर्व संध्या को उनका फोन आया कि हवन नहीं करवा रहीं। कुछ लोगों को सूचित करने के लिए उन्होंने कहा था। वह सब तो किया, पर लगा कि वर्मा दी के पास जाना चाहिए। लता दी को फोन करके उनके फ्लैट पर पहुँची।

खूबसूरत गुड़िया के घर की तरह से सजा घर आकर्षक और निमंत्रित करता-सा लग रहा था।

"ओह, वाह! यहाँ तो जो आ जाए, उसका जाने का मन न हो।" वाक्य से वर्मा दी खुश होने के बदले आहत ही हुईं।

"जाने की क्या बात, यहाँ तो कोई आना ही नहीं चाहता। अभय-अचला ने हवन पर आने से इनकार कर दिया है। सोच, वही नहीं आ रहे तो फिर काहे का हवन? अब तो लगने लगा है पूर्णाहुति की वेला में ही आएगा वह यहाँ। पर प्रश्न है, क्या उस समय मैं देख पाऊँगी?"

घर और ड्राइंग-रूम के प्रवेश-द्वार पर खड़ी मैं खड़ी रह गई थी। क्या कहती—निराश, निढाल, थकी माँ को?

□

पहचान

''हुँ, अब सब ठीक है।'' मुँह में बुदबुदाते हुए उसने कला–वीथी का एक चक्कर लगाया, परीक्षक–सी एक निगाह चारों तरफ डाली और व्यवस्थापक के पास आकर बोली, ''आप साढ़े दस बजे कक्ष खुलवा दीजिएगा, वैसे अधिकांश दर्शक तो दोपहर के बाद ही आएँगे और शायद कुछ शाम का नाटक देखने के लिए आनेवाले दर्शक तो नाटक से पहले यहाँ का चक्कर लगाना भी अपना धर्म समझते हैं।''

उसकी यह पहली एकल चित्र प्रदर्शनी थी। कल तक वह बहुत उत्तेजित थी, पर कला–वीथी में लगे चित्रों के प्रभाव से उत्तेजना का स्थान उसके विश्वास ने ले लिया। अपने प्रदर्शित रूप में चित्र आकर्षक और प्रभावशाली लग रहे थे। उनके चटख रंग जहाँ अपनी तरफ खींचते थे, वहीं पास पहुँचकर उनकी धुँधलाती पृष्ठभूमि और उनसे उभरता अवसाद उन्हें गहराई दे रहा था। उसे लगा, वह निश्चिंत होकर एकाध घंटे के लिए जा सकती है। चित्रों को उसने दर्शकों की आँखों के लिए सौंप दिया था। उसे लगा, वह जल्दी ही लौटकर आ जाए। दर्शकों की आँखों को पढ़ने की उत्सुकता उसमें जाग रही थी। उसने देखा, दरवाजे के पास मेज पर टिप्पणियों के लिए रजिस्टर और पेन रख दिया गया है—साथ ही उसके चित्रों और व्यक्तित्व से संबंधित ब्रोशर भी पास रखे हुए हैं। एक बार फिर उसने इत्मीनान की साँस ली और तेजी से बाहर चल दी।

लौटी तो तीन--चार दर्शक चित्र देख रहे थे। टसर के कुरते और खादी पर फुलकारी कढ़ाई की सलवार और दुपट्टे में वह कॉलेज की छोटी सी लड़की लग रही थी। उसे देखने से यह अंदाज लगाना मुश्किल था कि इसी लड़की के चित्रों की प्रदर्शनी है यह। वह चलती हुई उस चित्र के पास पहुँची, जहाँ एक युवक एक युवती को उसका भाव समझाने की कोशिश कर रहा था। उसने दूसरे चित्र पर आँखें टिका लीं, पर उसके कान युवक–युवती को देख–सुन रहे थे। युवती का प्रश्न था, ''चित्र में रंगों के द्वारा जो प्रभाव आ रहा है, उसका शीर्षक 'एक रेगिस्तान' क्यों ?''

युवक उसे समझा रहा था, "सतह पर दिखते वैभव को वैभव के रूप में ग्रहण करना उचित नहीं, पीछे के धूसर रंगों में उभरती धुँधली आकृति और उसके हाथ का खाली गिलास क्या उसके भीतर के अवसाद की रेतीली मन:स्थिति को सूचित नहीं कर रहा?"

"ओह, आई सी, दैट्ज इट।"

उसे लगा, उसे वहाँ से हट जाना चाहिए। उसके चित्र कुछ कह रहे हैं और दर्शक उसे पकड़ रहे हैं—यह कम खुशी की बात नहीं। फिर ब्रोशर तो है ही, और फिर इतनी उत्कंठा भी क्या? वह प्रदर्शनी चाहती थी। उसकी आकांक्षा पूरी हुई। अब मुक्त मन से वह सब प्रतिक्रियाओं के लिए तैयार है। वह दरवाजे पर आई, फिर उसे लगा—यहाँ खड़े रहना ठीक नहीं, पर उसकी आँखें बार-बार दरवाजे पर ही जा रही थीं।

'वे जरूर आएँगी—सभी की सभी।' उसके मन ने कहा। हालाँकि वह जानती है कि चित्रों में उनकी कोई रुचि नहीं, पर ये उसके बनाए चित्र हैं। इसलिए उन्हें देखने में, उसके पास खड़े होने में, उसके साथ फोटो खिंचवाने में उन्हें मजा आएगा और फिर उसका भी तो उनके साथ होने से वक्त आसानी से कट जाएगा। उसने किसी कला-स्कूल से शिक्षा प्राप्त नहीं की थी। ब्रश जरूर बचपन से ही कोरे कागज में रंग भर देता था, पर इससे क्या? यह तो सभी बच्चे कर लेते हैं। कुछ बनने की महत्त्वाकांक्षा भी तो उसमें नहीं थी। माँ-बाप को विदेश से आया इंजीनियर अच्छा लगा—पंद्रह ही दिन में वह अविवाहित से विवाहित हो गई। संभावना तो यह थी कि फ्रांस जाने में उसे पाँच-छह महीने लग जाएँगे, पर उसके कागजात दो ही महीनों में तैयार हो गए और वह पेरिस पहुँच गई। वहाँ पहुँचने पर उसे समझने में देर नहीं लगी कि इंजीनियर कहलानेवाला उसका पति इंजीनियर नहीं, एक आम मेकैनिक है। छोटा सा एक कमरे का घर और शाम से शराब में डूबा पति। उसके पास तो एक पैसा भी न था। उफ! वह किन दु:स्वप्नों में खो जाती है। अब तो वह सुरक्षित और आजाद है। कोई पुरुष अकेले में उसकी तारीफ कर दे तो वह घबरा जाती है, पथरा जाती है। वह फिर धोखों की दुनिया में नहीं जाना चाहती।

"ओह, अभी तक ये लोग आई नहीं।" उसने ठंडी साँस भरी। वह जब फ्रांस से लौट विवाह की सभी छापों को अपने पर से केंचुली की तरह उतारने के प्रयास में थी, तब इन्होंने कुछ पूछकर या कुरेदकर उसे जख्मी करने की बिल्कुल भी कोशिश नहीं की थी, बल्कि माँ-बाप से अलग अकेले रहने की इच्छा पर एक सुरक्षित से छोटे घर का प्रबंध कर दिया था। अपनी पहुँच के स्कूल में कला-सलाहकार का पद दिलवा दिया था। समय के द्वारा चुभोए डंकों को निकालने के लिए वे हर शाम आज तक उसके पास आती रही हैं।

'बस आने ही वाली होंगी!' वह फिर बुदबुदाई। व्यक्ति का इतिहास भी कितना घटनात्मक हो सकता है! इतिहास पढ़ते-पढ़ते उसकी अपनी जिंदगी भी इतिहास के

पन्नों में बदल गई। एम.ए. में पढ़ती थीं वे सब। मिडीवल-हिस्टरीवाले मल्होत्रा सर हमेशा लेट आते थे और हर बार अपनी मुगलिया नफासत तथा रोमांटिक लहजे में शेष समय अपने देर से पहुँचने को जस्टीफाई करते हुए बिता देते थे। वे सब दूसरी पंक्ति में बैठा करती थीं। वे कुछ कार्टूनी रंग-रेखाएँ खींच देती और कोई मजाकिया शीर्षक अंकित कर देती। उस दिन भी उसने एक कार्टून बनाया था, रजिस्टर हाथ में पकड़े टीचर का—सब रोल नंबरों के आगे पी.पी. और एक कदम प्रवेश द्वार पर और दूसरा कदम बाहर जानेवाले द्वार पर। शीर्षक दिया था उसने 'बाकी इतिहास'।

कार्टूनवाला कागज धीरे-धीरे कर सारी क्लास में घूम गया था। अटेंडेंस के शुरू होने के साथ पूरी क्लास हँस रही थी। क्लास को ऐसे समय नियंत्रित करने में असमर्थ मल्होत्रा सर ने डाँटना शुरू कर दिया था। वे बार-बार पूछते—'वॉट्ज देअर टू लाफ?'

और वे सब हँसना शुरू कर देतीं। उन्होंने उनमें से एक को खड़ी करके पूछा था, 'तुम बताओगी?'

तो उसने भोले से अंदाज में कहा था—'सर, हम कह रही थीं कि आप अटेंडेंस ले लेंगे तो छुट्टी की बेल हो जाएगी—'बाकी इतिहास' कल पढ़ा जाएगा।' इसके साथ ही हँसी के अनियंत्रित धमाके ने मल्होत्रा सर को घेर लिया था। मल्होत्रा सर डाँटते हुए, पैर पटकते हुए क्लास छोड़कर चले गए थे।

उसे लग रहा था, क्या ही अच्छा होता, वह बात-बेबात की उज्ज्वल हँसी कायम रह पाती! अब तो वह हँसना भूल ही गई है, जो हँसी दिखाई देती है, वह तो मांसपेशियों का जबरदस्ती का खिंचाव होता है।

भारत में माँ-बाप को कुछ लिख सके, फ्रेंच वह जानती नहीं थी। उस कमरे की कैद में खिड़की से उसने देखा कि सड़कों पर कुछ युवक जब गिटार बजाते हैं तो सुननेवाले व्यक्ति कुछ पैसे उन्हें दे जाते हैं। न जाने उसे क्या सूझा कि रोज के समान सुबह पति के जाने के बाद उसने कागज-पेन लिया और वहीं गिटारवालों के पास बैठकर कुछ बनाने लगी। एक लड़की उसे देख रही थी, उसने कुछ पूछा होगा, पर उसे बताने में असमर्थ पाकर उसकी बाँह पकड़कर उसको एक कमरे में ले गई, जहाँ लोग चित्र बना रहे थे। वहीं उसने कुछ फ्रेंच सीखी। भारतीय फोक-आर्ट के कुछ अधकचरे से चित्र बनाए। बदले में पैसे पाए और कला की कुछ किताबें पढ़ीं। तब तक तो उसे यह भी जानकारी न थी कि उसके चित्र इंप्रेशनिज्म ही नहीं, 'एक्सप्रेशनिज्म की अंतर्विरोधी विशेषताओं को अपने में समेट लेते हैं—एब्सट्रेक्ट और फोक-अनगढ़ता उनमें एक साथ मिल जाती है। उसे इनसे वास्ता भी न था। वह तो चाह रही थी कि टिकट के लायक उसके पास पैसे आ जाएँ और वह भारत लौट सके। इंजीनियर की झूठी खोलवाला उसका मजदूर पति भी समझ गया था कि वह उसे रोक नहीं सकता। बिना फसाद किए या उसे फँसवाए

वह उससे अलग हो जाए, यही बहुत था।

आज भी वह जिंदगी दु:स्वप्न बनी उसे दहला जाती है। पर वह दु:स्वप्न न होता तो वह कला कहाँ जन्म लेती? पर वे दु:स्वप्न ही तो अनूदित होकर उसके कैनवास पर उतर आते हैं।

"अभी तक नहीं आई!" वह फिर बुदबुदाई। कितना अधूरा लग रहा था उसे। वह उठी और बाहर की सीढ़ियों के एक अकेले कोने में आकर बैठ गई—कौन पहचानता है उसे यहाँ? एक अधूरी टूटी तसवीर-सी, जिसे चौखटा देनेवाली, जिसके धुँधलाते अवसादमय जीवन में रंग भरनेवाली वह अभी कहाँ आई थीं? पर उसे विश्वास था, वह कला का अर्थ भले ही न जानती हों—जीवन का अर्थ जानती हैं। बेखबरी में भी वे गंभीर हैं। अभी उनका चित्र तो कला-वीथी से बाहर पड़ा है—उसे टाँकने के लिए वह आएँगी, जरूर आएँगी। वे एक-दूसरे की पहचान जो हैं।

□

सुल्फा बाबा

ठिठकिए नहीं, चली आइए। वैसे 'टाइगर सफारी' के लिए वैन दूसरे रास्ते से जाती है। यहाँ से तो पैदल झील की परिक्रमा ही की जा सकती है। यों पैदल भी उनके पास जाया जा सकता है, टाइगर एकदम आपके पास हो सकते हैं—बस, थोड़ा सा यहाँ से ऊपर जाना होता है। वो देखिए, वहाँ ऊँची जाली से घिरे हैं वे।

—लगता है आप भी मेरी तरह सो नहीं सकी होंगी और बाहर निकल आईं। देखिए न, वहाँ सोचते हैं—छुट्टियों में देर तक सोएँगे—उस सारे रोजमर्रा के क्रिया-कलाप को तोड़ देंगे···पर क्या करें, अभ्यास ने निकम्मा कर दिया है—उस पर यहाँ का सौंदर्य अपनी तरफ खींच लेता है—महसूस किया न आपने पानी-पहाड़, घने पेड़। आप तो कल शाम ही यहाँ पहुँची हैं?

—जी, मैं तो यहाँ पर हर छुट्टी में पहुँच जाती हूँ। अच्छा-बुरा तो क्या, बस यों समझिए, यह भी एक आदत हो गई है। वैसे दूर भी तो नहीं है कुरुक्षेत्र से। जी, नहीं। मेरे पति नहीं, मैं काम करती हूँ वहाँ। मेरे पति तो शिमला में रहते हैं—कमरे में बिटिया सो रही है।

—क्या कहा, आपका बेटा और पति भी सो रहे हैं। चलिए, अच्छा है। मुझे साथ मिल गया। वैसे अकेले भी परिक्रमा करनी बुरी नहीं लगती।

—ओ हो, उससे डरिए नहीं, भैंसे और बैल के-से सींगोवाला यह मिथुन है। देखने में ही आक्रामक लगता है—वैसे बहुत सीधा है। देखिए, कैसे आँखें नीची किए बैठा है। हमारी आहट होते ही उधर जंगल में चला जाएगा। सब अच्छा लग रहा है न आपको?

—इधर से आइए, अभी आपको मिनरल वॉटर पिलाऊँगी। जी नहीं, झोले में बॉटल-वॉटल नहीं है। वो वहाँ एक पाइप-सी दिख रही है न—दिख रही है न? वहाँ एक मुँह की आकृति बनी हुई है। उसमें से पानी निकल रहा है। जी हाँ, वही मिनरल वॉटर है। यहाँ के लोग उसे 'माँ का दूध' कहते हैं। पीने में बहुत मीठा है। वैसे अकसर वहाँ तक पहुँचते-पहुँचते प्यास भी लग आती है। न भी लगे तो दो-चार घूँट पी लीजिएगा।

मुँह धो लीजिएगा। क्या कहा? ब्रश करके नहीं निकलीं आप? कोई बात नहीं, दो-चार कुल्ले करके पानी पी लीजिएगा। कल की अच्छी कही···अरे भई, कल आना हो, न हो।

—ऐसा हो जाता है, हम चाहते हैं, पर हो नहीं पाता।

—क्या कहा? वहाँ देखने के लिए क्या-क्या है? जी, मुझे तो बरामदे में या लॉन में बैठे हुए भी लगता है कि सभी कुछ देख ही तो रही हूँ। वह झील का पानी, पहाड़, घने पेड़···लगने लगता है इन्हीं का अंग हो गई हूँ—खुद दृश्य बन गई हूँ। इतनी मुट्ठी में बसी झील तो बस यही है।

—वैसे आप कुछ और चाहें तो डेढ़ मील पर कुछ गुफाएँ हैं···और जिस किनारे से आए हैं न हम, वहाँ गायत्री मंदिर में एक बाबा हैं, आप चाहें तो परिक्रमा पूरी करके वहाँ चल सकते हैं। पास ही में एक दूसरे निर्वाण बाबा का आश्रम है। वहाँ बाबा बहुत अच्छी चाय पिलाते हैं, पर आप तो ब्रश करके ही नहीं आईं, चाय कैसे पीएँगी?

—जी, क्या कहा? वहाँ ही क्यों नहीं बताया? देखिए, एक तो मेरे ध्यान में ही नहीं था, यह तो आपने पूछा तो याद आ गया।

—दूसरे आप जैसी महिलाओं को देखने से कहीं लगता है कि इन बाबाओं-वाबाओं से मिलने की इच्छुक हैं?

—जिज्ञासा हो रही है आपको? ऐसा है तो चले चलेंगे, इस वक्त तो शायद वे साधना में हैं, मिलेंगे नहीं। वैसे समय का कोई विशेष प्रतिबंध तो नहीं होना चाहिए।

—जी, मेरी कोई निजी रुचि नहीं, पर आपको ले चलूँगी वहाँ। वैसे आप मजाक में न लें, तो अपने मन की कहूँ—शायद कुछ वर्षों बाद आप मुझे ही मंदिरों के किसी अंचल में स्नेहमयी माँ के रूप में अकस्मात् पा जाएँ। मैंने कहा था न, आप हँसिएगा नहीं, मैं बाकायदा गंभीर हूँ।

—लीजिए, बातों ही बातों में गायत्री मंदिर पहुँच गए हैं—आप मिलकर आइए यहाँ के बाबा से और मैं पीती हूँ निर्वाण बाबा के यहाँ एक कप चाय। आपको तो चाय पीनी नहीं, क्योंकि अभी आपने ब्रश नहीं किया हुआ।

—अरे, आप मिलकर बाहर आ गईं? न-न, तेवर और त्योरी नहीं—मैं समझ सकती हूँ, आपका आक्रोश और उत्तेजना या निराशा। क्या कहा, फिल्मी बाबा हैं। वाह, क्या उम्दा एक्सप्रेशन है! जी, जी नहीं, बँगले के बैरे या मैनेजर से इनके बारे में पूछने की कोई जरूरत नहीं, मैं सब जानती हूँ यहाँ के बारे में। यह जगह तो मेरे और मेरी बच्ची के लिए ननिहाल, ददिहाल···कुछ भी कह लीजिए। वस्तुतः सभी कुछ है—हाँ-हाँ, ससुराल भी कह लीजिए, क्योंकि पतिदेव भी तो कभी-कभी यहाँ आ जाते हैं। जी, बच्ची तो हॉस्टल में रहती है। जी नहीं, आपको बताने में कुछ संकोच नहीं, क्योंकि फालतू की सफाइयाँ तो पहचाने चेहरों को देनी पड़ती हैं, अनजाना आदमी तो आज मिला, फिर

जिंदगी भर मिले, न मिले। उसके सामने तो सबकुछ उगला जा सकता है—ठंडा और हल्का होने के लिए। इसीलिए तो बार-बार चले आते हैं यहाँ, वहाँ कुछ भी कह देने के लिए एक आधार रहता है—ससुराल गए थे, ननिहाल गए थे। फिर यह जगह अभी सस्ती भी है और आडंबरों की दुनिया से दूर।

—क्या कहा, वो फिल्मी बाबा कंबलों में लिपटे चेले-चाँटों से घिरे हुए सुबह-सुबह ही सुल्फे के कश लेते हुए और मूर्ख देहातियों को बरगलाते हुए—जी, जी हाँ, गुस्सा आ सकता है—क्या कहा, वो कह रहे थे—साला भैनचो···ब्रह्म बड़ा खिलाड़ी है—खेलता है हमसे—रहे खेलता, हम भी उससे खेल रहे हैं।

···जी और उसने कहा होगा कागज केरी नाव री, पानी में की गंग—तो इस कागज की नौका को मंदिर बनाओ—पूजो और फिर आपकी तरफ देखा होगा, जाँघ पर हाथ मारा होगा और कहा होगा—'छोटी-मोटी कामनी, सब हैं बिस की बेल।' और आपने उठने की सोच ली होगी या उससे जिरह करने की सोची थी—अच्छा किया, चुप ही रहीं—कुछ फायदा नहीं था···यह विभूति और दो केले दिए आपको—न-न, फेंकिए नहीं। चलिए, मछलियों को डाल देते हैं। देखिए, देखिए···वो फिरंगी जोड़ा उन्हीं के पास जा रहा है, इन्हें देखिएगा, कितना खुश लौटते हैं!

—नहीं, नहीं, नब्बे-वब्बे साल का बाबा नहीं है—हद से हद साठ···चलिए, इतना तो आपने माना कि बाबा सुदर्शन और फुरतीला है—विक्षिप्त-सा नहीं, पूरा खिलाड़ी; तभी तो पास के ही किसी गाँव में दो-दो बीवियों और दोनों के बच्चों को छोड़ आने के बावजूद उस गाँववालों की लताड़ खाने की जगह श्रद्धा बटोर रहा है। रोजाना कोई-न-कोई कुछ-न-कुछ बाबा के लिए लाता ही रहता है।

—ठीक कहती हैं आप, बीवी-बच्चों को भी यहाँ आ जाना चाहिए, पर वो हो नहीं सकता, तब बाबा को यहाँ से भी भागना पड़ेगा। वो तो अपने को मंदिर बनाए हुए हैं—कागज की नौका क्यों बनाने लगे?

—क्या कहा, आपका मन खराब हो गया—अब आप निर्वाण बाबा के यहाँ भी नहीं जाएँगी···मत जाइए, पर बता दूँ आपको, निर्वाण बाबा ऐसे नहीं—सुल्फा बाबा के बाद निर्वाण बाबा के पास जाया जा सकता है, पर निर्वाण बाबा के बाद सुल्फा···जी, आप समझती हैं—क्या कहा? अगली बार आप मेरे आश्रम में आने की उम्मीद कर रही हैं—जी, जरूर, पर सावधान कर दूँ आपको कि बच्चों की माँ तो हवा-पानी-आग···पाँच तत्त्वों में एक हो जाने के बाद ही पूरा आश्रम हो सकती है। वो परिक्रमा पर आपने माँ का दूध देखा था न?

—नहीं-नहीं, मैं भावुक नहीं हो रही—सुल्फा बाबा के संदर्भ में कहीं कोई भावुक हो सकता है?

—सुल्फा बाबा नामकरण आपको अच्छा लगा··जी, धन्यवाद!

—अरे, अरे, यह क्या, आप तो मेरी ही परिक्रमा कर रही हैं—आप बँगले पर चलिए, ब्रश-व्रश कीजिए—मैं थोड़ा अभी यहाँ बैठूँगी।

—अरे, आप गई नहीं··क्या कहा, मुझे लेकर ही चलेंगी··तो चलिए, चलकर अपनी-अपनी कमान सँभालें—और कर भी क्या सकते हैं, सुल्फा बाबा की तरह पीठ दिखा धुआँ तो उड़ा नहीं सकते और निर्वाण बाबा जैसी अमोही··आप हँसने लगीं—क्या मैं गलत कह रही हूँ?

□

सच्चो सच

उसने सोचा, घंटी बजाने की क्या जरूरत है?···छत पर ही तो लोहड़ी जलाई होगी···वह सीधा ऊपर छत पर ही पहुँच जाती है—सबको वहीं तो होना चाहिए··· पंद्रह दिनों से वह यहाँ आना-आना कर रही थी, पर अब, जबकि कल-परसों तक उन्हें पाकिस्तान लौट जाना है—वह अपने को रोक नहीं सकी थी। उसने सोचा, वह मिलेगी तो जरूर, देखेगी तो सही कि शांति बहनजी कैसी दिखती हैं अब? 'दिखने' शब्द से उसे अपने पर ही हँसी आ गई। पचास की तो वह खुद होने को आई—वह तो उससे दस-बारह साल बड़ी होंगी। इस उम्र में क्या दिखना? हाँ, मिलना कहे तो बात समझ में आती है।

चौतल्ले की छत पर वह पहुँच गई, पर उसकी साँस बुरी तरह फूल रही थी। छत पर म्यूजिक लगा हुआ था। घर के बच्चे और शायद उनके दोस्त-यार झूम-झाम रहे थे। बीचोबीच तसले में आग जल रही थी···कोई कुरसी हो तो बैठ जाए वह। उसे लगा, उसे बुरी तरह से चक्कर आ रहा है। वह बिना किसी की परवाह किए आखिरी सीढ़ी पर ही बैठ गई। किसी बच्चे ने उसे धम्म से बैठते देख गोलू को कहा होगा, तो गोलू उसके पास आकर पूछ रहा था, "क्या हुआ, मौसी?"

"कुछ नहीं, दो घूँट पानी पिला दे, बेटा!" पानी पीकर वह अपने को नियंत्रित कर चुकी थी, हँफनी रुक गई थी।

आखिर एक साँस में चढ़ने की क्या जरूरत थी उसे? उसने सोचा, वह अब एक अधेड़ महिला है, छोकरी नहीं। जरूर शांति बहनजी से मिलने की उत्सुकता थी, जो अपने आपको भी इस तरह भूल गई। पूरी तरह से अपने पर काबू पा लेने के बाद उसने गोलू से पूछा, "शांति बहनजी कहाँ हैं?"

"वे सब तो नीचे ही हैं, मौसी। शांति मौसी को तो आग से बहुत डर लगता है। वे तो ऊपर आईं ही नहीं। आपको नीचे छोड़ आऊँ?" गोलू ने पूछा।

"नहीं-नहीं, मैं चली जाऊँगी।" उसने कहा। दो मिनट वहीं और बैठकर वह नीचे उतरी। ड्राइंगरूम इनका फर्स्ट फ्लोर पर है—दोतल्ले उसे उतरने थे, पर उतरना इतना मुश्किल नहीं, जितना चढ़ना होता है।

ड्राइंगरूम का दरवाजा खुला ही था, पर ड्राइंगरूम में कोई दिखाई नहीं दे रहा था। भीतर जाकर अच्छी तरह से देखने पर कोने में एक महिला बैठी दिखाई दी।

'इन्हें तो कहीं देखा लगता है।' उसे ऐसा लग रहा था—'कहाँ?' और अचानक उसके दिमाग में कौंधा—'अरे, यही तो पिछले रविवार लेखिका संघ की बैठक में 'आइडेंटिटी ऑफ वुमन' पर बोल रही थीं। वह थोड़ी देर से बैठक (गोष्ठी) में पहुँची थी। उनका नाम नहीं सुना था उसने। तो क्या यह शांति बहनजी ही हैं? उसने तो सोचा था, 'कोई गोरी-चिट्टी, मोटी, लटकी हुई कायावाली मुसलमानी बुढ़िया होंगी, पर यह तो पतली-दुबली, नफासत से भरी, आत्मलीन, बौद्धिक प्रभाव डालतीं, कमनीय, शांत सी महिला हैं...उन्हें देखते हुए वह वहीं की वहीं खड़ी रह गई। उन्होंने भी उसे वहाँ खड़ी देख लिया था, इसलिए बोलीं, "आइए, आइए! पुष्पा शायद किचन में कुछ काम कर रही है...मैं उसकी मौसेरी बहन हूँ शांति।"

'शांति' सुन शांति-सी पड़ गई उसे। नाम सुनने के लिए उसकी सारी काया ही कर्णमय हो रही थी।

"महिला संघ में आप... ?" उसने अधूरा ही वाक्य छोड़ा।

"हाँ, मैं ही थी।"

"पर निमंत्रण-पत्र में तो आपका नाम... ?" उसे दो नाम याद आ रहे थे—फहमीदा रियाज या तसलीमा नसरीन जैसे।

पर शांति बहनजी उसकी जिज्ञासा को भाँप गई थीं। उन्होंने अत्यंत सहजता से कहा, "एस. अहमद—वहाँ पाकिस्तान में, यानी लाहौर में यही हूँ न मैं।"

"शांति बहनजी," कहते हुए वह आगे बढ़ी, पर उसकी संभावना के अनुकूल न तो उन्होंने उसे गले लगाया, न मुसलमानी बुढ़िया की तरह उसे 'मेरी जिंद (जान), मेरी चन्न (चाँदनी)' कहा, बस अपने हाथ में उसका हाथ पकड़ लिया। बहुत देर तक वह ऐसे ही हाथ पकड़े बैठी रहीं।

वर्षों पहले, शायद पूर्वजन्म में, ऐसे ही एक दिन वह उसका हाथ पकड़कर उसे थड़े (चबूतरे) से अंदर ले गई थीं। गली की सबसे बड़ी हवेली की मालकिन की बेटी थी वह—विधवा का अर्थ न समझते हुए भी हमें यह मालूम था कि वह बाल-विधवा हैं।

सफेद मकराने के पत्थर की ऊँची हवेली थी उनकी, जिसके फर्शों को वह अपने हाथों से चमकाया करती थीं। शायद गवर्नमेंट कॉलेज में पढ़ती थीं। एकदम भक्क सफेद कपड़े पहने, लेसवाला सफेद दुपट्टा सर पर ओढ़े वह गंभीर मुद्रा में उनको गली में से

निकलते देखती थी···गली के बाहर परदेवाला ताँगा आता था, जिसमें बैठकर कॉलेज जाते हुए उन्हें हम देखते थे। उनको देखना हमें अच्छा लगता था, पर उनकी हवेली के पास जाते डर लगता था। ताईजी से सारे गलीवाले, जिसे भी जरूरत होती, सुबह लस्सी लेने जाते थे। अकसर लोग अपने बच्चों को ही भेजते थे, पर उसे हमेशा वहाँ जाते संकोच होता था।

आज भी याद है उसे, उस दिन घर पर कोई सब्जी नहीं थी। माँ ने उसे उनके घर लस्सी लेने भेजा था, ताकि वह कढ़ी बना ले। डोल लेकर वह हवेली के थड़े की सीढ़ियों पर तो पहुँच गई थी, पर उसके साथ कोई और नहीं था, जिसके सहारे वह अंदर चली जाती—पता नहीं, वह कितनी देर वहीं खड़ी रहती कि तभी शांति बहनजी ने उसे देख लिया था। उसका हाथ पकड़कर वह उसे अंदर ले गई थीं। 'पूरा भरकर डोल लस्सी नहीं चाहिए' कहने के बावजूद उन्होंने उसका डोल भर दिया था। उसे पुष्पा से मिलवाया था—पुष्पा, शांति बहनजी की मौसी की लड़की थी और गुजरात से छुट्टियाँ बिताने अपनी माँ के साथ उनके यहाँ आई हुई थी। उन्होंने उससे कहा था कि वह रोज हवेली में आकर पुष्पा के साथ खेला करे। पुष्पा को उन्होंने उसके साथ भेज दिया था, ताकि घर लस्सी पहुँचाकर वे दोनों फिर वापस हवेली आ जाएँ।

बचपन में दोस्तियों को पक्के होते देर ही कितनी लगती है? हम इकट्ठे गिट्टे खेलते, गेंद खेलते। उनके सुंदर फर्श पर कोयले से लाइन खींचते हमें डर लगता था।

इसलिए 'शटापू' खेलने हम छत पर चले जाते थे। वहीं पर एक दिन हमने शांति बहनजी के 'उसको' देखा था। किताब देने और वापस लेने के बहाने वह घर की दीवार के 'बन्ने' (छोटी रेलिंगनुमा मुँड़ेर) पर आता था। शांति बहनजी अकसर हमें माउंटी पर चढ़ा देती थीं। हमें खाने की चीजें देती थीं, कॉपी में 'कीटी काटे' बना लेने के लिए देतीं और कहतीं, 'खेलो, मैं देखूँगी कि तुम में से कौन ज्यादा जीतता है!' वहीं पर खेलते हुए हमने 'उसको' देखा था। वह शांति बहनजी का हाथ पकड़े हुए था। शांति बहनजी ने हमें देखते हुए देख लिया था, पर उस दिन के बाद उन्होंने हमें ओट में करना या छिपाना भी बंद कर दिया था। यह हमारी आंतरिक सूझ-बूझ ही रही होगी कि बिना उनके कहे ही हम समझ गए थे कि 'बन्ने' वाली बात हमें नीचे ताईजी को नहीं बतानी है।

उस दिन हम नीचे पहुँचे, तो ताईजी और मौसीजी ने बहुत डाँटा था, "मोई मरजानियाँ, कहाँ थीं तुम? शानो कहाँ मर गई! हमने तो उसे तुम्हें ढूँढ़ने के लिए भेजा था, दंगों के दिन हैं, अग्गे लग रही हैं और ये सिरमुनियाँ ऊपर चली जाती हैं!"

फिर ताईजी खुद मुझे मेरे घर पहुँचाकर आई थीं। वह शायद सन् 47 की मई या जून का कोई गरम दिन था। हमारी बजाजोंवाली गली में हिंदू-मुसलिम दंगे में बड़ी जोर की आग लग गई थी। उस उम्र में हमें डर तो बहुत लगता था, पर भीषण वास्तविकता

का अंदाज हमें नहीं था—हाँ, इतनी सी बात याद है कि गुरुद्वारे की मीटिंग में सारे मर्द गए थे और सबने यह फैसला लिया था—इससे पहले कि कुछ और फसाद हो, सब लोग अमृतसर, दिल्ली या जिस-जिसका जहाँ कोई हो, वहाँ चला जाए।

पुष्पा के पिता को तार देकर बुलाया गया था। कौन कहाँ गया, किसी को पता नहीं। यह तो बरसों बाद कॉलेज में उसकी भेंट पुष्पा से हुई थी। उसकी नई-नई नौकरी लगी थी और उसने उत्साह में एडमिशन कमेटी में नाम दिया था। वहीं पुष्पा अपनी छोटी बहन का दाखिला करवाने के लिए आई थी, वहीं उसी से पता चला था—उसके पिताजी ने ताईजी को बहुत समझाया था कि वह इतने भयंकर दंगों में उन माँ-बेटी को अकेला छोड़कर नहीं जाएँगे, पर शांति बहनजी साथ चलने के लिए राजी ही नहीं हो रही थीं। पिताजी के गुस्सा करने पर ताईजी ने कुछ गहना-गट्टा तथा जरूरी सामान समेटना शुरू किया कि आँखें बचाकर शांति बहनजी वहाँ से ओझल हो गईं और अचानक हवेली के पिछवाड़े आग लग गई। पुष्पा के घर के लोग तो यही कहते हैं कि शांति ने खुद ही आग लगाई थी। अगर शांति कहीं छिपी भी थी तो ढूँढ़ने पर भी नहीं मिली। आग के बुझने तक खुद राख होने के डर से रोती-धोती शांति की माँ को जबरदस्ती वे लेकर चले आए थे। यह तो बहुत अरसे बाद किसी से पता चला था कि शांति बहनजी जिंदा थीं और वहीं सेटल हो गई थीं।

ड्राइंग-रूम के उस कोने में शांति बहनजी का हाथ पकड़े जिस धूप-छाँही यात्रा में वह सफर कर रही थी, पुष्पा ने उसमें ब्रेक लगा दी, ''अरे निन्ना, तू आ गई! चल, अच्छा हुआ''वरना तेरी मुलाकात ही न होती। सुबह चार पचपन की फ्लाइट से जा रही हैं बहनजी—रात तीन बजे घर से निकलेंगे। अगर तू फोन कर दे, लौटते हुए तुझे घर छोड़ देंगे—जल्दी से हम खाना खा लेते हैं, फिर तीनों गप्पें मारेंगे, फिर न जाने कब मिलना हो?''

ठीक ही तो कह रही थी पुष्पा, लंबी-चौड़ी भूमिकाओं का वक्त नहीं था—संकोच वाली उम्र भी बीत गई थी। पर मानवीय सहज जिज्ञासाओं पर अभी विजय नहीं पाई थी।

''शांति बहनजी, हमने तो आपको उन 'बन्नो', 'मुँड़ेरों' और आगों के फ्रेम में ही बाँध रखा है; अपनी आँखों में अब तक—उस दीवार को लाँघने की बात हमें नहीं बताएँगी?'' उसने पूछा।

शायद लोहड़ी का माहौल था या तथाकथित अपनों से सुख-दु:ख बाँटने की अंतिम सी घड़ियाँ, कि बिना ज्यादा कहलवाए शांति बहनजी ने बताना शुरू कर दिया था—

''हमारे पंजाब में एक कहावत है—'किसी नूँ माँह बादी, किसी नूँ नरोये'। यानी सापेक्ष दर्शन की बात है कि किसी को काली माश की दाल वात रोगकारक है और किसी अन्य को स्वादिष्ट रूप में पाचक एवं ग्राह्य। ऐसे ही उन दिनों जो आग मनुष्यता

को जला रही थी, मेरे लिए दीवाली बनकर आई। तुम लोग समझती होंगी कि अहमद को पाने के लिए मैंने वह आग खुद लगाई होगी—नहीं, ऐसा नहीं हुआ। आग कैसे लगी, मुझे भी पता नहीं, पर उसी की उठती लपट को देख मैं माँ के पास से उठी थी। पर मैं इस बात से इनकार नहीं करूँगी कि उस आग ने मेरे जीवन में रोशनी का त्योहार ला दिया था। बढ़ती लपटों को देख आग बुझाने के इरादे से संभवतः अहमद छत पर आया था—उसे छत पर देख आवेग में बिना आगा-पीछा सोचे बन्ने को टाप मैं उसके पास चली गई थी और फिर आग को भूल हम कुछ देर अहमद की सीढ़ियों में छिपे रहे थे। जब आस-पास का शोर आना बंद हो गया तो हम अहमद के घर में थे। उन दिनों हिंदू घरों की लड़कियों को घर ले आना मुसलिम घरों में फख्र की बात समझी जाती थी। तुम्हें बताने में मुझे जरा संकोच नहीं कि मैं विधवा की वीरान जिंदगी जीना नहीं चाहती थी। मेरे घर के लोगों ने तो मुझे आग में जलकर मर गई समझ लिया होगा और मैं आग की दीवार को लाँघ स्वतंत्र हो गई थी। हिंद-पाक विभाजन ने मुझे भी स्वतंत्रता दी—मैं मन और शरीर की रूढ़ियों से मुक्त हो गई थी। मिथ्या रूढ़ संस्कारों से मैंने मुक्ति पा ली थी। संकोच तुम्हें अपने समाज से होता है—मेरा अपना कहा जाने वाला समाज तो वहाँ से विदा ले चुका था और अब जो मुझे मिला था, वह था अहमद के साथ हुए ब्याह से नया वजूद, नया जीवन, नया घर। यों अहमद का अपनी फुफेरी बहन के साथ ब्याह हो चुका था, पर उनमें दूसरा ब्याह कोई असाधारण चीज नहीं, पर अहमद इसके लिए मृत्यु के दिन तक शर्मसार रहे, क्योंकि अपनी नजर में वे मुझे अपने आपको पूरा न देने के अपराध-बोध से ग्रस्त रहे—शायद इसी अपराधभाव का ही परिणाम था कि हमारा कोई बच्चा नहीं हुआ। नाम से जरूर मैं 'शांति' से 'शान अहमद' हो गई थी, पर मुझे मेरा मुक्त परिवेश देने के लिए अहमद ने अपने परिवारवालों के सहयोग से मुझे गवर्नमेंट कॉलेज हॉस्टल में रखकर बी.ए. और एम.ए. करवाया। अंग्रेजी साहित्य में एम.ए. तो किया ही, साहित्य की अभिरुचि से उर्दू और फारसी साहित्य का अध्ययन और तुलनात्मक धरातल पर शोध किया—वहीं मुझे प्रोफेसरशिप मिल गई। आज सोचती हूँ कि अगर मैं तुम लोगों के साथ आ गई होती तो शायद किसी बलात्कार जैसी दुर्घटना का शिकार हो हताश, वीरान, विक्षिप्त जिंदगी जी रही होती, पर वहाँ रहकर मैंने वजूद पाया, स्त्रीत्व की सार्थकता पाई। मेरी नजर में भारत जैसे देश का कोई मतलब नहीं रहा—केवल माँ की याद जरूर आती थी। अभी भी अगर यहाँ के राइटर्स गिल्डवालों ने न बुलाया होता तो सच कहूँगी कि शायद तुम लोगों से मिलने की भी कोई इच्छा न थी। अभाव आप उनका महसूस करते हैं, जिनका लंबा और गहरा साथ आपने पाया होता है। आपका संसार आपके छोटे से घर में समाया होता है—यह तो आपकी संवेदनशीलता है, जो आपको घर से इतर संसार से जोड़ती है। तुम्हें इसमें विरोधाभास लग सकता है, पर

मेरे लिए यह जीवन का सबसे बड़ा सच है। बुरा न मानना, मुझे तुम लोगों से मिलकर बहुत खुशी हुई है, पर अहमद ने मुझे वजूद दिया, व्यक्तित्व दिया, दिमागी स्वतंत्रता दी—आज अहमद नहीं, पर वहाँ अहमद का घर है—वह मेरा घर है और अब मैं वहाँ पहुँचने के लिए बेचैन हो रही हूँ।''

शांति बहनजी चुप हो गई थीं। वे तीनों ही चुप थीं। इस चुप्पी को तोड़ा पुष्पा ने—

''बहनजी, आपको हमारी याद आती हो या न आती हो, हम तो कभी भूले ही नहीं आपको—हमारे तो बचपन की हीरोइन थीं आप। हमें क्या फर्क पड़ता है कि आपका नाम शांति मेहरा है या शान अहमद? देखो न, मैं अनपढ़ दो-दो प्रोफेसरों के बीच में सैंडविच बन गई—आप दोनों तो वहाँ और यहाँ शान और गरिमा का जीवन बिता रही हो—रह गई मैं बिचारी।'' हँसते-हँसते पुष्पा कह रही थी—''बाल-बच्चों के कोल्हू और मरदों की जी-हजूरी में जिंदगी गला रही हूँ। अब देखो न, बिछड़ने का वक्त करीब आ गया—गँवार हूँ न, आँखों का रोना भी छिपाना नहीं आता मुझे। आप लोगों के पास बैठकर अपने को खास मान रही थी, मैं भी विशेष हो गई थी।'' फिर रोने को हँसी में बदलते हुए बोली, ''देखो, क्या गरमागरम चाय आपके लिए लाती हूँ, आपको वक्त से भेजना भी है न!''

पुष्पा किचन की तरफ जा रही थी और उन दोनों ने देखा एक साथ कि घड़ी सवा दो बजा रही थी। शांति बहनजी ने उसका हाथ एक बार फिर अपने हाथ में ले लिया था।

□

एक और वह

वह आईने में अपना चेहरा देख रही थी। उसने नाक पर अपना हाथ रखा और मुसकरा पड़ी। उसे अपना चेहरा अच्छा लग रहा था। आज वह पचास वर्ष की हो गई है। सितंबर में उसकी बड़ी बेटी बाईस साल की हो जाएगी। छोटी का मेडिकल में दाखिला हो गया है। आज वह शांत है; खुश होना भी इसे ही कहते होंगे। वह सोच रही थी, इतने चैन से उसने कभी आईने में अपना चेहरा ही नहीं देखा था! यों अपनी शक्ल से उसे कोई लगाव भी तो नहीं था।

बड़ी बहन माँ की दुलारी बेटी थी और उनकी नजरों में सबसे सुंदर भी। ममा जिस तरह घुल-मिलकर उससे बातें करती थीं, उसे हैरानी होती थी। अगर वह बड़ी बहन होती और माँ द्वारा उपेक्षित—तो वह यह सोचकर सब्र कर लेती कि वह सौतेली बेटी होगी। पर यह जस्टिफिकेशन भी तो उसके पास नहीं था। कारण खोजने पर भी उसकी समझ में नहीं आता था—न तब और न अब। शायद उसके चेहरे पर नाक जरूरत से कुछ ज्यादा लंबी थी। हो सकता है, माँ को वह कुछ अटपटी लगती हो। पर आज बरसों के इतने लंबे अंतराल के बाद उसे अपने चेहरे पर नाक असंतुलित नहीं लग रही थी। शादी के बाद जिस्म की भरावट के साथ चेहरा भी भर गया था और संभवतया अलग से अटपटी दिखती नाक ने बाकी सब हिस्सों के साथ अपना संतुलन बैठा लिया था।

बड़ी बहन ने अंग्रेजी में एम.ए. किया था और माँ ने उसे अपनी साख से कॉलेज में लेक्चरर भी लगवा दिया था। माँ के मित्रों की उपस्थिति में बड़ी बहन माँ के साथ होती थी और सबके बीच चल रहे संवाद व बहस में भी हिस्सा लेती थी। चाय देने के लिए उसे आवाज लगाई जाती थी। मेज पर चाय और खाने-पीने का सामान रख वह जल्दी-से-जल्दी ड्राइंगरूम से खिसकने की कोशिश करती थी। सबकी उपस्थिति में वह अपने को बहुत हीन महसूस करती थी। वैसे पढ़ने में वह कमजोर नहीं थी, पर सबके सामने उसकी जबान पर ताले लग जाते थे। अजीब तरह की एंबैरसमेंट होती थी

उसे लोगों की उपस्थिति में। माँ से भी किसी चीज की फरमाइश करना तो दूर की बात, कॉलेज की फीस माँगते भी उसे संकोच होता था। कपड़े भी जो सिलवा दिए जाते, उन्हें ही सँभाल-सँभालकर पहन लेती। उसकी छोटी बहन पढ़ने में तेज नहीं थी; पर अपना हक लेने के लिए वह निरंतर कटिबद्ध रहती थी। उसे माँ से डर नहीं लगता था। वह तो उससे भी कहती थी—'क्यों चुपचाप सबकुछ सुन लेती है? तू नौकर नहीं है। घर चलाने का ठेका हमारा नहीं है। हमें भी तो पढ़ना-लिखना होता है। घर के काम करने की जिम्मेदारी हमारी ही क्यों हो?'

यह उसी की कमी रही होगी, जो बड़ी की तरह माँ से अपनापा नहीं जोड़ पाई और छोटी की तरह से उद्दंड बन अपना हिस्सा नहीं छीन सकी। ऐसे में उसके अकेलेपन के साथी बने टी.वी. और किताबें या घर का फर्नीचर। किताबों की दुनिया में डूबे रहना, फर्नीचर को साफ-सुथरा कर घर को साफ रखना उसका अभ्यास बन गया था। रसोई में काम करना उसे सुरक्षा का अहसास देता था। कॉलेज के अलावा बाहर के आकर्षणों में उसकी कोई रुचि ही विकसित नहीं हुई; इसलिए छोटी की तरह से यह शिकायत भी कभी नहीं हुई कि उसे पढ़ने-लिखने के लिए समय ही नहीं मिलता।

घर पर आनेवाले माँ के मित्र माँ की सुरुचि, साफ-सफाई और रहन-सहन की तारीफ करते। परदे के पीछे होकर यह सब सुनते उसे लगता, माँ बड़ी बहन की तरह ही उसकी तारीफ करेंगी। सबसे उसका परिचय करवाएँगी। सलीके से घर रखने का सेहरा उसके सिर पर बाँधेंगी; पर माँ ने कभी उसकी तारीफ नहीं की। कभी प्यार भरी नजर उस पर नहीं डाली। उलटे अपने मित्रों के सामने यही कहते सुना उसने—'मुझे न बड़ी की फिक्र है, न छोटी की। पर यह कुसुम घर के चक्करों में उलझी न पढ़ाई ही कुछ कर पा रही है, न शक्ल-सूरत में ही कुछ है। ऊपर से रही-सही कसर इसकी ऐनक पूरी कर रही हैं। न जाने क्या होगा इसका?'

माँ की इस तरह की उक्तियों के डर से वह माँ से दूर होती चली गई—किताबों के और घर के बीच। घर का काम और पढ़ना उसके लिए मेहनत नहीं, माँ से बचाव था। वह ऐनक लगाती थी तो इसमें उसका क्या दोष था? किताबों में तो उसने यही पढ़ा था कि माँ का लगाव अपने कमतर बच्चे से ज्यादा होता है; पर उसकी माँ ने तो उसकी तरफ प्यार भरी नजर तक नहीं डाली। माँ की उपेक्षा से मिला दुःख था या डर, जिसे जीतने के लिए वह पूरी एकाग्रता से काम में जुट जाती थी। वह काम चाहे पढ़ना रहा हो या घर की संपूर्ण व्यवस्था। वह उसकी मेहनत का ही परिणाम था कि मार्जिन पर ही सही, उसने एम.ए. में प्रथम श्रेणी प्राप्त की थी।

माँ को हैरानी हुई थी, पर खुशी उन्होंने नहीं जताई थी और न ही यह कोशिश की

थी कि बड़ी की तरह से उसे भी दिल्ली विश्वविद्यालय के किसी कॉलेज में लेक्चररशिप मिल जाती। हालाँकि अपनी भाग-दौड़ से जामिया यूनिवर्सिटी में उसे लेक्चररशिप मिल गई थी; पर वहाँ की शर्तें बहुत सख्त थीं और परिवेश भी बहुत खुलापन लिये हुए नहीं था। लेकिन अपनी चुप रहने की आदत की वजह से उसे किसी तरह की दिक्कत का सामना नहीं करना पड़ा था। वह वहाँ स्थायी नियुक्ति भी प्राप्त कर लेती, अगर माँ ने इसी बीच उसकी शादी पक्की न कर दी होती।

उसकी शादी से दो साल पहले बड़ी बहन की शादी माँ के ही एक मित्र से हुई थी। जीत जीजाजी बड़ी के साथ कोर्ट में विवाह-पत्र पर हस्ताक्षर कर सीधे उनके घर पर ही आए थे, माँ के पास। माँ सन्न रह गई थीं। गहरा धक्का लगा था उन्हें। गुस्सा भी आया होगा, पर वे चुपचाप गुस्से को पी गई थीं। जीजाजी बड़ी से उम्र में बारह साल बड़े थे। उसे ऐसा लगता है कि माँ की दोस्ती तो बहाना थी; वस्तुत. वह बड़ी के लिए ही घर आते थे। वैसे बड़ी को पढ़ाने के लिए माँ ने ही उनसे कहा होगा।

उसकी शादी के माहौल में ही छोटी ने माँ को यह सूचित कर दिया था कि वह बुआ के बेटे से प्यार करती है और उसी से शादी करेगी। अगर माँ अड़ंगा लगाएँगी तो वह उसके साथ भाग जाएगी।

आज उसे याद करके हँसी आती है कि और कुछ उन तीनों बहनों के भाग्य में समान रहा हो या नहीं, यह जरूर समान रहा कि उन तीनों के पतियों की आयु उनसे दस-दस, बारह-बारह साल ज्यादा थी।

बड़ी के पति के साथ माँ की कभी बनी नहीं, वजह जो भी रही हो। हाँ, बड़ी जरूर शादी के दो-चार वर्ष बाद अपना रोना रोने के लिए माँ से फिर एकजुट हो गई। बुआ का बेटा जरूर माँ का मुँहलगा दामाद साबित हुआ। उसके दो कारण थे—एक तो यह कि माँ उसकी मामी लगती थीं और बचपन से ही उसे आकर्षक, प्यार करनेवाली तथा बढ़ावा देनेवाली लगती थीं और दूसरे छोटी को खुश रखने के साथ-साथ उसे माँ को भी खुश रखना आता था। उसके पास सबसे बड़ा गुर था कि माँ की हाँ-में-हाँ मिलाए जाओ।

वह अपनी शक्ल में पिता की शक्ल तलाशती थी कि शायद उनकी छाप की वजह से तो माँ से उपेक्षित नहीं रही! पर पिता जैसा कुछ भी उसमें न था। माँ के नैन-नक्श उसमें थे, बिना तराशे और अनगढ़ रूप में। आज खुले ढंग से सभी कहते है कि माँ की सुरुचि तीनों बेटियों में से उसी ने पाई है।

उसे इसका पहली बार अहसास उसके पति ने कराया था। उसके पति भी उसी की तरह से चुप्पे थे। वे दोनों घर पर अपने-अपने काम में लगे रहते। यह शांत चुप्पी तब टूटती, जब दिल्ली से उसकी सास उनके पास देहरादून आती। यों अपने रिटायरमेंट

के बाद तो वे उन्हीं के पास आ गई थीं। उनके आने से घर गूँजने लगता था, पर उनकी आदेश फेंकती आवाजें उसे चुभती नहीं थीं, क्योंकि माँ के आदेशों का पालन करते-करते आदेशों को चुपचाप सुन लेना उसकी आदत बन गई थी। हैरानी की बात यह थी कि सख्त कही जानेवाली उसकी सास उसकी बहुत तारीफ करती थीं—

'इसकी ठसकेदार माँ को देखकर तो मुझे डर लगता था कि कहीं उस नकचढ़ी की बेटी मेरे भोले बेटे को तंग न कर दे; पर यह तो मिसरी की डली है। माँ के भी सारे गुण-ही-गुण ले लिये और ऊपर से इतनी सौम्य!'

ससुराल—नहीं, पति का घर कहना चाहिए, उसे खूब रास आया था। दोनों के चुप रहने पर भी घर में खामोशी की खुशनुमा रागिनी बजती थी। हवा के संगीत सी, पानी की कल-कल सी, आकाश के उदार फैलाव सी। बस पति की एक जिद थी, उस समय तो उसे लाड़ ही लगा था कि वह 'नौकरी नहीं करेगी'। उसके लिए यह कुछ खोने जैसा नहीं था। दो जनों का घर सँभालना उसके लिए कुछ काम नहीं था। सास के आने पर उसे घर और अच्छा लगने लगता था। वह खूब मुखरित रूप से उसकी प्रशंसा कर घर को भर देती थी। जिंदगी में तारीफ उसने ससुराल में ही सुनी थी। फिर एक-एक करके दो बच्चियाँ पैदा हुईं। पति बहुत अनुशासनप्रिय थे, इसलिए बड़ी बच्ची का दाखिला मसूरी के कॉन्वेंट में करवाया गया। छोटी बच्ची जरूर उसके पास थी।

जिंदगी के दस साल कहाँ चले गए, इसका अहसास तब हुआ, जब पति हार्ट अटैक में उसे अकेला छोड़कर चले गए। डॉक्टर को बुलवाने या अस्पताल जे जाने तक का वक्त उन्होंने नहीं दिया।

विडंबना इसे ही कहते है। जहाँ एक दिन के लिए भी नहीं आना चाहती थी, वहीं उसे आना पड़ा माँ के पास। पिता घर का हिस्सा पहले भी नहीं थे और अब तो वे वहाँ जा चुके थे, जहाँ से बुलाने पर भी कोई नहीं आ सकता। बेटे के गम में सास माँ तो गूँगी हो गई थीं। अमेरिका से छोटा बेटा आया और उन्हें ले गया। वह अकेली दो बच्चियों के साथ वहाँ कैसे रहती?

पति की गलती का अहसास उसे हुआ था। अगर पति ने नौकरी करने दी होती तो उसके पाँव के नीचे ठोस जमीन तो रहती। पति प्राइवेट मिल में इंजीनियर थे। छोटी जगह पर बहुत शान-शौकत थी; पर उनके बाद उनके फंड का पूरा पैसा कौन लेगा? सदिच्छा से प्रॉविडेंट फंड के नाम पर जो उसे दिया गया, उसे लेकर वह रिटायर्ड अकेली माँ के पास आ गई थी—लुटी-पिटी हालत में।

बचपन में ही एक अनकहा लेबल उसके माथे पर चिपका दिया गया था—'बेचारी'। इस बेचारी पर दुर्भाग्य ने जो वार किया था, उस वार से वह बिल्कुल पस्त हो गई थी।

'इस बेचारी को घर से तो निकालना नहीं है। अब तो यही इसका घर है।' माँ कहतीं।

'मेरी बहन जब तक सैटल नहीं हो जाती, मैं तो एक मिनट के लिए इसे अकेला न छोड़ूँगी।' बड़ी कहती।

'फिर से नौकर न बन जाना।' फोन पर छोटी कनाडा से उसे समझाती।

संवेदना के दो बोल सुन पिघली हालत में रोने को हो जाती वह।

'माँ को तेरे आने से बुढ़ापे की सिक्योरिटी मिल गई है। कुछ उलटा-सीधा कहें तो मुझे लिख देना। मैं कनाडा में तेरे लिए इंतजाम कर दूँगी।'

और उसका दबा हुआ रोना धारासार बरसना शुरू हो जाता। उस वक्त की कातर बौखलाहट में सबके कहे शब्द कानों में बजते थे। क्या कहा जा रहा है, क्या अर्थ है उनका—उसकी समझ से परे था। मन उसका दबा हुआ तो पहले से ही था, अब और अधिक नमित हो गया था, कृतज्ञता के बोझ तले बिल्कुल ढहा हुआ। माँ और बड़ी 'हम इसके लिए कर रहे हैं' के अहं से ऊँची-से-ऊँची हो रही थीं और वह 'उस पर अहसान हो रहे हैं' के एवज में दबी हुई नीचे-से-नीचे हुई जा रही थी, छोटी-से-छोटी आज्ञा और बड़े-से-बड़े आदेश का पालन करनेवाला 'रोबोट'।

अहसान करनेवाले के किए को तो सारी दुनिया देखती और सराहती है, पर जिस पर अहसान किया जा रहा है, वह हर साँस-दर-साँस उसे चुकाने में ढेर हो रहा है, इस पर किसी का ध्यान नहीं जाता।

सुबह की बेड-टी से लेकर रात के खाने तक सबकुछ की व्यवस्था करने में वह पीर-बावर्ची-भिश्ती—सभी कुछ तो हो गई थी। जीत जीजाजी ने जरूर एड़ी-चोटी का जोर लगा 'गुरु हरकिशन पब्लिक स्कूल' में उसकी नौकरी लगवा दी थी। पर जीजाजी का उसके लिए कुछ भी करना बड़ी की आँख में खटक रहा था।

माँ के घर से कुछ ही दूर बड़ी का घर था। हफ्ते-दस दिन में वह अपने और बड़ी के लिए सब्जी-फल थोक मार्किट से लाती थी। उस दिन भी वह सब्जी का थैला पहुँचाने बड़ी के घर पहुँची थी कि भीतर से जीजाजी से झड़पती, जोर-जोर से बोलती बड़ी की आवाज सुनी थी—

'साली को नौकरी दिलाने के लिए जगह-जगह घूमते रहे और अपनी बेटी के लिए ट्यूशन के लिए बात तक करने के लिए जाते तुम्हें थकान लगती है!'

और आगे कुछ भी सुनने से पहले सब्जी का थैला लिये वह घर वापस आ गई थी। अभी तक आमने-सामने तो बड़ी ने उसे कुछ नहीं कहा, वैसे अगर कुछ कह भी दे तो वह उसका क्या कर सकती है? वह जीत जीजाजी के पक्ष में बोलते हिचकिचाती

है। उसे बड़ी से डर लगता है। उसकी जबान तो बचपन से ही निष्क्रिय रही है, इसलिए वह यह नहीं चाहती थी कि उसकी बेटियाँ भी उसी जैसी दबी हुई और नमित हो जाएँ। जैसे ही उसे नौकरी मिली तो बड़ी बेटी को उसने मसूरी भेज दिया और छोटी को अपने पास रखा, क्योंकि जीने के लिए कोई निजी केंद्र और सहारा तो होना चाहिए।

आय बढ़ाने के लिए स्कूल के बाद घर पर उसने ट्यूशन करनी शुरू कर दी थी। छोटी बेटी पास में बैठी स्कूल का काम करती रहती। बड़ी बहन की छोटी बेटी को भी पढ़ाने के लिए वह घर पर बुला लेती। रोजाना की इस दिनचर्या और अभ्यास में पति कब उसके सिस्टम से निकल गए, उसे पता ही नहीं चला। वैसे स्वयं पर उसे हैरानी जरूरी होती है। अब पढ़ने के लिए आए बच्चों के अभिभावकों के शब्द उसके आस-पास गूँजते थे—'कितनी कर्मठ, मेहनती, सभ्य और सुरुचिपूर्ण टीचर हैं। आज के जमाने में ऐसे टीचर मिलते कहाँ हैं ?'

अभी भी वह अपने आपसे हो सकने वाले बड़ी बहन के सब कामों को करती, अहसानों की भरपाई करने की कोशिश में रहती है। अब भी बड़ी की व्यंग्यात्मक बातें उसे चुभती हैं। वह जानती है, जीजाजी का उससे संवेदनात्मक ढंग से बात करना उसे चुभता है—शायद बड़ी अपने भीतर इससे कुंठित हो जाती है। अपनी जवानी में उस समय आवेग में जीजीजी से ब्याह कर उसने रोमांटिक थ्रिल पाया था, पर आज वह थ्रिल कुंठा में बदल गया है। वह अभी भी जीजाजी में इंटेलैक्ट नहीं, गरम शरीर ढूँढ़ती है।

दूसरी तरफ उसकी आँखों का कृतज्ञता-ज्ञापन जीजाजी के व्यक्तित्व को विश्वस्त करना है। उसके द्वारा की गई उनकी तारीफ, जो झूठी नहीं होती, उनकी जिजीविषा को बढ़ाती है। अपने प्रति उनके सत् आरक्षण में उसने पिता और बड़े भाई का-सा अभिभावकत्व पाया है। वह बड़ी की कटुता की वजह से इसे खोना नहीं चाहती। यों भी बड़ी के आक्रामक रूप को झेलना तो बचपन से ही उसने अपनी नियति माना है। किसी के साथ उदग्र और उद्दंड तो वह हो ही नहीं पाती। वह अपने व्यवहार से उन दोनों को ही सुख पहुँचाना चाहती है, दु:ख नहीं। न जाने क्यों, बड़ी उसे अपने प्रतिद्वंद्वी के रूप में देखने लगी है। माँ तो अब कमजोर होकर उस पर निर्भर और चुप हो गई हैं। छोटी उससे बहुत दूर विदेश में है। पर वह तो सदा से उसकी शक्ति रही है। उसके तीखे शब्दों में भी उसके लिए कहीं प्रेरणा छिपी रहती है।

टन-टन-न-ऽ-ऽ की तेज आवाज ने उसे आईने के प्रतिबिंब से वास्तविक वजूद की चेतना पर ला दिया। उसी के घर के दरवाजे की घंटी थी। बरसों से, अगर वह घर पर है तो दरवाजा वही खोलती है। माँ सामने बैठी हों तो उसकी तरफ देखने लगती है। लल्ली (छोटी बिटिया) आसपास हो, तब भी न जाने क्यों वह उससे कोई भी काम करवाना

नहीं चाहतीं। वह नहीं चाहती कि घर की बच्चियों में उसका-सा बचपन दोहराया जाए। इसलिए आवाज को सुनते ही प्रतिक्रिया में वह दरवाजे की तरफ भागती है। दरवाजा खोला तो सामने अक्षिता (बड़ी की छोटी बेटी) थी। दरवाजा खुलते ही बिना कुछ कहे उससे चिपट गई। उसके सिर पर हाथ फेरने से उसने रोना शुरू कर दिया।

'क्या हुआ? ममा ने कुछ कहा?' उसने पूछा।

'और क्या कहना था उन्होंने? वही एक राग—देखा, लल्ली को मेडिकल में दाखिला मिल गया। तेरे से छोटी है वह। तू तो एक साल से एंट्रेंस की तैयारी कर रही थी। अरे, पढ़ाई में ध्यान लगे, तब न! सारा-सारा दिन उस निठल्ले लड़के के साथ घूमती रहती थी। बड़ा तेरी मौसी का बेटा बना हुआ है! रखे अब तुझे अपने पास। जा, उन्हीं के पास रह ले।'

वह रोते-रोते बता रही थी—'जब भी मॉम पापा से झगड़ती हैं, उसके बाद मुझे ही फटकारना शुरू कर देती हैं—जा, पापा की गोद में घुस या मौसी के आगे दुखड़े रो। मौसी, मैं अब ममा के पास नहीं रहूँगी। मैं तुम्हारे पास आ गई हूँ। मुझे ममा के पास जाने के लिए मत कहना। मैं नानी के कमरे में भी नहीं रहूँगी। मुझे लल्ली और अपने कमरे में रखना। मौसी, रख लोगी न मुझे?'

उसकी भीगी आँखें उससे कह रही थीं। उन आँखों में उसका अपना अतीत प्रतिबिंबित हो रहा था। बहुत हो गया, अब वह चुप नहीं रहेगी। उसने बड़ी का फोन मिलाया, फोन लग गया था। दूसरी तरफ 'हैलो' कहती वही आवाज थी। उसने बोलना शुरू किया—

'हैलो! हाँ, मैं···कुछ काम कर रही हो तो उसे थोड़ी देर के लिए बंद कर पहले इत्मीनान से मेरी बात सुन लो। हाँ, फिक्र मत करना, अक्षि मेरे पास आ गई है। यह मत भूलो कि वह बीस साल की हो गई है। बच्ची नहीं है वह। उसे कोंचते-कोसते रहने से उसका भविष्य नहीं बना लोगी तुम। मैं लेक्चरर नहीं बनी तो क्या मेरी दुनिया रुक गई? किस चीज की कमी है तुम्हारे पास? अपनी इच्छाओं की पूर्ति का कोई अंतिम बिंदु हमें रखना ही होता है। अपने-अपने हिस्से ही हमें मिलते हैं। अपनी इच्छाओं की पूर्ति, कभी अपने अहं की तुष्टि के लिए बच्चों को टैस्ट मत करो। और हाँ, वीरेश अच्छा लड़का है। अब मुझ पर यह आरोप लगाना शुरू मत कर देना कि मैंने ही अक्षि और वीरेश को बढ़ावा दिया है। अब बरसों पहले वाला जमाना नहीं है। इस युग में अच्छा लड़का, जो मित्र, सहयोगी और रक्षक हो सके, उसमें कोई बुराई नहीं। जिंदगी का हर रास्ता डॉक्टरी की पढ़ाई से नहीं आता। पैसा बहुत कुछ है; पर इनसानियत को खा जाए, इतना पैसा भी किसी काम का नहीं।'

एकाएक वह रुक गई। दूसरी तरफ बड़ी भी चुप थी। फोन नीचे नहीं रखा था उसने। उसके घुटनों पर हाथ रखे अक्षिता पास बैठी हुई थी और वह बोल रही थी—'तुम जानती हो, पचास पार कर चुकी हो तुम—चौबीस-पच्चीस वर्ष की उम्र का-सा व्यवहार अच्छा नहीं लगता।'

वह बोले जा रही थी और अक्षिता देख रही थी अपनी चुप्पी मौसी को!

□

बेवड़ाई दोस्ती

वार्ड में उसकी तलाशती आँखों को मैंने देख लिया था—नाक में लगी पाइप, पेट में उठते दर्द के बावजूद मेरे चेहरे पर मुसकान आ गई थी। वह मुझे ही ढूँढ़ रहा था। मैंने माँ को बताया, पर इससे पहले की माँ उठकर उसे 'बेड' के पास ले आतीं, उसने मेरे उठे हुए हाथ को देख लिया था। और अब वह हमारे पलंग की तरफ ही आ रहा था। माँ के चेहरे पर सांत्वना की एक झलक तिर आई थी। नहीं तो कल से सूखी आँखों में निरंतर रो ही तो रही थीं। उसके चेहरे की घबराहट मुझसे कह रही थी कि मेरी हालत, मेरी व्यक्त तकलीफ से ज्यादा खराब थी। एपैंडिक्स फट जाने के कारण मुझे इमरजेंसी में भरती कर लिया गया था। डॉक्टर की शब्दावली में 'मास' बन गया है। ऐसी स्थिति में सर्जरी खतरे से खाली नहीं। पहले इस स्थिति पर नियंत्रण पाने का प्रयास किया जाएगा—नाक में लगी पाइप, हाथ में आईवी ड्रिप और उसी के माध्यम से पहुँचाए जाते एंटीबॉयोटिक्स मुझे एक दयनीय चीज बनाए हुए थे। आज सोचता हूँ तो लगता है कि उस हालत में मैं मर भी सकता था, क्योंकि माँ अगले दिन बता रही थी कि डॉ. कौल सारी रात मेरे आस-पास ही मँडराते रहे थे। सुबह के करीब मुझे नींद आ गई थी और माँ पेड अटेंडेंट को मेरे पास बैठाकर थोड़ी देर के लिए घर गई थीं। बाद में उन्होंने मुझे बताया था कि घर पर वह भगवान् के सामने खूब रोई थीं। लौटकर आईं तो सुबह डॉक्टर ने राउंड पर उन्हें बताया था कि मेरी स्थिति पूर्ण नियंत्रण में है। पाइप यथावत् लगी हुई थी, पर मैं खतरे से बाहर था।

ऐसे में अर्जुन का आना हम दोनों को बहुत ही सुखद लगा था। मैंने माँ से उसका परिचय करवाया था। पिछले पूरे हफ्ते मुझे कॉलेज में अनुपस्थित पाकर उसने घर फोन किया था। वहाँ भी कुछ जवाब न मिलने से उसने माँ के ऑफिस में फोन किया था। वहीं से उसे पता चला था कि मैं अस्पताल में भरती हूँ और वह कॉलेज से सीधा वहाँ ढूँढ़ता हुआ पहुँच गया था। उसने माँ से कहा था कि वे चाहें तो बाहर जाकर थोड़ा

आराम कर लें। वह मेरे पास बैठेगा। माँ ने उससे कहा था, 'तुम तो सीधा कॉलेज से आ रहे हो, भूख लगी होगी।' और उसने अपने लिए लाए सैंडविच बैग में से निकाल लिए थे। बहुत दिनों तक माँ उसकी इस बात की तारीफ करती रहीं कि जिस वातावरण में बैठना तक मुश्किल होता है, वहाँ उसने बिल्कुल सहज भाव से खाना खा लिया था। शाम को माँ ने जबरदस्ती उसे घर भेजा था। फिर जब तक हम अस्पताल में रहे, वह हर दिन वहाँ आता रहा।

उस समय हम दोनों बी.ए. सेकंड ईयर के छात्र थे। वह बी.एस-सी. पास और मैं इंग्लिश ऑनर्स कर रहा था। हमारी भेंट कॉलेज के जिम में हुई थी। एकाध बार अचानक मिले। फिर समय निश्चित करके मिलना शुरू किया। अस्पताल के बाद तो हम मित्र हो गए थे। कुछ कॉमन सूत्र भी रहे ही होंगे, मसलन वर्कआउट का दोनों को ही शौक था। उसके गठे उभरे मसल्स तो मुँह से बोलते थे और उसका कहना था कि मेरा आकर्षक व्यक्तित्व लड़कियों को हमारी तरफ खींचता है। यह अर्जुन के लिए खास बात हो सकती थी, मेरा तो इस तरफ ध्यान ही नहीं गया था, क्योंकि इंग्लिश ऑनर्स में लड़के बहुत कम थे। पूरी क्लास लड़कियों से ही भरी हुई थी। यह अलग बात है कि स्कूल से लेकर कॉलेज तक लड़कियाँ लगातार साथ रहीं, इसलिए अन्य लड़कों की तरह मुझमें लड़कियों के प्रति वह हिंसक भूख नहीं थी, इसलिए लड़कियों मेरे साथ खुश और सुरक्षित महसूस करती थीं और मुझे घेरे रहती थीं। अर्जुन का तो यह स्वीकार करना था कि वह तो मेरे करीब आया ही इसलिए था कि उसे भी कोई लड़की नसीब हो जाएगी।

कॉलेज के दिनों में ही हमने इकट्ठे बीयर पीनी शुरू की थी। एक दिन बीयर के हिलोर में ही उसने बताया था कि उसके पिता का इश्क उसकी सगी मौसी से चल रहा है और कहते-कहते वह रो पड़ा था। मेरे पिता तो थे ही नहीं। यों माँ के ऊँचे सरकारी पद पर आसीन होने से घर की व्यवस्था समुचित थी। परिवार के फ्रेम में केवल माँ ही थीं, इसलिए अर्जुन जिस असुरक्षा और तनाव में से गुजर रहा था, मैं उससे मुक्त था। इस अंतरंग भागीदारी ने हमें एक-दूसरे के बहुत करीब ला दिया था। उसके पिता टैक्स के भुगतान के मामले में जब फँसे तो दु:खी होने के बदले वह खुश ही हुआ था। फिर उसने एक दिन बताया था कि पिता उनका घर छोड़कर चले गए हैं। मौसी से शादी भी कर लेंगे—हरामी मेरा बाप अपने को सही साबित करने के लिए जगह-जगह कह रहा है—तेरी माँ, अंकल से फँसी हुई है, तू साला भी उसी की औलाद है···' अंकल ने तो हर दुर्दिन में हमारा साथ दिया। हमारे लिए तो वे भगवान् हैं। वे तो चाह ही रहे थे कि मैं भड़कूँ और उन्हें घर छोड़ने का बहाना मिल जाए। गालियों के साथ जब वे माँ को

मारने के लिए बढ़े तो मैंने कहा कि ऐसे ही शोर मचाना है तो निकल जाओ इस घर से।

घर चलाने की सारी चिंता अब अर्जुन की माँ की थी। एक कमरा उसने किराए पर चढ़ा दिया। माँ जैसे-तैसे घर चलाने लगी थीं। अपना खर्च चलाने के लिए अर्जुन ने कुछ ट्यूशन ले ली थी। छुट्टियों में जॉब—जैसे इवेंट मैनेजमेंट और एग्जिबिशन में नौकरी तो हम लोगों की मौज-मस्ती का साधन थे।

बी.एस-सी. पास करने के बाद अर्जुन ने कॉल-सेंटर में नौकरी कर ली थी और मैंने लॉ फैकल्टी में एडमिशन ले लिया था। रात की ड्यूटी होने पर अर्जुन मुझे भी अपने पास बहुत बार बुला लेता था। रात देर में लौटने पर माँ खीजती और बड़बड़ाती थीं—"उसे (यानी अर्जुन को) तो किसी का डर नहीं। घर पर पूछने वाला ही कौन है? बेटे पर निर्भर बेपढ़ी माँ की औकात ही क्या है हमारे समाज में?"

"तुम तो ऐसे ही घबराती हो माँ, तुम अपने समय से सो जाया करो, डुप्लीकेट चाबी होती तो है मेरे पास।" कहते हुए मैं फ्रिज से पानी की बोतल निकालता और अपने कमरे में चला जाता।

लॉ फर्स्ट ईयर और सेकंड ईयर दोनों में ही मैंने अपने सेंटर में टॉप किया, इसलिए माँ शांत थीं। उनके कहने पर मैंने एक लॉ फर्म में काम करना भी शुरू कर दिया था, इसलिए कई बार अर्जुन को मैं रात अपने साथ घर पर ले आता। अलमारी में छिपाकर रखी रम की बोतल से हम रात गुजारते। ऐसा नहीं है कि माँ को पता नहीं था कि हम पीते हैं, पर घर से बाहर देर रात तक रहने की अपेक्षा मैं घर पर उनके सामने हूँ, यही उनके लिए तसल्ली की बात थी।

ये चार साल पहले की बातें हैं। यों आज भी अगर मेरी फर्म के मिस्टर मुखर्जी मेरी कार्यकुशलता की तारीफ माँ के सामने करें तो माँ बहुत खुश हो जाती हैं। हमें बच्चा समझने की अपनी इसी रौ में उन्होंने अर्जुन को उसकी गर्लफ्रेंड और अर्जुन के हिसाब से उसकी भावी पत्नी के सामने कह दिया था—'बेटा, तुम एम.बी.ए. करके अपनी क्वालिफिकेशन बढ़ा लो, फिर अणिमा के माँ-बाप को तुम्हारे साथ उसकी शादी करने में कोई ऐतराज नहीं होगा। अच्छे पैसे कमाने के साथ लड़की के माँ-बाप ऊँचा ओहदा भी चाहते हैं।'

उस वक्त तो वह 'जी आंटीजी' कह चुप लगा गया था, पर माँ के ये शब्द उसके सीने में कील की तरह गड़ गए थे। उसके बाद जब भी हम मिले, वह कोई- न-कोई मौका निकाल अपने तरकस में से जहर बुझे तीर प्रत्यक्ष रूप से मुझ पर और अप्रत्यक्ष रूप से माँ पर चलाता रहा। कुछ वाक्य तो उसकी स्थायी अभिव्यक्ति बन गए थे—

'रईस माँ की औलाद, हम जो कुछ हैं, अपने बलबूते बने हैं।'

'तू तो एडवोकेट ठहरा, मुझ जैसे कम पढ़े-लिखे के साथ तुझे रम पीनी क्यों अच्छी लगेगी?'

शराब के नशे में उसका फ्रस्टेशन और ज्यादा मुखरित होकर निकलता। पर इस सबके बावजूद हमारा साथ बरकरार था। इसके पीछे बड़ा कारण था अणिमा से उसकी शादी तय हो जाना। अपने उल्लास में वह अपनी शादी का निमंत्रण खुद माँ को देने आया था। माँ भी बहुत खुश हुई थीं। मुझ पर उसने बहुत अधिकार से विवाह से दो दिन पहले कुछ निकट मित्रों के लिए मेरे घर पर कॉकटेल का प्रबंध करने के लिए कहा था।

मैंने ऑफिस से चार दिन की छुट्टी ले ली थी। मुझे लगा था, घर पर कॉकटेल सुविधाजनक नहीं होगी, इसलिए मुखर्जी साहब से मैंने ऑफिस की छत पर प्रबंध करने की इजाजत ले ली थी। यही बताने के लिए मैं रात ऑफिस का काम निपटा अर्जुन के घर पर पहुँचा था। अर्जुन और उसका ट्रांसपोर्टर दोस्त विपुल पी रहे थे। मेरा स्वागत करने के बदले वह चिल्ला पड़ा था—'मिल गया तुझे टाइम, कल रात कॉकटेल है और उसके बारे में कुछ बात तक तूने की नहीं! माँ ने तुझे घर पर करने से मना करा होगा। घर पर तेरे पचास बार फोन किया होगा। जवाब बार-बार वही कि एडवोकेट साहब अभी ऑफिस में ही हैं और मोबाइल तूने ऑफ करके रख दिया होगा…'

'मोबाइल में सिमकार्ड डलवाना है, पर छुट्टी लेने से पहले ऑफिस का अपने हिस्से का सारा काम निपटाना था। फिर वहीं की टैरिस पर सारा देख-दाखकर योजना बनाकर वहीं के अपने कुक को स्नैक्स का ऑर्डर देकर एक बार टेंडर और एक वेटर का इंतजाम करके सीधा आ रहा हूँ। माँ बेचारी को तो अभी सूचित भी नहीं किया कि तेरे पास आ रहा हूँ।'

'मैं तो जानता ही था कि तू साला डरपोक माँ को कह नहीं पाएगा कि कॉकटेल घर पर करनी है। एक हफ्ते के लिए गाड़ी देनी तो और भी बड़ी बात है।'

'इस वक्त नशे में तू कुछ भी सुनने के मूड में नहीं है, जो तेरे मन में आता है, गलत-सलत सोचने लगता है। कल सुबह जब तेरा नशा उतर जाएगा, मैं तभी बात करूँगा।'

'जा साले, कौन तेरे लिए बेताब हो रहा है? जा, माँ की गोद में छिप जा।'

'बस बहुत हो गया अर्जुन, माँ का नाम फिर मत लेना।'

'तू क्या कर लेगा मेरा? मैंने अपने बाप की नहीं सुनी तो तेरी और तेरी माँ की क्या सुनूँगा?' कहते हुए वह बाहर मेरे पीछे-पीछे आ रहा था।

उसे नशे में लड़खड़ाते हुए देख मुझे लगा था कि शादी की चिंता की वजह से वह टेंस है, इसलिए पूरी शांति से उसे समझाने के लिए मैंने उसको कूल करने के

लिए जैसे की उसके कंधे पर हाथ रखा कि वह लड़खड़ाकर गेट के रैंप पर गिर पड़ा। रैंप पर कुछ कंकड़ पत्थर पड़े थे, जिनसे उसके हाथों और घुटनों पर खरोंच पड़ गई। गुस्से में उसने पत्थर उठाकर मेरी गाड़ी के शीशे पर मारा। 'मुझे धक्का देकर गिराएगा तू?' कहते हुए उसने विंडस्क्रीन पर पत्थर फेंके थे। फिर भी उसे उठाते हुए मेरे 'सॉरी अर्जुन, मैंने तुझे गिराना नहीं चाहा था' कहने के बावजूद वह मुझ पर बरस रहा था—

'गेट लॉस्ट यू, रिच माँ की औलाद, मैंने अपने बाप को नहीं बख्शा तो तुझे क्या बख्शूँगा।'

'एनफ इज एनफ,' कहते हुए मैं उसे छोड़कर घर की तरफ आ रहा था। मेरी समझ में नहीं आ रहा था कि अर्जुन को आखिर हुआ क्या? सोते हुए सोचा कि भाड़ में जाए अर्जुन, मैं उसकी शादी में भी नहीं जाऊँगा, पर सुबह आँख खुलते ही लगा कि अपने दायित्व से मुझे नहीं मुँह मोड़ना चाहिए। उसकी कॉकटेल और शादी निपट जाए। बाद में जो संबंध होंगे, वह बाद में देखूँगा। यह निर्णय करते ही मैंने अर्जुन का मोबाइल नंबर मिलाया। उसके 'हैलो' कहते ही मैंने कहा, 'अर्जुन, अगर तू होश में आ गया है तो तू महसूस करेगा कि गलती मेरी नहीं थी, फिर भी मैं सॉरी कहते हुए कह रहा हूँ कि मेरे ऑफिस की टैरिस पर सारा इंतजाम है।''

''नो-नो-नो, डोंट कॉल मी ऐंड डोंट शो मी युअर फेस ऑनवर्ड्ज।'' कहते हुए उसने फोन बंद कर दिया था।

मैं भी अपने पर काबू पा नीचे माँ के पास आया और उससे कहा—

''ममा, तुम कह रही थीं न कि मैं दिल्ली में बोर हो गई हूँ, दिल्ली से बाहर जाना है, तो बस अभी पैक कर लो। फिर मुझे छुट्टी नहीं मिलेगी। आधे-एक घंटे के अंदर हम नीमराना, टिंबर ट्रेल या जिम कॉर्बेट के लिए निकल लेंगे।''

''पर चौबीस की तो अर्जुन की शादी है। तुम तो कह रहे थे, आज शाम उसकी कॉकटेल पार्टी है?''

''वह नहीं हो रही।''

''रात क्या तुम अर्जुन के साथ थे?''

''हाँ!''

''तुम्हारा तो ऑफिस से फोन आया था कि काम की वजह से तुम्हें लौटने में देर हो जाएगी। कल से छुट्टी पर होने की वजह से काम निबटाकर आना होगा।''

''पहले ऑफिस में ही था। बस ज्यादा सवाल मत पूछो, चलना है तो चलो, वरना मैं अकेला ही चला जाऊँगा।''

''क्या अर्जुन से लड़ाई हो गई है?''

"हाँ।"

"शादी तो तुम्हें अटैंड करनी चाहिए।"

"चौबीस को आ जाएँगे, अभी मुझसे कुछ मत पूछो," कहते हुए दोनों हाथों से मैंने अपने सिर को पकड़ते हुए अपनी उठती हुई आवाज को नीचा कर लिया था।

"मुझे बताते···"

"माँ प्लीज!"

बारह बजे होंगे जब हम गाड़ी में बैठकर टिंबर ट्रेल के लिए चल पड़े थे। अभी दिल्ली बॉर्डर भी पार नहीं किया था कि अर्जुन का फोन आया था, जिसको उसने यह कहकर बंद कर दिया था कि मैं ड्राइव कर रहा हूँ और माँ को दिल्ली से बाहर ले जा रहा हूँ। इसके बावजूद अर्जुन के लिखित संदेश मोबाइल पर आ रहे थे कि वह अपने व्यवहार के लिए बहुत शर्मिंदा है, उसके उपस्थित हुए बिना वह शादी के मंडप में बैठेगा ही नहीं। इसे लफ्फाजी न समझना, यह मेरे अंतर्मन की पुकार है।···मैंने मुसकराकर मोबाइल बंद कर दिया था।

टिंबर ट्रेल पर पहुँचते-पहुँचते शाम हो गई थी। मन कह रहा था कि अच्छा ही किया इस सुंदर परिवेश में आ गए। अगली सुबह नाश्ते के बाद ट्रॉली से ऊपर पहुँचे तो हम चमत्कृत ही हो गए। पाँच मिनट में हम मैदान से पहाड़ के शिखर पर थे। अपने आप में अपूर्व सुखद दुनिया! हमने रिसेप्शन पर कहकर अपना सामान ऊपर मँगवा लिया था। दो दिन कब बीत गए, पता नहीं चला।

खुले आसमान की सुंदर शाम के बाद सुबह ही सैर कर कमरे में वापस आई माँ। मुझे उठे हुए और कॉफी पीते देख अवाक् सी हो गई थीं। फिर प्रसन्न मुद्रा में बोलीं, "अरे तू उठ गया! जरा कमरे से बाहर तो निकलकर देख कि पहाड़ का यह बसेरा तो दिव्यलोक बना हुआ है! कॉम्प्लेक्सवालों के द्वारा सुबह साढ़े पाँच बजे से लगाई सितार की ध्वनि पहाड़ियों पर गूँज रही है। पेड़ों से उठती आकाश के बादलों से सुर मिला रही है। धुंध ने सारी पहाड़ी को घेर लिया है। परीलोक का एक चक्कर तो लगाकर आ, अगर बारिश हो गई तो हम एक रात और यहीं रुक जाएँगे।"

"नहीं माँ, आज तो हमें लौटना होगा, इसीलिए तो उठ गया हूँ। आपने ही तो कहा था कि अर्जुन की शादी पर जाना जरूर चाहिए। नाश्ता लेकर हिसाब चुकाकर हम जल्दी-से-जल्दी निकल लें तो अच्छा है, क्योंकि आप नहीं चाहेंगी कि मैं तेज गाड़ी चलाऊँ।"

कहते हुए मैं बाथरूम में चला आया था। यहाँ होते हुए भी मैं अर्जुन के पास पहुँचा हुआ था। शाम को बारात के निकलने से पहले उसके साथ वडीज ड्रिंक लेना

होगा, शेष दोस्तों को पिलाने की जिम्मेदारी भी तो मेरी होगी। आज तो यार की शादी है, मुझे पीने से कौन रोक सकता है?

यहाँ आने से पहले जो उबाल मन में था, वह नीचे बैठ चुका था। अब तो केवल अर्जुन के शब्द 'मैं शर्मिंदा हूँ, शर्मिंदा हूँ, तेरे अलावा मेरा है ही कौन?' गूँज रहे थे। आँखों के सामने से पहाड़ गायब था। थी तो बस शाम!

□

काँकड़ा खोह

वहाँ ऐसा क्या था, जिसकी वजह से उसकी आँखों के सामने छतरी लिये हुए नीलिमा सूद आ खड़ी हुई थी? आसमान में बीच-बीच में बरसती नन्ही-नन्ही बूँदें''' हिंडोला महल और जहाज महल के उन्मुक्त सौंदर्य का मुखर परिवेश या मौसम की मानसूनी अदा! कजरारे बादल छाए हुए थे, पर घटा बरस नहीं रही थी। उमस भी नहीं थी। ऐसा मौसम बहुत आकर्षक होता है। लगभग तीस बरस पहले वह ट्यूटोरियल लाइब्रेरी के कॉरिडोर में खड़ी बाहर लॉञ्ज में बरसती नन्ही-नन्ही बूँदों को देख रही थी। सोच रही थी कि बाहर निकले या नहीं कि तभी उसने गेट से नीलिमा सूद को आते देखा था। आसमान की तरफ मुँह उठाए उन ओस के जैसी बूँदों से बचने या उन्हें चखने के लिए उन्होंने अपनी छतरी खोल ली थी, 'माई फेयर लेडी' फिल्म की नायिका की तरह। बादलों के उस माहौल में इंडियन पिंक पर नीले पोल्का डॉट्सवाली साड़ी पहने, घटाओं को चुनौती देती वर्षा में रंग भरती सुंदर कलाकृति-सी लग रही थीं वह। कॉलेज से रिटायर होकर विदेश में वे कहाँ चली गईं, उनमें से किसी को पता नहीं।

मांडू में वह एम.ए. के छात्रों और अपने कुछ साथियों के साथ आई हैं। रेवा खंड में गाइड उन्हें रूपमती मंडप दिखा रहा था। बाजबहादुर के महल के भीतरी कक्ष से इको पॉइंट से पूरे मंच का ब्योरा देते हुए गाइड कह रहा था, ''बाजबहादुर अपने समय का प्रसिद्ध गायक था। ध्रुपद की विख्यात गायिका रूपमती की मधुर आवाज सुनकर मंत्रमुग्ध हो गया था। कलाकारों को सम्मान देनेवाला बाजबहादुर रूपमती के पिता की अनुमति से उसे लेने मांडू आया था।'' हम सबको कक्ष के विविध हिस्सों पर गाइड ने खड़ा कर दिया था। स्वयं मंच के पार्श्व में खड़ा हो वह कह रहा था, ''कल्पना कीजिए, गायन चल रहा है।'' और फिर एकाएक रफी की आवाज में गाता वह मंच की तरफ बढ़ रहा था—''चाहूँगा तुझे साँझ सवेरे।''' अंतरा समाप्त होते

ही कानों में पड़ता है—"जो वादा किया, वो निभाना पड़ेगा··· ।" महल के अवशेषों में वह आवाज जादू का-सा असर करती है और कुछ देर की चुप्पी के बाद सभी तालियाँ बजाकर उसकी प्रशंसा करते हैं।

रूपमती मंडप में झरोखे के पास खड़ा करके वह हमें बता रहा है—"रूपमती को नर्मदा से असीम प्रेम था। सुबह नर्मदा दर्शन के बाद ही वह अन्न-जल ग्रहण करती थी। बाजबहादुर ने यहाँ यह झरोखा इस ऊँचाई पर बनवाया था, ताकि रूपमती नित्य नर्मदा दर्शन कर सके। चंदेरी नरेश के संग रूपमती की शादी उसके पिता ने इसलिए तय नहीं की थी, क्योंकि वहाँ से नर्मदा के दर्शन दुर्लभ थे।"

गाइड को बीच में टोकते हुए डॉ. शर्मा पूछ रहे थे—"रूपमती क्या बाजबहादुर के साथ महल में नहीं रहती थी?"

"नहीं जनाब! रूपमती को मांडू के कथित शाही महल में रखा गया। वे तो कला के दीवाने लोग थे। इलाही प्रेम था उनका। उनकी अनूठी दास्तान मांडू के खँडहरों में आज भी व्याप्त है। यहाँ की सुरम्य वादियों में संगीत के स्वरों का आनंददायी अनुभव आज भी हमें सजीव-सा प्रतीत होता है।"

गाइड के भावुक स्वर की उपेक्षा-सी करते हुए डॉ. शर्मा युवकों की तरफ आँख दबाकर जैसे कुछ बहुत गूढ़ बात उन्हें बता रहे थे—"अरे भई, स्त्री और पुरुष का साहचर्य तो घी और आग का साहचर्य है। आँच का ताप तो बर्फ सरीखे घी को भी पिघलाकर रख देता है। उस पर ये तो ठहरे प्रेमी··· !"

लड़के-लड़कियों ने एक-दूसरे की तरफ देख, हँसते हुए गाइड और डॉ. शर्मा को घेर लिया था। इससे पहले कि राग का कोमल फूल ऐंद्रियता के पंक में गिरे, कला की उदात्तता काल-कवलित हो और लड़के-लड़कियों में व्यर्थ की बहस शुरू हो जाए, उसने गाइड का ध्यान हमारी तरफ आकर्षित करते हुए कहा, "हमें आज ही उज्जैन लौट जाना है, इसलिए यहाँ का सबकुछ जल्दी से देख लें···हमें उस जगह ले चलिए, जहाँ महलों की सुरक्षा के लिए दूर-दूर तक पहरेदारों के साथ संवाद 'ध्वनिसंकेतों' द्वारा ही कर लिये जाते थे।"

रेवा खंड के विविध बिंदुओं को दिखाते गाइड के साथ-साथ वह चल रही थी, पर उसके मस्तिष्क में केवल एक ही वाक्य गूँज रहा था—'स्त्री-पुरुष का साहचर्य तो आग और घी का साहचर्य है।'···तो क्या स्त्री-पुरुष मैत्री का अशरीरी धरातल पर होना संभव नहीं? इस द्वंद्व में घिरी वह सबके साथ हिंडोला महल पहुँच गई थी, पर उसका मन डॉ. शर्मा के समान किसी निर्णय पर पहुँचने के लिए तैयार नहीं था। वहाँ के खुले वातावरण में अपने भीतर से बाहर तो आ गई थी, पर मन के अधूरे प्रश्न ने नीलिमा सूद को सामने ला खड़ा किया था।

नया-नया महिला कॉलेज खुला था। अपने ही विश्वविद्यालय के उसी वर्ष पास किए दस जन ही तो हम थे, नीलिमाजी जरूर कुछ अनुभव लिये हुए थीं। आयु में हम सबसे बड़ी थीं। एक मिसेज कुमार थीं, जो अंग्रेजी विभाग में आई थीं, पर उनका अपनी क्लास को पढ़ाने के इतर किसी से कुछ लेना-देना नहीं था। हम लोग मंच पर पहुँच गए थे, पर मानसिकता में अभी भी विद्यार्थी ही थे। इसलिए काउंसिल मीटिंग में ठोस सुझाव केवल नीलिमाजी की ही तरफ से आते थे। किसी विषय पर बहस होने पर विश्वस्त ढंग से हिस्सा लेनेवाली भी नीलिमाजी ही होती थीं। फिर पता नहीं उनके बढ़ते महत्त्व को पचा न पाने के कारण संभवत: किसी ने नेपथ्य से यह प्रसारित कर दिया था कि नीलिमा सूद तो प्रोफेसर मुनीश की 'कीप' हैं। उन्हीं की वजह से तो यहाँ उनकी नियुक्ति हुई है। उसके मन में प्रश्न उठा था कि मूल योग्यता के बिना क्या कोई किसी को नियुक्त करवा सकता है? फिर उनका समृद्ध व्यक्तित्व, हर किस्म की बातचीत में उनकी भागीदारी, उनकी क्रियाशीलता को किसी संस्तुति की जरूरत नहीं थी। यों तो शिक्षक वर्ग में बहुत बड़ा कोई भी नहीं था, पर उनकी दोस्ती हम लोगों से ज्यादा हो गई थी। शायद जवान पीढ़ी बहुत बातें नहीं बनाती या उसे फुरसत ही नहीं होती या उसे लगता है कि किसी के निजी मामले में हस्तक्षेप करनेवाले वे कौन होते हैं?

"मैडम, वह देखिए, हिंडोला महल की पिछली दीवार थोड़ी झुकी हुई है, जो इसके आगे के हिस्से का भार वहन करने में सहायक मानी जाती है। भवन के ऊपरी भाग को कम चौड़ाई और सतहवाले भाग को अधिक चौड़ाई प्रदान की गई है, जिससे हिंडोला यानी झूले की आकृति का बिंब बनता है और ऊपर छत नहीं है···खुला आसमान है।"

वह वहाँ के स्थापत्य और उन्मुक्त प्राकृतिक परिवेश की तारीफ किए बिना नहीं रह सकी थी। इस उन्मुक्त परिवेश में पनपनेवाला प्रेम भी मुक्त करनेवाला आत्मिक और उदात्त ही रहा होगा, बाँधने और जकड़नेवाला नहीं।

नीलिमाजी जब हमारे कॉलेज में आईं, वे तीन छोटे बच्चों की माँ थीं। उनका विवाह छोटी उम्र में ही हो गया था। फिर 'हिंद-पाक विभाजन' हो गया। पति सुदर्शन पुरुष थे, पर गैर-जिम्मेदार। तीन बच्चों के बाप होकर भी घर के दायित्व से मुख मोड़, घर क्या, शहर से ही गायब हो जाते थे। ससुर के पास कितना भी धन हो, आमदनी के बिना तो कुएँ भी खाली हो जाते हैं। ऐसे में नीलिमाजी ने अपनी छोड़ी हुई पढ़ाई पूरी की और नौकरी प्राप्त की। वैवाहिक जीवन और बच्चों के साथ संघर्ष उनके जीवट और प्रतिभा को ही सूचित करता था। प्रोफेसर मुनीश ने उनकी प्रतिभा को पहचान लिया था। निश्चित रूप से प्रोफेसर साहब ने उनकी सहायता की थी।

नीलिमाजी उनका सम्मान करती थीं। समान दृष्टि स्तर ने दोनों को मित्र बना दिया था। प्रोफेसर साहब के संपर्क में नीलिमाजी की प्रतिभा तो निखर ही रही थी, उन्हें अपना जीवन भी सार्थक लगने लगा था। पति का व्यक्तित्व निरंतर बौना होता जा रहा था। कैसी विडंबना है स्त्री जीवन की कि उसके अभाव काल में समाज उसके प्रति संवेदनशील नहीं होता, पर समृद्धि काल में उसके चरित्र को लक्ष्य बनाकर उसे दंडित करने के लिए जरूर आ खड़ा होता है! जहर बुझी ध्वनियों को अनसुना करने की बेपरवाह अदा नीलिमाजी ने भले ही ओढ़ ली हो, पर भीतरी मन उनसे अवसादग्रस्त तो हो ही जाता था। यह भाग्य का व्यंग्य ही तो है कि विवाह के अधिकार से पति भले ही आक्रामक और बलात्कारी हो जाए, वह स्वामी ही बना रहता है और स्त्री की जिंदगी को अर्थ देनेवाला मित्र बिना किसी को भी नुकसान पहुँचाए खलनायक बना दिया जाता है!

सब लोग जहाज महल की छत पर गए हैं और वह सीढ़ियों पर बैठी रूपमती बाजबहादुर के प्रणय-प्रसंग की पुस्तिका पढ़ रही है।

मनखाँ नाम के गायक ने अपने गायन में रूपमती के रूप का, गायन का वर्णन अकबर के सामने किया, जिसको सुनकर अकबर ने रूपमती को बुलाने का बाजबहादुर के पास प्रस्ताव भेजा। बाजबहादुर ने प्रस्ताव को अस्वीकार कर दिया, जिसके फलस्वरूप उसे आदम खाँ के नेतृत्व में अकबर की सेना का सामना करना पड़ा। उसकी सेना सामना करने में असमर्थ रही। बाजबहादुर अकेला मैदान से भाग खड़ा हुआ। आदम खाँ से मिलने के पूर्व बाजबहादुर से वियोग की सूचना पाकर रूपमती ने अपना पूर्ण श्रृंगार कर विषपान किया और उसकी ज्योति की अंतिम किरण भी शांत हो गई! हिंदू होने पर भी उसका अग्निसंस्कार न करते हुए उसे सारंगपुर में दफनाया गया, जहाँ बाद में बाजबहादुर ने उसी की कब्र पर अपनी अंतिम साँस ली।

अंतिम साँस...पढ़ते हुए वह नीलिमाजी के बैठकखाने में पहुँच गई। अकसर शाम को नीलिमाजी की बैठक में बौद्धिकों का जमावड़ा होता था। प्रोफेसर मुनीश उन बैठकों के अविभाज्य अंग थे। धीरे-धीरे वे सब भी उनसे खुल गई थीं। इतिहास की वीथियों में घूमते इतिहासवेत्ताओं की पकड़ में न आए काल के अंतरालों को अपनी कल्पना के कलात्मक अंदाज में जोड़ते मुनीश स्त्री-पुरुष संबंधों की सूक्ष्म जटिलताओं को सामने लाते, जिसे सुनकर हमारा साहित्यिक मानस तृप्त हो उठता। महीने में अगर एक बार नहीं मिल लेते थे तो लगता था, कुछ कमी रह गई है। देर हो जाने पर बहुत बार प्रोफेसर मुनीश ने ही उसे उसके घर छोड़ा था। अकसर ऐसे में भाई और उसकी लड़ाई हो जाती थी। भाई को चिढ़ लगती थी कि इतनी रात में कोई पुरुष उसे छोड़ने क्यों आता है? उसका कहना था, स्त्री-पुरुष की मैत्री में पुरुषों

को सेक्स की बू ही क्यों आती है?

"मैडम, आप गुमसुम सी यहाँ सीढ़ियों पर क्यों बैठी हुई हैं। आइए? आपको उस समय का ओपन एयर थिएटर दिखाएँ।"

वह अपने में खोई हुई गाइड के पीछे-पीछे चल दी थी और तथाकथित थिएटर की घास पर एक तरफ बैठ गई थी। उस समय नीलिमाजी के घर पर भी तो एक त्रासद नाटक हुआ था, जब शाम को वह निश्चित समय पर नीलिमाजी के घर पहुँचीं तो प्रो. मुनीश वहाँ पहले से उपस्थित थे। नीलिमाजी वहाँ नहीं थीं। प्रोफेसर मुनीश से पता चला, उनके पति आए हुए हैं, इसलिए वे कभी यहाँ और कभी भीतर जा रही हैं। वह चुप सी हो गई थी, पर प्रोफेसर मुनीश अपने स्वभाव के विरुद्ध हल्के मूड में उससे पूछ रहे थे—

"सुना है, तुम विवाह नहीं करना चाहतीं? घर का कोई दायित्व है तुम्हारे ऊपर या अन्य कोई कारण?"

"नहीं, ऐसे ही।...वैसे भी विवाह केवल 'एनिमल इंस्टिंक्ट' की पूर्ति का माध्यम बने, यह तो मैं कभी नहीं चाहूँगी। विवाह मेरे जीवन में सौभाग्य बनकर आए...स्त्री-पुरुष के वागर्थ संयोग की भाँति, रस्साकशी का खेल नहीं।"

"इस उम्र में इतना समझदार होना अच्छा नहीं।" हँसते हुए वे कह रहे थे, "लो मेरा हाथ पकड़ो...देखो, तुम्हें कुछ-कुछ होता है या नहीं?"

प्रोफेसर मुनीश तो चुहल कर ही रहे थे, वह भी उनके स्वर में स्वर मिलाते हुए बोली, "प्रोफेसर साहब, आपके हाथ पकड़ने से मुझे कुछ नहीं होगा, आपका स्पर्श तो नीलिमा..."

वह वाक्य पूरा भी नहीं कर पाई थी कि बेडरूम से नीलिमाजी के पति की पैर पटकती तेज आवाज ने उन्हें सन्न कर दिया। "नहीं आऊँगा बाहर...जब बाहर तुम्हारा स्यापा खत्म हो जाए, बुला लेना, तुम्हारी चिता में आग दे दूँगा।"

नीलिमाजी अपने चेहरे पर कोई मुखौटा लगाकर बाहर आएँ, इससे पहले ही प्रोफेसर मुनीश ने मुझे चलने का इशारा किया। वे नीलिमाजी के प्रखर विश्वस्त व्यक्तित्व में दैन्य और विवशता को देखना नहीं चाहते थे।

"अच्छा सर, अच्छा मैडम...अब आपसे विदा लेता हूँ। फिर कभी यहाँ आना हो, यह मेरा कार्ड रख लीजिए। हाँ, वापस लौटते हुए मांडू की सीमा पर काँकड़ा खोह जरूर देख लीजिएगा। नमस्कार!"

मांडू से निकलते हुए चार बज गए थे। गाड़ी में सबके बैठ जाने पर छात्रों को संबोधित करते हुए डॉ. शर्मा कह रहे थे, "देखिए, रास्ते में रुकने के लिए कोई नहीं कहेगा, पहले ही...।"

"सॉरी डॉ. शर्मा...दस मिनट के लिए ही सही, काँकड़ा खोह पर गाड़ी जरूर रुकवा दीजिएगा।" वह बोली थी।

कल के लिए कार्यक्रम बनाते सब अभी बस में पूरी तरह से व्यवस्थित भी नहीं हुए थे कि ड्राइवर ने काँकड़ा खोह पर गाड़ी खड़ी कर दी।

बिना किसी को कुछ कहे या पूछे, वह सबसे पहले गाड़ी से नीचे उतर गई थी। पहाड़ी तट पर लगी रेलिंग और छोटे-छोटे सेतुओं द्वारा जोड़े टीलोंवाली यह खोह बहुत ही आकर्षक लग रही थी। सामनेवाली रेलिंग से उसने नीचे झाँका, जहाँ तक नजर जा रही थी, लंबी-गहरी खाई। सामने बोर्ड पर नजर गई—700-800 फीट गहरी।...बच्चे कोल्ड ड्रिंक और चाय पीने में मगन हो गए थे। वहीं बैठा एक बूढ़ा उससे कह रहा था, "ऐसे क्या झाँक रही है। गाइड ले ले। दस रुपए दे देना।"

"नहीं-नहीं, गाइड की कोई जरूरत नहीं; सबकुछ तो देख-सुन आए। यों भी जल्दी में हैं हम।"

"जल्दी में है तो देख ले गड्ढा। दस रुपए दे तो दिखेगा जीवन।"

उनके कहने के अंदाज पर वह हँस दी थी, "अच्छा, यह लो दस रुपए और दिखाओ जीवन!"

"यह प्राकृतिक स्थल रैदास कुंड के नाम से भी जाना जाता है। 800 फीट इस गहरी खाई में बरखा में तो सुंदरता ही यहाँ घर बसा लेती है।"

गहरी खाई के नीचे इठलाती पतली धारा चट्टानों पर उग आई हरियाली और झरनों का कलरव उसकी आँखों में अनूठे सौंदर्य को भर रहे थे, साथ ही गाइड का अनूठा वक्तव्य—

"खाई की चौड़ाई पर पतली डोरी से रूपमती नदी की तरह आर-पार जाया करती थी।"

"दर्शनीय...अद्भुत!" उसके मुँह से निकल गया और सोचने लगी, 'किनारे खड़े होकर तो गहरे गड्ढे में भी प्रकृति की कला का अप्रतिम नैसर्गिक सौंदर्य दिखाई देता है पर चौड़ाई में बँधी रस्सी पर चलना शुरू कर दो तो क्या दिखता होगा?' वह नीलिमाजी से पूछना चाहती है।

'दीदीजी, चलिए, सब गाड़ी में बैठ गए हैं, बस आप ही खोह में खोई हुई हैं।'

वह ड्राइवर की तरफ देख रही थी। क्या कहा है उसने?

□

किले के विभक्त खंडों की परछाइयाँ

यह तो नहीं कहूँगी कि वय:संधि का समय लौट आया, पर हाँ, उस समय जैसे सहेलियों के साथ बैठना ही अच्छा लगता था—हर वक्त सहेलियों के जमघट में बैठने से माँ गुस्सा हो जाती थीं, 'सारा-सारा दिन ऐसी मस्ती अच्छी नहीं,' माँ खीझती थीं। अब भी वैसे ही मस्त होने को मन चाहता है—चहारदीवारी घर के बंधन-पति और बच्चों की माँगों से मुक्त कहीं खुले में लंबी उड़ान भरें। एक लंबा दौर रहा, जब पति के साथ का आकर्षण था—फिर परिवार के सुख-दु:ख की गुंजलकों में उलझते रहे और अब हालत यह है कि कटहल फल के पकने पर उसकी बादाम सी गुठली मुँह में आने से पहले ही उसका प्लास्टिक का-सा छिलका मुँह में अटकने लगता है—मौसमी के रस से पहले ही उसके रेशे दाँतों में फँसने लगते हैं। ऐसे में कंधों पर से जुए को उतारने का मन होता है—परिवार से मुक्त अकेली सहेलियों में अपने को मिलने-बाँटने की हिलोर उठती है।

ऐसे मौके भले ही कम आते हों, पर हम चार दोस्तों में ' रेणुका ' जब लंदन से दिल्ली आती है तो ऐसा सुयोग बन जाता है। रेणुका के और मेरे माँ-बाप दोनों ही नहीं रहे कि मायके में चारों इकट्ठा हो लें। 'जया' की माँ अभी हैं—बिन्नी के पिता को उसका भाई अमेरिका ले गया है। बिन्नी के पिता जब आते हैं तो उसकी इच्छा होती है, हम उसके घर उनसे मिलने जाएँ, पर रेणुका के दिल्ली आने का मतलब ही कुछ और होता है—उसका आना, मतलब हम चारों का दिल्ली से बाहर निकलना—भले ही वह निकलना एक-दो दिन के लिए ही क्यों न हो! बाहर जाना न हो सके तो दिल्ली में ही नाटकों, फिल्मों, रेस्तराँ में जाने का दौर चलता है। यों ऐसा नहीं कि रेणुका के अभाव में हम तीनों मिलते नहीं, पर हम तीनों का मिलना अपनी-अपनी गृहस्थी और काम-काज के चलते शादी-ब्याह, जन्मदिन जैसे अवसरों पर ही होता है—उन औपचारिक मुलाकातों में अपनी-अपनी किलेबंदियों में बाहरी

कंगूरे भले ही देख लें, अंतरंगता के लिए अवकाश ही कहाँ मिल पाता है? फिर दिल्ली में रहते हुए यह खामखयाली कि जब मिलना चाहेंगे, मिल लेंगे, के भरोसे महीने-महीने निकल जाते हैं—कभी एक-दूसरे को आवाज लगा ली कि कुछ खरीदना है 'वहाँ आ जाना' और ज्यादा-से-ज्यादा रेस्तराँ-कॉफी हाउस में कॉफी पी ली, डोसा खा लिया या कभी लोदी गार्डन जैसी जगह पर घूम लिये। एक बार मैंने और बिन्नी ने यह तय किया था कि शनिवार की सुबह सैर करने के लिए आया करेंगे, पर रोज की दिनचर्या में ऐसा हो नहीं पाता। बहरहाल, तीनों को इंतजार रहता है 'रेणुका' के दिल्ली आने का। वैसे भी न जाने ऐसा कौन सा केमिकल सम्मिश्रण है, जो चारों की उपस्थिति से ही बनता है—दो या तीन की उपस्थिति में 'वह बात' बन ही नहीं पाती। यों बिन्नी मुझसे हर तरह की बात कर लेती है। जया के साथ अकेले मुझे उसके मुँहफट जवाबों और सुझावों से डर लगता है, पर उसकी बेलौस उपस्थिति बिन्नी और मेरी उपस्थिति में रंग भर देती है। बहुत बार मैं और बिन्नी उससे मुक्त होने के लिए मिलते हैं। पर हैरानी तो इस बात की है कि अपनी अनुपस्थिति में भी सारी बैठक में वही तो उपस्थित होती है।

इस बार भी रेणुका के आने पर दिल्ली से बाहर जाने का कार्यक्रम बन गया था। रिजोर्ट तय हुआ था वह किला, जो अब 'स्टार होटल' के तौर पर इस्तेमाल किया जाता है। किराए पर गाड़ी जया ले आई थी और दिसंबर की कोहरे भरी सुबह के रोमानी परिवेश में जब रास्ते के कूड़े के ढेर भी धुंध में लिपटे खूबसूरत कुंज का धोखा देते हैं और लैंपपोस्ट तक प्रतीक्षा करते प्रेमी, ठंड से बचने के लिए कपड़ों से लदी-फदी, कोहरे में लिपटी हम अधेड़ाएँ युवतियाँ बनी खिलखिलाती अपने स्वप्न-लोक में चल दी थीं।

"मैं खूब सारे बढ़िया फल लाई हूँ।" जया कह रही थी।

"मैं ब्रेड, मक्खन, जैम, चीज, मिठाई का डिब्बा लाई हूँ, ताकि वहाँ दो पैसे की चीज के पचास न देने पड़ें।" बिन्नी बोली।

"मैं तो कुछ भी नहीं लाई—कुछ टी बैग्ज जरूर बैग में पड़े हुए हैं, यों अगर चाय ऑन बोर्ड हुई तो उनकी जरूरत भी नहीं पड़ेगी, वैसे भी हर वक्त खाना-खाना के इतर भी तो कुछ बात होनी चाहिए।"

मेरे ऐसे कहते ही जया चिढ़ गई थी, "तुझे ही सबसे ज्यादा खास तरह की चाय की जरूरत होती है। एक काम तुझे सौंपा था, वह भी⋯"

उसके वाक्य को पूरा करने से पहले ही मैं बोल पड़ी थी, "नाराज क्यों होती हो जया रानी, कभी तो हम लोगों को जरूरत की दुनिया से बाहर निकलना चाहिए। देखो, बाहर कैसा रोमानी संसार बना हुआ है—फिर मेरा मतलब है कि हम महिलाओं

को अपने पर कंजूसी छोड़ कभी तो खुला खर्च करना चाहिए! खुद कमाती हैं। दो ही दिन तो रहना है और फिर वह 'डॉलर डॉटर' भी तो है न हमारे साथ! कह रही थी इस बार उसके शोज से उसे बहुत कमाई हुई है।''

''अच्छा-अच्छा, अब अपना भाषण बंद कर, जया बाहर रास्ते देखो, रेणुका के भाई के घरवाला मोड़ न छूट जाए—रास्तों की जानकारी तो तुम्हें ही है,'' कहकर बिन्नी ने बात बदल स्थिति को सँभाल लिया था। वैसे भी रेणुका के भाई के घर के पास हम पहुँच ही गए थे—नौ बज रहे थे, पर कोहरा हटने का नाम नहीं ले रहा था। पर जया को अँधेरे में भी दिखाई दे जाता है। वह ड्राइवर से कह रही थी।

''देखो ड्राइवर, पार्क के पास वाला बायाँ मोड़ ले लो, फिर दाएँ, फिर बाएँ और फिर दाएँ मोड़ के कोने पर ही रोक दो।''

रेणुका के भाई के घर पर पहुँच चाय तो पी ही, गजक, मूँगफली और दूध का पैकेट भी ले लिया—ड्राइवर को भी चाय पिला दी गई थी। बाहर निकलने से पहले जया का हुक्म हुआ था—

''जिसे सू-सू बू-सू करना है, कर लो, अब रास्ते में कहीं रुकना नहीं है।'' बारह बजने वाले थे, जब किले के पास पहुँचे, अचंभा हुआ कि गाँव की सँकरी गलियों में से निकलता हुआ ड्राइवर किले के ऊँचे मुख्य द्वार पर गाड़ी ले आया।

दरवाजे पर टिकट पूछने पर हमने ट्रेवल एजेंसी का बुकिंग वाउचर पकड़ा दिया था। 'ओह' अब सलाम बजाते हुए राजस्थानी धजवाले दरबान ने दरवाजे की खिड़की से हमें भीतर करते हुए कहा, ''गाड़ी तो बाहर ही पार्क होगी—रिसेप्शन पर बोल दीजिएगा, सामान आपका कमरे में पहुँचा दिया जाएगा।''

मोटे-मोटे ऊँचे-नीचे पत्थरों का बेतराशा रैंप शायद उसके ऐतिहासिक महत्त्व को बनाए रखने के लिए ही समतल नहीं किया गया था। यों साइड पर और बीच- बीच में टिकाऊ पट्टी भी थी, ताकि चलने पर मुश्किल होने पर वहाँ से आराम से आगे बढ़ा जा सके (यों किले में रहनेवाली राजसी महिलाओं को तो डोलियों में ही उनके कमरों तक पहुँचाया जाता होगा)। बहरहाल, हम बेचारे बीच-बीच में उग आए घास के टुकड़ों और पक्की पट्टी पर पाँव जमाते आगे बढ़ रहे थे कि दाईं तरफ ऊँचाई पर लॉन दिखाई पड़ा—बोगनबेलिया की लतर ने हमें आश्वस्त तो किया पर रिसेप्शन का 'एरो' हमें और आगे बढ़ने का संकेत दे रहा था—आगे गुफानुमा रास्ता था और मोड़ पर पत्थर की आदमकद प्रतिमाएँ तथा सामने भीतर की तरफ झूला नजर आ रहा था। पर रिसेप्शन अभी भी नदारद था। सब थक-से रहे थे, इसलिए वहाँ के कर्मचारियों से दिखनेवाले लड़के से पूछा, 'रिसेप्शन कहाँ है भाई'। 'बस थोड़ा सा और ऊपर, बाएँ हाथ दिख जाएगा!' उसने कहा।

आखिर रिसेप्शन पर पहुँच ही गए थे—दफ्तर के बाहर खुली छत पर मूढ़ेवाली कुरसियाँ और मेजें लगी हुई थीं और दूसरी तरफ थोड़ी ऊँची छत पर लोहे की कुरसियाँ और मेजें।

''यहाँ से तो हमारा 'सिलीसर वाला' लेक पैलेस विजिट ज्यादा अच्छा नहीं था? कमरे के साढ़े सात सौ रुपए—खिड़की और छत से नजर आती लेक, यहाँ तो एक कमरे के ही बत्तीस सौ रुपए हैं, टैक्स अलग।'' बिन्नी मंदी आवाज में कह रही थी।

''सारी शिकायतें यहीं पर कर लोगी, पहले कमरे में तो पहुँच लो।'' मैंने उसके कंधे पर हाथ रखते हुए कहा।

''यह रहा आपका कमरा 'राधा' और दूसरा 'जलज' दूसरी तरफ है।'' बैल्ल ब्वॉय बता रहा था।

''नहीं भाई, हमें तो दोनों कमरे एक साथ ही चाहिए।'' हम एक साथ बोले थे।

''मैं रिसेप्शन पर चलूँ तुम्हारे साथ।'' मैंने उससे कहा।

''नहीं, आप रुकिए यहीं, मैं पूछकर आता हूँ।'' और कुछ देर बाद वह 'राधा' से ऊपरवाले कमरे में 'तुलसी' की चाभियाँ ले आया था। दो वेटर हमारा सामान भी रख गए थे।

कमरे को देख सबको बिन्नी की बात गलत नहीं लग रही थी—पैसों के हिसाब से कमरों का रख-रखाव बिल्कुल सामान्य सा था। यों सुविधा की सारी चीजें मौजूद थीं—एकाएक सब चुप से हो गए थे, क्योंकि मूल्य के हिसाब से उपलब्धि कम-सी लग रही थी।

मैं वॉशरूम में गई—टॉयलेट सीट के सामने छोटा गोल झरोखा, उसमें से नजर आती पर्वत-शृंखला, हरा-भरा घना जंगल और आकाश।

बाहर निकल मैं उल्लसित-आलोकित स्वर में बोली थी—''अरे सू-सू करके आओ और देखो कितना सुंदर लग रहा है पूरा परिवेश!''

अभी तक सब लॉबी में ही खड़े थे, जिसके एक कोने में राइटिंग टेबल बीच में पलंगनुमाँ दीवान और दूसरे कोने में छोटा सा सोफा, सामने दो सीढ़ियाँ चढ़कर शयनकक्ष और बाएँ तरफ के दरवाजे के पास राजपूती वास्तु में गोल बालकनी जालीदार ओटवाली—

''ओह सब इतना सुंदर तो है आर्टी-आर्टी और रोमानी,'' मैं चहकी थी।

''इसे तो अब सुंदरता दिखनी शुरू हो गई।'' बिन्नी बोली थी।

''वाशरूम का झरोखा तो वाकई सुंदरता को देखनेवाली आँख-सा ही बना हुआ है,'' रेणुका ने मेरा समर्थन किया—सब को धीरे-धीरे वह स्थान अपने आकर्षण में बाँध रहा था—बनावटी खूबसूरती के आतंक से रहित आत्मीय सौंदर्य की सृष्टि करता,

हर कोना अपने में सहज सौंदर्य को छिपाए चुपचाप झाँकता हुआ सा, जिस पर नजर जाती तो लगता, अरे इधर से तो देखा ही नहीं!

''देखो, फ्रैश हो लो, फिर कुछ खा-पी लेते हैं और फिर देखते हैं यहाँ के किले को।''

''मैडम आप खाना खाएँगी?'' वेटर पूछ रहा था।

''नहीं'', जया ने हमसे पूछे बिना ही कहा।

''और हाँ, शाम की चाय कितने बजे शुरू होती है?''

''चार से छह।'' उसने जवाब दिया।

''ठीक है,'' वेटर के मुँह मोड़ते ही वह कह रही थी, ''चाय तो ऑनबोर्ड है, अभी पाँच सौ-पाँच सौ बफे पर खर्च करें, हमारा दिमाग खराब है--साथ जो सामान ढोकर लाए हैं। इसे खा लो और उसने फल काटना शुरू कर दिया तथा बिन्नी से कहा कि वह ब्रेड पर मक्खन और चीज लगा दे।

बाहर सर्दी की खिली धूप, दीवारों पर लतरों की छाई हरियाली और उनपर खिलखिलाते फूल, मुक्त आकाश और हमारा मुक्त मन छत पर बने उस लॉन पर जाने के लिए मचल रहा था, जो ऊपर आते हुए देखा। मूँगफली का लिफाफा और गजक लेकर हम वहीं धूप में आ गए थे।

जया रेणुका से बात कर रही थी भारतीय उदात्त मूल्यों की और पश्चिम की भौतिकतावादी दृष्टि की, वहाँ के आत्मकेंद्रित होते व्यक्ति की, कि मैंने बीच में ही टोक दिया—''क्या बात कर रही हो जया, हमारा तो सारा दर्शन ही आत्मकेंद्रित है, केवल व्यक्ति के उत्थान की बात करता है?''

''व्यक्ति-व्यक्ति से ही तो समाज बनता है।'' जया बोली।

''और जो तथाकथित उदात्त व्यक्ति समाज की अगुआई कर रहे हैं, वे उदात्तता के छद्म में अपना घर ही तो भर रहे हैं—सब तरफ छद्म-प्रदर्शन, इससे अच्छा तो पश्चिम है, उदात्तता का आवरण तो नहीं चढ़ा रहा अपने ऊपर, व्यक्ति पश्चिम का हो या पूर्व का, त्याग के बिना उदात्त नहीं हो सकता।''

''यार छोड़ो इन ऊँची बातों को, कुछ चटपटे अनुभव सुनो न रेणुका से। फिर यहाँ पास में जो बावड़ी है, उसे देखने जाना है या नहीं?'' बिन्नी बोली।

''बावड़ी नहीं, पहले किला देखेंगे—तब तक चाय का समय हो जाएगा, फिर स्विमिंग पूलवाली साइड पर जाएँगे, अगर पानी गरम हो तो तैराकी भी की जा सकती है।'' कहते हुए रेणुका उठ खड़ी हुई, ''यहाँ धूप में लेट गए तो नींद आने लगेगी।''

''मैं भी आ रही हूँ,'' कहते हुए बिन्नी भी उसके पीछे हो ली थी। अब मैं जया की पकड़ में थी—मेरे अकेले होने का फायदा उठाते हुए बिना कोई भूमिका

बाँधे वह कह रही थी—

"सुन, क्या यह सच है कि तेरे पति अब तेरे साथ नहीं रहते?"

"वह भी तो अपना ही घर है", मेरे जवाब पर ध्यान न देते हुए वह अपना प्रश्न छोड़ रही थी—

"क्या तुम्हारा संबंध पूरी तरह टूट गया है?"

"जया संबंध टूटते नहीं, सूखते हैं और सूखते संबंधों में साथ रह भी लो तो एक-दूसरे को देख-देखकर भीतर-ही-भीतर जलते-कुढ़ते रहते हो—अनिश्चय की अस्थिर कँपकँपाती जिंदगी से यह स्थिति कहीं बेहतर है।" फिर अपने आप को विषाद से बचाने के लिए बात बदलने के लिए मैंने कहा, "चल जल्दी कर, किसी अनजाने मोड़ पर वे दोनों मुड़ गईं तो इस विविध खंडों में बँटे भूल भुलैया किले में उन्हें ढूँढ़ना मुश्किल हो जाएगा।"

विविध ऊँचे-नीचे स्तरों पर बने किले से खंडों की तरह मैं अपने-अपने में डूबी चल रही थी कि सामने एक खुला हुआ कक्ष दिखा। बहुत साफ तो नहीं था, शायद पुराना सामान रखने की जगह पर वहाँ बड़े-बड़े झूले पड़े हुए थे और हमारी रेणुका रानी और बिन्नी झूल रही थीं। मैं झूले के पीछे जाकर उन्हें झुलाते हुए गाने लगी—

'अरी बहना रँडुआ तो रोवे सारी रात, सपने में देखी कामिनी!'

"रँडुआ कामिनी देख रहा है या तू कंत?" जया ने वार किया था, पर अब मैं मुक्त थी, जया को जवाब दे चुकी थी, इसलिए खिलखिलाकर बोली, "अब न तो हम कामिनी रहे और न काम रहा। अब तो हम शिखर पहुँची जोगिनी हैं।" 'जय जोगिनी मैया की' बिन्नी ने ऊपर से शांत पर पैने अंदाज में कहा।

"तुम्हारे इन सारे संवादों को रिकॉर्ड कर लेती और कुछ अनाप-शनाप और भर लेती तो मेरे तो 'अगले शो' का इंतजाम हो जाता।" रेणुका बोलने से चूकने वाली कहाँ थी।

कंगूरेदार गलियारों में घूमते हुए हम एक-दूसरे को समझा रही थीं कि दीवारों में बने इन सुराखों से सैनिक बाहरी आक्रमणकारियों पर गोलियाँ दागते होंगे।

बहुत हो गया घूमना, चाय का वक्त हो गया है। चाय पी जानी चाहिए और चाय के तो पैसे भी नहीं देने पड़ेंगे। चाय पीते-पीते सोचा जा रहा था, बफे डिनर लिया जाए या नहीं! बिन्नी का कहना था, इतना महँगा खाना लेने की क्या तुक है, हमने खाना ही कितना है, पर मेरा और रेणुका का कहना था, यहाँ आए हैं तो पता तो होना चाहिए कि खाना कैसा है यहाँ का, कोई एक मील तो लेना ही चाहिए, चाहे डिनर या सुबह का ब्रेकफास्ट, लंच के लिए रुके तो देर हो जाएगी। तय हुआ डिनर लेते हैं, पर चार नहीं, दो-एक वेज-एक नॉनवेज। कमरे में ले आएँगे और मिलकर खा लेंगे।

अब सवाल यह था डाइनिंग हॉल में अपने लिए परसने के लिए कौन जाएगा? वेटर तो लाकर देगा नहीं, रेणुका जाने के लिए तैयार थी और जया को भी मना लिया था।

बाहर बैठे-बैठे ही अँधेरा हो गया था। दीपकों जैसी बत्तियाँ पेड़ों के बीच- बीच में और कंगूरों के झरोखों में चमकती रोमानी वातावरण बना रही थीं। ठंड सी लगी तो हम आधे ढके हुए मेज पर आ गए, राजस्थानी नर्तक ने छोटे बच्चे के साथ अपने वाद्य को बजाना शुरू कर दिया था। छोटा बच्चा वाद्य ध्वनि पर लयात्मक घुमेरियाँ ले रहा था। गायक सास बहू की तू-तू, मैं-मैं को हाथ हिला-हिलाकर स्वर दे रहा था। ऐसे में न जाने क्या हुआ कि रेणुका ने रोना शुरू कर दिया। कारण पूछने पर 'कुछ नहीं, 'कुछ नहीं' कहती रही, पर बिन्नी ने कारण पकड़ते हुए उसे डाँटा—''इतने बरस बाहर रह ली। खुद भी सास बन गई, पर अभी तक सास-ननद के पचड़े से मुक्त नहीं हुई! लोग-बाग भारत में एकल परिवार में रह रहे हैं और ये वहाँ सम्मिलित परिवार की जटिलताओं में फँसी हुई है, तभी तो साँस लेने के लिए इसे भारत आने की जरूरत पड़ती है।'' 'मैं अभी फ्रैश होकर आती हूँ' कहकर रेणुका चली गई तो जया बोली, ''इतनी बुरी तो नहीं इसकी सास। मैं तो पूरा एक हफ्ता वहाँ रही थी, मेरी तो बेचारी सास ने खूब खातिर की, अपना दुःख भी बाँटा।''

ठंड बढ़ गई थी, इसलिए रेणुका के पीछे हम भी कमरे में आ गए। जया पलंग पर लेटने लगी तो रेणुका ने कहा, पहले खाना खा लो, फिर लेटना, वरना खाना लाने के लिए जाना भी मुश्किल हो जाएगा। दो के लिए लाया खाना भी चार लोगों के लिए ज्यादा हो रहा था।

दिन भर के थके हुए तो थे, मैंने जया से कहा, ''मैं तो ऊपर के कमरे में नहीं जा रही। यहीं बिन्नी के पास सो जाऊँगी, जो पहले से वहाँ लेट चुकी थी। मुझे नहीं पता जया और रेणुका कब ऊपर गईं, पर सुबह वेटर ने जब दरवाजा खटखटाया तो उसे मैंने ही खोला, क्योंकि वेटर से सुबह-सुबह अपने लिए गरम पानी पीने के लिए लाने को मैंने ही बोला था। बिन्नी अभी भी गहरी नींद में थी। मैंने बिना आहट किए बाथरूम में ब्रश किया, पानी पिया और बाहर अँगड़ाइयाँ लेती सुबह का हाथ पकड़ आस-पास की छत पर घूमना शुरू कर दिया। किले के चारों तरफ की खाई धुंध के बादलों से भरी स्टीम भरे प्याले की मानिंद और बीच में यह किला खूबसूरत चेरी के गुच्छे की तरह लग रहा था। सुबह जग जाना सार्थक-सा लगा। मन चाहा कि सबको जगा दूँ और दिखाऊँ कि सुबह कैसे स्वागत कर रही है!

सैर से लौट कमरे की लॉबी से ही उन्हें आवाज लगाई कि चाय कमरे में मँगवाई जाए कि बाहर की कच्ची धूप में बैठकर पीने का इरादा है?

वे कुछ जवाब देतीं, इससे पहले ही चीखती हुई बिन्नी बाथरूम से बाहर निकली।

सलवार का नाड़ा हाथ में पकड़े हाँफती हुई कह रही थी, खिड़की से मोटा बंदर आ गया है—ऊपर बेडरूम का दरवाजा भी खुला है।

उसकी उलझन को समझते हुए मैंने कहा, "घबराओ नहीं, मैं रिसेप्शन से किसी वेटर को बुलाती हूँ," कहते हुए लगभग भागती हुई-सी मैं रिसेप्शन की तरफ बढ़ गई। पीछे से जया और रेणुका की आवाजें आ रही थीं और गले में रुँधी सी बिन्नी की आवाज कानों में पड़ रही थी—

"कोई तो यहाँ रहो, अरे कोई तो मेरे पास रुक जाओ, पूरे कपड़े तो मुझे पहनने दो!"

रिसेप्शन पर यह कहकर कि 'राधा' और 'तुलसी' में बंदर आ गए हैं, किसी को भेज दीजिए, मैं कर्तव्यमुक्त हो गई थी और ऊँची छत पर रखे कुरसी-मेज पर बैठ गई थी। सीढ़ियों से नीचेवाले तल्ले पर जया और रेणुका इधर-उधर देख रही थीं! उन्हें अपने पास आने का इशारा कर मैंने कहा—

"वहाँ क्यों खड़ी हो, यहाँ आकर देखो न—यहाँ के हर कोने से यह किला अपना एक अलग सौंदर्य उद्घाटित कर रहा है।"

"हमसे नहीं जगह-जगह की सीढ़ियों चढ़ी जातीं।"

"तब तो फिर सीमाबद्ध सौंदर्य ही देखो, उन्मुक्त सौंदर्य तुम्हारे भाग्य में नहीं।" जया को छेड़ ही रही थी कि हाल-बेहाल बिन्नी वहाँ पहुँच बोल रही थी—

"अच्छी दोस्त हो तुम, वहाँ बंदरों की सेना से घिरी अकेला मुझे छोड़ आई और यहाँ निश्चिंत बातों में मस्त हो रही हो! रुआँसी आवाज में सलवार को हाथों में पकड़े, बदहवास-परेशान-लज्जित सी बिन्नी छत के बीचोबीच खड़ी थी।

किले के स्पिलिट फ्लोर्स से अलग-अलग खंडों में अलग-अलग कोनों में, खड़ी किले के कंगूरों की तरह स्तब्ध, चुप जड़-सी हुई हम एक-दूसरे को ताक रही थीं।

□

पिकनिक

''देख, याद से चंडीगढ़ फोन कर देना, मुझे तो उठाले पर यानी सोमवार को वहाँ जाना ही पड़ेगा।'' मिन्ना ने जोर डालकर कहा कि अमन को अपनी इस बहन से बहुत प्यार था, हर हालत में उठाले पर पहुँच जाना है।

''सोमवार को मेरी भी छुट्टी है, मैं भी तुम्हारे साथ चलूँगी। तुमने तो फोन कर दिया होगा। मुझे जब जाना ही है, तो फोन क्या करना?'' उसी ने अमन को मिन्ना के लिए पसंद किया था और दीदी और मिन्ना से मिलवा दिया था, इसलिए उसे चंडीगढ़ जाना ही चाहिए। फिर जब से पिटका अहमदाबाद गया है, वह तो घर से बाहर निकली ही नहीं। घर, कॉलेज और पिटका—यही उसकी पूरी दुनिया होकर रह गई है, अपनी जिंदगी के ढर्रे से थोड़ी देर बाहर निकलना हो जाएगा और कुछ नहीं लंबी ड्राइव पर ही सही। पर उसने दीदी से यह तो पूछा ही नहीं कि वे जाएँगे कैसे? कोई बात नहीं 'शताब्दी' से भी वे जा रहे होंगे तो भी ठीक है। क्यों न वो दीदी से पूछ ही ले?

पूछने पर पता चला कि ड्राइवर को तो वायरल हो रहा है, पर डबला कह रहा था कि उसे हाइवे पर ड्राइव किए अरसा हो गया है। इसलिए वह ले चलेगा—जीजाजी सुबह उठ नहीं सकते, इसलिए उन्हें यहीं छोड़ जाएँगे। डबले ने यह भी कहा कि पिटका आया हुआ है तो उसे भी साथ ले लेना, हम दोनों का साथ हो जाएगा।

'वहाँ कितने बजे पहुँचना है?' पूछने पर दीदी ने बताया कि 'समय एक से तीन बजे है। उसने सारा हिसाब लगाते हुए कहा कि हमें घर से सुबह सात बजे निकल लेना चाहिए, सात बजे का टाइम रखेंगे तो निकलते-निकलते साढ़े सात बज जाएँगे, दिल्ली से चंडीगढ़ छह घंटे लग ही जाते हैं, सुबह निकलेंगे, तभी समय से पहुँच पाएँगे।'

उसने दीदी से बिना पूछे भाई के घर फोन किया। फोन भाभी ने उठाया और कहा कि भाई ने चंडीगढ़ फोन पर अफसोस कर दिया है, 'वे तो नहीं जाएँगे पर मैं

तुम्हारे साथ चलूँगी, सारा कार्यक्रम तय हो जाए तो मुझे बता देना।'

उसका ऊबा हुआ मन दिल्ली से बाहर जाने के नाम से ही उत्फुल्ल हो उठा था, उत्फुल्ल नहीं, थोड़ा उत्तेजित हो गया था। उसने रात ही को ऑफ वाइट सलवार कमीज और ब्राउन शॉल निकालकर एक तरफ रख दिया था। भाई-भाभी और खुद वे तो एक ही हाउसिंग सोसाइटी में आसपास ही रहते हैं। रात फोन पर उन्हें बता दिया था कि पौने सात वे उन्हें लेकर दीदी के घर चले जाएँगे।

'जल्दी सो जाऊँगी' सोचते-सोचते भी जब वह बिस्तर पर लेटी तो साढ़े ग्यारह बज रहे थे—उसे जल्दी उठने की आदत है, पर फिर भी उसने चार बजे का अलार्म घड़ी और फोन दोनों पर लगा दिया। बेटे ने पहले ही उसे ताकीद कर दी थी कि निकलने से केवल आधे घंटे पहले ही उसे उठाऊँ। अपनी योजनानुसार वह सवा छह बजे तैयार थी, उसने चाय बनाकर बेटे को आवाज लगाई कि चाय पी ले और जल्दी से तैयार हो जाए—नहीं जाना चाहते तो मैं भाभी को साथ गाड़ी में बैठाकर दीदी के घर पहुँच जाती हूँ—"आप जल्दी बहुत मचाती हैं, मैंने कब कहा कि मैं नहीं चल रहा—मुझे तैयार होने में देर ही कितनी लगनी है!" बेटा कह रहा था।

उसके जल्दी करने के बावजूद जब भाभी समेत गाड़ी में बैठी तो सवा सात बज रहे थे। सर्दी की वजह से बाहर चहल-पहल बिल्कुल नहीं थी—हल्के कोहरे की वजह से सुबह बहुत खूबसूरत लग रही थी।

इससे पहले कि वह पिटके को कुछ कहती, पिटका कह रहा था—"अभी तो सुबह खुद नींद से भी नहीं उठी, सब खाली है, मैं पंद्रह मिनट में मासी के घर आपको पहुँचा दूँगा।"

दो-तीन किलोमीटर का फासला रहा होगा कि उसने डबले के मोबाइल पर फोन किया, "हम समझो पहुँच गए, आप गाड़ी में समान रखो और बैठो।"

और जब वे दीदी की गाड़ी में चंडीगढ़ के लिए रवाना हुए, घड़ी में सात पैंतीस या चालीस हो रहे थे। अभी दिल्ली बॉर्डर पार भी नहीं किया था कि भाभी बोलीं, "मैं सैंडविच और चाय लाई हूँ, जिस किसी का चाय का मन हो तो बता देना।"

जवाब में उसने कहा, "मैं चाय पी सकती थी पर थर्मसवाली चाय में मुझे अजीब सी गंध आती है। मैं तो करनाल के ऑयसिस पर टी-बैग वाली चाय पीऊँगी। चाय के साथ सैंडविच भी खाऊँगी।"

बाकी सबने चाय पी। भाभी की सराहना की। ताजा दम डबला मस्ती में गाड़ी चला रहा था, हल्के-हल्के कोहरे में सड़क तक रोमानी लग रही थी। लंबे अरसे बाद खुलापन दिखाई दे रहा था। सड़क के खंभे और कूड़े के ढेर जैसी मामूली चीजें कोहरे के मायालोक में अद्भुत लग रहे थे, खंभों पर अभी तक जलती बत्तियाँ ऐसे

लग रही थीं, जैसे आकाश से किसी ने दीये लटका दिए हैं। बाहर उसे सोनीपत का बोर्ड दिखाई दिया। घड़ी देखी 'पौने नौ' और उत्साहित स्वर में बोली, "अरे बस पौने नौ! मैं तो सोच रही थी—करनाल पहुँचते-पहुँचते साढ़े दस ग्यारह बज जाएँगे—इस हिसाब से एक घंटे यानी दस बजे से भी पहले करनाल होंगे। मुझे तो गरमागरम चाय का धुआँ भी दिखाई देना शुरू हो गया है।" फिर सबको चुप देख वह बात को बदलते हुए बोली—

"दी बिंदिया को हुआ क्या था?"

जवाब में दीदी कह रही थी, "शादी से पहले तो भयंकर रूप से अस्थमा की मरीज थी—बच्चे के जन्म के बाद तो उसकी यह तकलीफ और बढ़ गई थी। यह तो 'जुनेजा' उसका पति बहुत अच्छा है। सारा घर खुद मैनेज करता रहा। बिंदिया ने पति-बच्चे को क्या सँभालना था, वही सारी उम्र पत्नी की सेवा करता रहा। मैं तो कहूँगी पति-पत्नी दोनों की मुक्ति हुई—एक की तकलीफ पाने से, एक की सेवा करने से। यों बेचारी की उम्र तो मरने की न थी और उसका बेटा तो पिटके से भी एक साल छोटा ही होगा।"

"पर दीदीजी, मौत कोई पूछकर या समय तय करके तो आती नहीं?" भाभी कह रही थी।

उसकी नजर सारा वक्त सड़क पर ही थी। ट्रैफिक सड़क पर बहुत ज्यादा था ही नहीं। वैसे भी हरियाणा सरकार ने टूरिज्म की दृष्टि से बहुत विकास किया है—कर्ण झील नाम को देख वह चहकी—"देखो न थोड़ी दूरी पार करते ही अच्छे साफ-सुथरे रेस्तराँ नजर आने लगते हैं, साफ-सुथरी जनसुविधाएँ। अभी साढ़े नौ ही बजे और हम कर्ण झील पहुँचने वाले हैं। बिट्टे बहुत जोर का सू-सू आया हुआ है, ऑयसिस ले चल, वहाँ अच्छी चाय भी मिल जाएगी और सब अपने-अपने वॉटर टैंक भी खाली कर लेंगे।"

गाड़ी पार्क करते ही बिना औरों का इंतजार किए, वह 'लेडीज' की तरफ भाग रही थी। वहाँ से आकर उसने कैश काउंटर पर चाय-कॉफी के लिए कूपन लिये और चाय की खिड़की पर सबके लिए चाय लेने के लिए खड़ी हो गई।

उनके पास डब्बू और पिटका भी आ गया था और डब्बू कह रहा था, "थैंक यू मासी—कितनी एक्टिव हैं आप! अब आप टेबल पर बैठ जाइए, हम चाय लेकर आते हैं।"

भाभी के टेबल पर आते ही वह बोली—

"भाभी, सैंडविच?"

"अरे, वह तो मैं गाड़ी में ही भूल आई, पिटके, प्लीज तू गाड़ी में से प्लास्टिक

वाला बैग ले आ। मैं तो अपने लिए एक कप चाय और ला रही सैंडविच के साथ के लिए, किसी और के लिए मँगाऊँ?''

''मजा आ गया—वाह भाभी क्या बढ़िया सैंडविच बनाकर लाई हो दीदी कह रही थी, ''वक्त का तो पता ही नहीं चला।''

''अभी तो बस दस ही बजे हैं, आगे तो रास्ता और भी अच्छा है।'' दीदी ने कहा।

सर्दी का मौसम-मीठी धूप-सड़कों पर कीनू की बहार—मनाली की सड़कों पर बिकने के लिए जैसे सेबों के टीले के टीले दिखाई पड़ते हैं, वैसे यहाँ कीनू का ढेर लिये जूस की मशीनें लगाए, कीनू छील रहे थे।

—भई मैं तो वापसी में यहाँ से कीनू लेकर जाऊँगी—दिल्ली में फल``का मेरा चक्कर बच जाएगा, यहाँ तो इतने बड़े-बड़े केसरिया रंग वाले कीनू हैं, दिल्ली से सस्ते भी होंगे। जितना बड़ा कीनू उतनी ही ज्यादा मिठास! एक-एक पेटी सेब ले जाएँगे, वापसी में मिल जाएँगे? नहीं तो''

''क्यों नहीं मिलेंगे?'' डब्बू बोला।

''डब्बू बिट्टे, गाड़ी तो रोक। मेरे अभी के खाने के लिए दो-चार ले आ। दिल्ली ले जाने की वापसी में सोचेंगे। मेरे पेट के लिए सीट्रिक फल बहुत अच्छे हैं।'' वह कह रही थी।

लिये तो सभी ने लिये और खाने शुरू कर दिए।

''आह रिफ्रेशिंग।''

''ठंडक में और भी ठंड पड़ गई कलेजे में।''

''मजा आ गया।''

डबला और पिटकू पीछे से आती आवाजें सुन रहे थे। आप लोग``पर जा रही हैं?'' पिटकू ने फब्ती कसी। ''अभी वहाँ पहुँचे नहीं, पिटकू``महाराज।''

''देखो मम्मी, हम बारह बजे से भी कुछ पहले चंडीगढ़ पहुँच जाएँगे...मैं समय से एक घंटा पहले मॉर्निंग वाली जगह पर पहुँचकर बोर नहीं होना चाहता, इसलिए वहाँ की 'सुक्खाना लेक' पर चले चलते हैं, कुछ अच्छा खाने को वहाँ मिल गया तो वहाँ खा लेंगे, वरना किसी ढाबे पर बैठकर खाना खाएँगे, अभी खाना नहीं खाया तो चार बजे से पहले खाना नहीं खा सकेंगे।''

सभी को लेक पर जाने का सुझाव अच्छा लगा। सर्दी की धूप झील का किनारा, पक्षियों की उड़ानें-बतखों की तैराकी, झील में पैडल वोट पर पैडलिंग करते बच्चों को देख भाभी बोलीं—

''मुझे तो लग रहा है मैं 'ऊटी' में पहुँच गई हूँ। अच्छा ही हुआ मैं आ गई। लेक कितनी सुंदर हो गई है!''

उसने देखा—दोनों बेटे साउथ इंडियन रेस्तराँ के बाहर खड़े सिगरेट फूँक रहे थे—उससे आँखें मिलते ही हाथ से इशारा किया कि 'सब यहाँ आ जाओ। सबने चटखारे लेते हुए इडली-डोसा-साँभर अपनी-अपनी रुचि अनुसार लिया और गरमागरम कॉफी से अपने को गरमाया।

□

मिन्ना की ननद के घर पहुँचने पर पता चला 'उठाला' आर्य समाज मंदिर में आयोजित है। आवासी परिसर में ही होने की वजह से ढूँढ़ने में दिक्कत नहीं हुई। हॉल में कदम रखते ही देखा कि पंडितजी मंच पर पहुँच रहे हैं। जल्दी से आगे बढ़कर आगे बैठे मिन्ना के नंदोई-भाई-भाभी और अन्य परिवार जन को नमस्कार किया। अपनी उपस्थिति एक तरह से दर्ज करवाई और दीवार का सहारा लेकर बैठ गए। पिटका और डबला, उसने देखा, वहाँ पीछे दरवाजे के पास ही बैठ गए हैं। पंडितजी ने जैसे ही बोलना शुरू किया, उसने महसूस किया कि वे तो एकदम जीवन के सच को बिना मैलोड्रमैटिक हुए उद्घाटित कर रहे हैं—

'मृत्यु अवश्यंभावी है—वे मरी नहीं मुक्त हुईं—उस पीड़क रोग से, जिसने उनके शरीर को छलनी करके रख दिया था। सच यह है कि जितना जीवन भी बहिनजी ने पाया, उसे पूरी ईमानदारी और कर्तव्यपरायणता से जिया, कर्तव्यपरायणता का तो साक्षात् उदाहरण थीं वे। बिस्तर पर पड़ी-पड़ी वे अपनी हिदायतों से घर को व्यवस्थित रखे हुए थीं—पढ़ाती थीं वे—रोग उनके जीवन का अंग था, इसलिए वे छुट्टियों लेकर कामचोरी नहीं कर रही थीं। साँस की मशीन लेकर विद्यालय जाती थीं, अगर उदासीन थीं तो काम के प्रति नहीं, अपने आप के प्रति, रोग की परिणति यही होनी थी, उन्होंने तो शांति पा ली है और मुक्त कर दिया है पति को भी।'

'हे प्रभो आनंददाता ज्ञान हमको दीजिए' जैसे आर्य समाजी भजनों के स्थान पर उन्होंने कबीर के 'झीनी झीनी रे बीनी चदरिया' और 'रहना नहीं देस बेगाना है' का बहुत ही मीठे स्वर में गायन प्रस्तुत किया और अंत में सबसे अनुरोध किया कि तीन बार उनके साथ मिलकर गायत्री मंत्र का जाप करें और फिर शांति पाठ से समापन करते हुए परिवारजन से कहा कि वे द्वार पर खड़े होकर शोक-संवेदना के लिए आए मित्र-परिजनों को विदा दें।

बड़ा अचरज हो रहा था कि सबकुछ समय से निपट गया, जैसे हमारे अव्यक्त आदेशों से ही सारा कार्य संपन्न हो रहा हो। दीदी ने गाड़ी में बैठते हुए कहा, ''मुझे तो बेटे पर तरस आ रहा था, सबसे बड़ा नुकसान तो उसी का हुआ है, इस टेंडर एज में माँ का न रहना।''

''किस युग की बातें कर रही हैं दीदी, आज की पीढ़ी को माँ-बाप नहीं, बस

फास्टफूड और टी.वी. चाहिए। और सैटल हुए, तब माँ–बाप से किनारा तो करना ही है। हमारे दोनों साहबजादे—ब्याहे वाला भी कुँवारा भी बैठे हुए हैं, अमेरिका—फोन भी हम ही करें तो बात करते हैं।''

''मामी, बस कीजिए। हमारी जेनरेशन के पीछे क्यों पड़ गईं? हम ही लाए हैं न यहाँ पर आपको, छोड़िए ये सब, मुझे तो बहुत भूख लगी है। किसी ढाबे पर बैठकर आलू के पराँठे मक्खन के साथ खाते हैं।''

''भई, मुझे तो चाय चाहिए, पर ढाबे की कढ़ी हुई चाय मुझसे तो पी नहीं जाएगी।''

''मासी, आपको टी–बैग वाली चाय कर्ण लेक पर पिला देंगे।''

खूब पेट भर लिये गए थे पराँठों से, इसलिए बावजूद सर्दी के रास्ते में सब पानी माँग रहे थे। यह तो अच्छा हुआ कि एहतियातन पानी की दो बोतलें गाड़ी में रख ली गई थीं। हाँ, उसे चाय नहीं मिली, क्योंकि करनाल तक पहुँचते अँधेरा होने लगा था और सबको लग रहा था, घर समय से पहुँच लिया जाए। आज तो वह यह शिकायत भी नहीं कर रही थीं, 'बेटे, गाड़ी जल्दी नहीं चला।' दीदी के घर पहुँचे तो आठ बज गए थे—अपनी गाड़ी में बैठे—सात से आठ का वक्त सड़कों पर भीड़ का होता है। घर पहुँचने के एक घंटा लग गया। भाई हमारा इंतजार ही कर रहे थे। बोले—''सुबह से निकली हुई हो—चाय के लिए कैटल लगा दूँ?''

''थके कहाँ हमें तो मजा आ गया...'' कहते–कहते वह रूक गई। उसकी आँखों के सामने कफन के पैसों से चिखौना खाने प्रेम चंद की कहानी कफन के धीमू और माधव खड़े हो गए थे और वह वे आवाज रो रही थी।

□□□